娘子別落跑

2

文創風 1098

折蘭 著

風文創
1098

目錄

第三十八章

月楹走上前，一個藍衣勁裝的姑娘讓開了路，一臉好奇地盯著她，凌風見狀拉著人往後退了幾步。

「月楹姑娘請。」

月楹忽略了夏風的眼神，當她看見榻上的病人時，眼中便只有病人了。

烏木爾滿臉血污，牙齒斷裂，下巴破了好幾個口，面色青黑，明顯是中了毒的症狀。

月楹把了脈。「毒是劇毒，不過他所食不多，應該還有救。」

她取出金針先護住他的心脈，此人中毒不久，毒還未入肺腑。她須以金針引毒之法，將毒逼到這人的四肢。

「凌風，來搭把手。」

凌風上前將烏木爾扶起，月楹脫去他的上衣，在他背後施針。

「這是什麼圖騰？」這人的背後有一株花模樣的圖騰，三瓣花，模樣倒是挺好看的，只是她沒見過。

蕭沂瞄了眼。「那是北疆特有的風葉花。」

月楹瞳孔微縮，手一抖，差點扎錯位置。「他是北疆人？」

北疆與大雍的關係，平民百姓都是了解的，她自然也不例外。不過在她眼中只有病人，無論是大雍人還是北疆人，這些不是她該關心的。

月楹施針完畢，維持一個姿勢太久，下榻時腳麻起來，走路一個踉蹌。

夏風上前扶了一把，月楹抬頭微笑。「多謝。」

「不必言謝。」夏風打扮俐落，下盤極穩，一看便知其武藝不低。

蕭沂負在背後的手放下來，問道：「他的毒能解嗎？或者說也不必完全解，只要意識清醒即可。」

月楹點點頭。「可以。」算他運氣好，這毒她在醫書上見過類似的。她開了方子讓燕風去抓藥。

只是她不解，大雍與北疆素來不合，提起都是恨不得食肉寢皮的程度，蕭沂費這樣的人力、物力救一個北疆人，所圖定然不簡單。

恰有幾名兵士抬著方才兩具孩童的屍體過來。「指揮使，如何處置？」

蕭沂神色戚戚。「埋了吧。」

月楹瞥見了小男孩的模樣，與躺在那裡的中毒之人有八分相似。她語氣有些顫抖。「您殺了他的孩子？」北疆人作惡是不假，但稚子無辜。

蕭沂轉身。「是他殺的。」

「什麼?!」月楹不敢相信，虎毒尚且不食子。

夏風解釋道：「是真的，他抵死不肯說，指揮使只讓我扮作他的妻子演一齣戲，卻不想他下手那麼狠。」

兩個孩子都才五、六歲的年紀，就這樣死在生父手中，小孩的臉上還留有淚痕。

月楹走上前，滿目憐惜。「可憐的孩子，願來世投個好胎。」

似是聽到了她的呼喚，右側的小女孩手指微微顫動了下。

她沒有錯過這動作，立馬摸上小女孩的脖頸，還有微弱的脈搏。

「她還有救！」月楹喜出望外，馬上以金針封穴。咽喉處的飛鏢還沒拔下，正好堵住了她的氣門，使之陷入了一種假死狀態，暫時保住了命。只不過必須立刻施救，遲了她大腦缺氧，照樣會死。

旁邊的小男孩就沒這麼好的運氣，早已氣絕。

蕭沂走過來。「遇上妳，她運氣不錯。」

月楹終於露出笑來。「指揮使，麻煩給我一間亮堂的屋子，我要救她。」

夏風眉頭一挑。她還沒見過這麼大膽的人，敢和他們指揮使提要求。

「燕風，按她說的做。」

夏風眼中閃過一絲震驚，胳膊肘撞了下凌風。「這月楹姑娘到底什麼人啊？」

凌風一攤手，不知道。

小女孩被帶到了凌風的住處。她咽喉處插著的飛鏢，昭示著這場手術的凶險。

傷處靠近喉管，咽喉是人體最脆弱的地方之一，若非地牢昏暗隔得又遠，這小女孩連支撐到月楹來的機會都沒有。

屋內點了數盞油燈，月楹神情急切。「我需要一個幫手。」小姑娘這種情況，極有可能在手術的途中醒過來，她需要一個人控制住她。

夏風接話道：「我來吧。」

「我來。」蕭沂走上前。「你們都出去。」

其餘三人對視一眼，出了房門。

月楹看了他一眼，蹙起眉。蕭沂留在這裡，她的麻煩會更多的，但轉念一想，已經這樣了，他再多知道一些也無所謂了。

「麻煩您扶住她的腦袋，不要讓她亂動。」

蕭沂應聲，大掌托在小女孩的下巴處。「這樣？」

「對。」

月楹拿出工具，在她喉間扎了幾針。「世子注意些，我要拔下那飛鏢了。」她的手放在了飛鏢的一角。暗器冰寒刺骨，她精神高度集中，叫錯了稱呼也渾然不覺。

「嗯，妳做就是。」

月楹下手果斷，隨著一聲「噗」，小女孩的喉管噴出一道血柱來，鮮血飛濺，濺在月楹的手上、衣袖上及蕭沂的銀製面具上。

小女孩忽地渾身痙攣起來，腦袋亂晃，蕭沂死死固定住了她的額頭。月楹抓緊時間給她餵了點麻沸散，小女孩稍微平靜了些。

「我給她服用的劑量不大，她還是會亂動的，世子再堅持下。」小女孩傷在咽喉，她不能下足量的麻藥，不然會導致窒息。

蕭沂頷首，手臂維持著原來的姿勢一動不動。

幸好傷口不大，做好消毒工作，月楹以極快的速度縫好了她咽喉處的傷口，小女孩緊皺著眉，似承受了極大的痛苦。

月楹鼻尖微酸。都說做大夫的須專業冷靜，但看見這麼小的孩子受苦，還是忍不住傷感。

剪下最後一針的線頭，月楹屏住的呼吸放鬆。「可以了，放開吧。」

蕭沂動了一下，才發覺手臂早已經僵硬，只得放緩動作。

月楹摘下帆布手套，洗淨了手。帆布手套還是不夠服貼，雖能防水，靈敏度還差些，還是得再找找別的材料。

蕭沂左手扶著右肩，活動著微疼的手臂，忽然右邊上臂搭上一隻小手，精準而又舒服的按壓手法，讓他一時間沒想著掙脫。

蕭沂看著她。

月楹渾然不覺，瞥見他的面具上有血跡，掏出手絹順手擦了。

手絹碰到蕭沂的臉時，她的手被覆上一陣溫熱。月楹微怔，眼神不解。

「還沒人敢動過這面具。」

蕭沂抽走了她的手帕，將面具從臉上拿了下來，好看的眉眼重新顯露，彷彿一直都是那個溫潤如玉的王府世子。

月楹猛然縮回手，垂首道：「奴婢僭越。」

蕭沂淺淺勾唇，慢條斯理地擦拭著面具。「在我面前，不必自稱奴婢。」

她這樣的，做個奴婢實在太屈才。

月楹明白他的意圖，乾笑了下。「還是規矩些得好，萬一什麼時候在外人面前喊錯了，人家該說睿王府的人不懂規矩了。」

蕭沂擦乾淨面具，又戴回臉上，嘴角仍掛著笑。「妳倒思慮周全。」

白淨的面容又被遮住，似乎又變回了之前的冷若冰霜。

月楹沒有回他，坐在床榻邊上，用衣袖擦乾小女孩額頭上的汗水。小女孩皺緊的眉頭微微鬆開，月楹笑起來。

她道：「多謝您救了她。」

蕭沂站起來，居高臨下道：「救她的是妳。」

「她父親是北疆人，您若不准，奴婢有心也沒用。」

「她母親是大雍人，她從小也長在大雍，算什麼北疆人。救我大雍子民，本就應該。」

月楹偏頭看他，嘴角噙著笑。「好，那奴婢便自己謝謝自己。」

她低著頭，看向小女孩時眉眼溫柔。

蕭沂眸光微動，努力將視線轉移到小女孩身上，輕聲問：「她什麼時候能醒？」

「沒有意外，明天早上就能醒。」

「烏木爾呢？」

月楹一怔，差點沒反應過來他說的是那個北疆人的名字。「他有點麻煩，估計得兩日後。」

「不用好全，意識清醒即可。」

「那也要兩日。」她配製藥需要時間。

「需要什麼，儘管對燕風說。」

「是。」她才不會客氣呢，為他做事，當然要他出錢，總不能讓她自掏腰包。

烏木爾的毒不難解，難的是怎樣撬開他的嘴。北疆人有信仰，他甘願殺了自己的骨肉也不肯說，即便救了人，也很難從他口中得到有用的訊息。

第三天傍晚，月楹刺破烏木爾的手指，排出最後一輪毒血，他終於悠悠轉醒。

昏暗的地方一如既往，烏木爾不知自己身處哪裡，他眼中有痛苦之色。他殺了自己的孩子，應該是要下地獄的吧……

他很想哭，眼睛乾澀得哭不出一滴眼淚。

月楹拿濕布給他潤了潤嘴唇。「醒了？」

烏木爾乾涸的嗓子開口聲音極其難聽。「妳是誰？我在哪兒？」屋內只有月楹一人，四周又都是黑漆漆的，看不出什麼端倪。

月楹神秘一笑。「冥府黃泉，我乃孟婆。」

月楹身邊有個小爐子，爐火上溫了一鍋湯，火苗一閃一閃，成了這屋裡唯一的光亮。

「孟婆？怎麼是個年輕姑娘？」烏木爾聽人說過，人死後要入黃泉，喝孟婆湯，卻不想這孟婆這麼年輕，那鍋中想必就是孟婆湯了吧？

「凡世中人，總被皮相迷了眼。老婆子在此千年，你也不是第一個問這個問題的。」她慢慢地舀了一碗湯，遞給他。「喝了吧，前塵往事盡消，喝了便投胎去。」

烏木爾渾渾噩噩，被餵下了一碗湯，他想，喝了也好，便能不記得那些痛苦的事情。他是從小被選中的細作，背井離鄉，苦心孤詣，唯一自私了一回，卻害了自己最愛的人。

他靜靜等待記憶的消除，但等待良久，腦海中妻兒被他殺死的畫面依舊揮之不去。「婆婆，為何我喝了湯，還記得前塵往事？」

月楹故作深沈。「癡兒，你執念太深。」她拿出一本書，慢慢翻閱。「殺妻殺子殺女，罪大惡極！孟婆湯難解你塵世罪惡。」

「那、那要如何才能忘記？」烏木爾雙手扶額，神情痛苦。

月楹嘆了聲。「唉，罷了，為你引魂，讓你妻子、兒女的魂魄來見你一見，心結解開才可再投俗胎。」

「多謝婆婆。」烏木爾拜謝。

月楹隱到暗處，旁邊早已等待多時的烏木爾妻子與女兒出現。

烏木爾一見妻女，眼淚登時落下。被抓時，他是怎麼也想不到，只能在陰司相見。

「阿萍，儀姐兒！」烏木爾淒聲喊著。「陽哥兒呢？他怎麼不來？」

阿萍冷著臉。「陽哥兒不願見你。」

「他……」

「你個殺人凶手！有什麼臉面要求他來見你？他才六歲，儀姐兒才四歲，而我是你同床共枕八年的枕邊人，你怎麼能忍心，怎麼能……」

阿萍的一聲聲質問，讓烏木爾一個字也說不出。

「我……我，對不起你們……」烏木爾掩面痛哭。

儀姐兒躲在娘親身邊。「娘親，爹爹哭了。」

童音稚嫩，又在烏木爾心頭砸下一記重拳。

阿萍抱起孩子。「他不是妳爹爹，妳沒有這樣的爹爹。」

儀姐兒仔細看了看。「娘親，就是爹爹呀。」

阿萍的衣袖被扯了下，她立馬吸了吸鼻子，收拾心情。「你若還惦念這一點情分，便將你做過的惡事都說一說，也好讓我們幾人有個往生的好去處。」

「好，好，我都說！」烏木爾已經對自己已死之事深信不疑，在陰司裡交代也無妨。「我本名烏木爾，是北疆派遣入大雍的細作，與我一般的人在大雍還有許多。我們潛入不為即刻動手，只是為了在某一個適當的時機能用得上，在此之前並未做過惡事……此次，大雍皇帝春獵，我接到任務，接洽來刺殺的商隊，並秘密安排他們到木蘭圍場……屆時會有內應將我們放進去，我們只須……」

烏木爾交代了個一乾二淨。最後，他努力翻身從榻上下來。「阿萍，妳原諒我，我們來世再做夫妻，我定寵妳一生。」

月楹見差不多了，走出來。「若你們來世依舊陣營不同呢？」

烏木爾身體還沒恢復氣力，爬過去懇求道：「婆婆，求您，您一定有辦法。」

月楹笑起來。「我不是閻王爺，沒這本事。」

「您不是孟婆嗎？求您了，與閻王說項說項。」烏木爾想去抓她的衣角。

月楹退開一步。「不好意思，我也不是孟婆。」

第三十九章

沈重的大鐵門被打開，遮蓋門的黑布掉落下來，刺眼的陽光透進來。蕭沂逆著光走近。烏木爾抬手遮了遮光，看見蕭沂，瞳孔猛地一縮。「你怎麼會……」他看向一邊的妻子和女兒，被陽光照射也絲毫不懼，霎時間想清楚了原委。他們都沒死，這裡根本不是什麼地府，是飛羽司的地牢！

方才一點都不疼的傷口忽然疼起來，烏木爾不可置信地舉起手，指著阿萍顫聲道：「妳……妳騙我……」

阿萍眼眶含淚。「騙你？你又何嘗不是在騙我？整整八年，我竟不知自己引狼入室！」她捂住女兒的耳朵，繼續罵道：「你有什麼資格指責我？陽哥兒、陽哥兒是真的死了，被你親手殺死。」她流著淚看向女兒。「若非……若非岳姑娘及時救了儀姐兒，你以為她還能好端端地站在這裡？」

阿萍罵夠了，眼淚也流夠了。

月楹扶著人出去，錯身走過蕭沂身邊。「接下來用不著我了吧？」

蕭沂道：「嗯，交給我，妳照顧好她們。」

儀姐兒見到蕭沂，一點不怕，反而還想伸手去揭他的面具。

蕭沂抓住她的小手，塞回她娘的懷裡，摸摸她的髮頂。「乖。」

未免還有殘留的北疆人，阿萍與孩子都要在飛羽司內待一段時間，待事情的風頭過去再將她們送回。

夏風也被派來貼身保護。「月楹，妳是怎麼想出這個法子的，太妙了！」

月楹微笑。「雕蟲小技罷了。」古人對鬼神大多深信不疑，她又給烏木爾的傷口處下了麻沸散，讓他感覺不到疼痛；再加上他並不知道妻子、女兒沒死，自以為安全，也因為對妻女的愧疚，當然會和盤托出。

她與蕭沂定下這個計策時，想的也不過是試一試，不想效果這麼好。

夏風豪氣地搭上她的肩。「話說妳扮起孟婆來，還真有那麼點高深莫測的意味。」

「運氣好而已，他中毒初醒，正是混沌的時候。」

起初月楹提出這個計策時，大家都覺得太過兒戲，戲文裡寫的裝神弄鬼，也能用在審問上？

唯有蕭沂神色認真。「試試無妨。」

這一計策最關鍵的還是烏木爾的妻子和女兒，阿萍得知烏木爾是北疆人而且還殺了一雙兒女時對其恨之入骨，爽快答應幫忙。

而儀姐兒在月楹的精心呵護下，已經恢復如常。儀姐兒很喜歡月楹，常對著她笑。「爹爹，我剛才看見爹爹了。」

月楹輕撫上孩子的臉頰。能救得了她的命，卻還不了她一個爹爹。

蕭沂夤夜進宮，與皇帝稟報了此事。

皇帝龍顏大怒。「好啊！小小北疆，竟派了那麼多細作進來！」

蕭沂跪下。「此事是臣失職。」

皇帝略抬頭。「不怪你，北疆人險惡，心思深沈，為達目的，潛伏十年之久，呵呵，真是煞費苦心！」

「陛下，是否取消木蘭圍場之行？」

皇帝冷笑一聲。「既然已知悉他們的計劃，當然是將計就計，此次春獵朕必須要去，否則豈非朕怕了這些北疆人！」

蕭沂擔憂道：「此次只是抓到一個小頭目，還不知有沒有西戎的手筆，內應的身分也並不清楚。臣想，以防萬一，還是取消得好。」

皇帝一擺手。「不言，不必再勸。此次不下手，還會有下次，躲是躲不過去的。此行便將那內應挖出，乘機一舉擊潰才是正理。」

蕭沂抱拳行禮。「臣只是擔心陛下安危。」

「哈哈，多年未上戰場，北疆與西戎的人恐怕都忘了當年是如何落荒而逃的。」皇帝笑著，眼中卻有殺意。「不言，部署好飛羽衛。」

「是。」話都說到這分上了，蕭沂只好領命。

兩日後，打算在春獵上好好玩一遭的蕭汐被蕭沂按在了家裡。

「不准去！」

「為什麼？」蕭汐滿臉的不高興。

蕭沂道：「不許去就是不許去。」春獵危險不定，即使有飛羽衛相護，他還是怕意外。皇帝他是勸不住，蕭汐還是可以管一管的。

蕭汐見與他說不通，跑去睿王與睿王妃那裡撒嬌。「爹——娘——大哥欺負我。」

睿王妃護著六個月渾圓的肚子。「妳大哥不讓妳去，必定有原因的。」

「能有什麼原因，他就是想把我拘在家裡。娘，我去年可是獵了好多獵物的。」蕭汐自信地摸著腰間軟鞭。

蕭沂緩緩掀起眼皮。「確定要去？」

「要去。」蕭汐堅定道。

蕭沂說：「好，那妳去，我不去了。」

「為何？」去圍獵又沒有名額，怎麼她去，他就不能去了？

蕭沂輕描淡寫道：「胥之有恙，作為好友，自當前去探望。」

「什麼?!」蕭汐猛然站起來。「胥之哥哥生病了？」

蕭沂神色不變。「偶感風寒，只是病去如抽絲，總歸要靜養兩天，妳這麼緊張做什麼？」

蕭汐低下頭，大拇指打著轉。「圍獵……我不去了。大哥你去吧，圍獵是你們男兒表現的好機會，胥之哥哥那裡還是我替你去探望。」

蕭沂垂眸。「真的不去？」

「不去、不去。」蕭汐像是怕自己反悔一般，一直重複這句話。

睿王與睿王妃對視一眼，女大不中留！

回浮槎院的路上，月楹輕笑搖頭。「小郡主的性子，您真是摸得一清二楚。」

蕭沂道：「不給她個正經理由，她是不會消停的。」

月楹笑起來。「所以您便讓商公子裝病？」

「誰讓他裝病了？」

「商公子真的生病了？」

「自然。」蕭沂回道，只不過是因為下棋輸給了他，他留下了商胥之的外袍，沒料到商胥之這麼不經凍，從睿王府到相府這麼短的一段路便著涼了。

月楹眼神狐疑，總覺得商胥之生病這事與蕭沂有關係。

蕭沂抵唇輕咳一聲。「妳去收拾東西，明日與我去木蘭圍場。」

「奴婢也去？」

蕭沂微微瞇起眼，笑得有些玩味。「妳是我的大丫鬟，難道不該去？」

「該，應該去！」每次看見他這種微笑，她都怕得慌。

木蘭圍場，月楹跟著引路人到了帳篷裡。帳篷很大，前後用屏風隔開，外邊有一張床，顯然是給伺候主子的下人準備的。

這裡不是王府，沒有單獨一間房給她住。

月楹在這種小事上也沒什麼好計較的，拿出自己的小包裹在榻上打開，裡頭是各種瓶瓶罐罐，也是她的全部家當了。救命的、害人的，全都有，也不是她想研製毒藥，只是不得不以防萬一。

蕭沂走進來，月楹下意識一個撲身將東西擋住，看見是他，鬆了口氣。

「您走路怎麼沒聲音？」

蕭沂今日一身月白騎裝，腰間一根黑腰帶勾勒出他的良好身形，寬肩窄腰。月楹忽想起這衣衫下的好身材來，舔了舔唇。

蕭沂淡笑。「心虛什麼？準備下毒害我？」

「您別開玩笑了，下毒害您，我哪有那個膽啊！」月楹隨口奉承，卻也是真話。即使面前這人碰了她一回瓷，讓她負債累累，她也不敢在他面前耍手段。

蕭沂靠近她。「真沒想過給我下毒？」這丫頭那次可是氣得不輕。

月楹眨了眨大眼睛。「您要聽實話嗎？」

「說。」

「想過的，不過不是毒藥，而是瀉藥。」

蕭沂無奈笑起來。「想給我下藥的很多，敢在我面前承認的，妳還是第一個。」

「這有什麼，您知道奴婢不會的。」她只想離開王府，若真對蕭沂做了什麼，怕是永無寧日。

她很坦然，也正是這份坦然，讓蕭沂覺得有些抓不住她。

蕭沂怔了怔，囑咐道：「這裡不比王府，記著別亂走，免得又迷了路。」

「是。」月楹對自己的路癡屬性十分有數，她也沒打算出去。

烏木爾交代的是北疆人會在木蘭圍場設伏。來參加圍獵的都是王公大臣，據烏木爾所言，這裡有他們的內應。誰都有可能，誰都看起來不像。

夜晚，主帳內皇帝坐在太師椅裡。明日就會有人動手，本該養足精神，他卻沒有絲毫睡意。

大太監萬嘉聽見動靜。「陛下，可要找人侍寢？」

皇帝坐起來，揉了揉太陽穴。頭疼的老毛病又犯了，他緊皺著眉。「不必。」

萬嘉退了幾步，又聽皇帝道：「召明婕妤過來。」

萬嘉淺笑。「喏。」

皇帝摁了摁眉心，還不等明婕妤過來，只覺頭疼得越來越厲害，就像有千百隻螞蟻在啃噬他的腦子。

「傳太醫、傳太醫！」皇帝語氣隱隱帶了些怒意。

萬嘉誠惶誠恐，忙去宣太醫，行色匆匆，差點撞上了門口的蕭沂。

「萬公公何事匆忙？」

萬嘉留下一句。「陛下頭風又犯了。」

皇帝的風疾是老毛病了，太醫輪番上陣也沒有辦法根治，不發作還好，一發作，皇帝便極其易怒。

這病來源於數年前的一場大戰，皇帝撞到了頭，戰場簡陋，沒有及時醫治，以至於落下了病根。

蕭沂不讓皇帝犯險也是因為這病，若是全盛時期的皇帝，多少北疆人也不足為懼。

蕭沂步入主帳，皇帝閉著眼睛，身子緊繃，似在承受著極大痛苦。

皇帝抓起一個瓷製筆筒就往地下擲去。「太醫呢？」

「太醫稍後就來，還請陛下稍待。」蕭沂緩緩靠近。

聽見他的聲音，皇帝眼神清明了一瞬。「是不言啊，賜座。」

蕭沂走到一旁，等著太醫的到來。不一會兒，沒等來太醫，明婕妤卻是先到了。

「陛下——」明婕妤是皇帝新納的美人，姿容甚美、身段窈窕，尤其是有一副出谷黃鶯般的嗓子，唱起小曲來婉轉多情。

皇帝見她到來，明顯露出喜色。「愛妃過來。」

明婕妤嬌嬌柔柔地走過去，皇帝一把掐住她的細腰，她歪倒在皇帝懷裡，羞赧道：「陛下，還有人呢……」

蕭沂很自覺地別過頭不看。

皇帝深吸了一口明婕妤身上的香氣，眼神漸漸清明。「妳還怕被人看？」

明婕妤嬌羞地捶了一下皇帝的胸口。「臣妾只想給陛下一個人看。」

皇帝哈哈大笑起來，下腹一陣火熱，若非還有要事，真就想當場辦了這小妖精。

「劉太醫到！」劉太醫揹著藥箱姍姍來遲，窺見上方情形，低著頭跪在地下。

劉太醫拿出一瓶藥。「這是太醫院新研製的，治療陛下風疾的藥。」

皇帝不悅地往下掃一眼。「這麼多年了，朕這點小毛病就是治不好，要你們有什麼用！」

劉太醫告罪道：「陛下恕罪，是微臣們無能！」

「行了，這話朕的耳朵都快聽出繭啦！再想不出辦法，朕砍了你們！」皇帝不耐煩地道。

明婕妤輕撫著皇帝胸口。「陛下消消氣，太醫們都是盡心盡力的。」

皇帝捉住她的手，溫和一笑。「愛妃仁善，朕便再給他們機會。」

劉太醫道：「謝陛下。」言罷走到了皇帝邊上。來都來了，總得把個脈再走。

皇帝也很配合，畢竟事關他的病。劉太醫一搭脈。「陛下身子康健，龍精虎猛。」

但就是這才奇怪，往日陛下發病，脈象總會有些混亂，今日卻……劉太醫並未將顧慮說出口，皇帝的性子是不會想聽這些的。

「微臣告退。」劉太醫退到帳外，卻並未離開。

皇帝摟著明婕妤，輕哄著她。「妳先去後頭等著，朕稍後便來。」

明婕妤不情不願起來，往屏風後走，還不忘對皇帝暗送秋波。「臣妾等著您。」

直至她完全進到內室，確定聽不見他們談話後，皇帝臉上的笑容瞬間消失。

「都準備好了嗎？」

「是，但內應還未尋到。」

皇帝沈聲道：「不急，明日，他們就會無所遁形！」

蕭沂又問：「這次的事情，不告知眾位皇子？」

皇帝笑道：「他們若連這點場面都撐不住，也不配當朕的兒子。」

蕭沂不再多嘴，簡單說了下部署，具體的前幾日都已經商議過，今天來不過是打個補丁。

皇帝明顯心不在焉，蕭沂識相地沒待多久。

蕭沂掀簾出來，已是月上中天，月影沈沈。

「世子留步！」

他止步回頭。「劉太醫，有事？」

劉太醫陪著笑過來。「是有些事情想請世子幫忙。」劉太醫搓了搓手，斟酌著怎麼開口。

蕭沂搶先道：「與月楹有關？」劉太醫與他素來無牽扯，唯一說得上交集的也就是月楹了。

劉太醫捋了把鬍子，嘆道：「確是因為岳姑娘。您方才也看見了，陛下這病越發嚴重，再想不出法子來，老夫的腦袋指不定什麼時候就搬家了。」

蕭沂語調上揚。「我可以帶您過去，但幫不幫我可做不了主，您得親自問她。」

「這是自然。」劉太醫瞟了眼蕭沂，心頭卻升起一股異樣。蕭沂這語氣，不像在說一個丫鬟，哪有主子做不了下人的主的。

但他也沒多想，皇帝的病才是頭等大事，他不確定蕭沂有沒有帶月楹出來，只是來碰碰運氣。

月楹在整理蕭沂的帳子。往年蕭沂不帶人來時，都是宮裡打發人過來一併收拾，今年有了月楹，一股腦兒地將事情全讓她做。

蕭沂的衣食起居都要事無鉅細，比在王府的時候規矩都要多，月楹都有些後悔跟著出來了，本以為出來是散心，不想卻是來受苦的。

幸好在王府的大半年也不是白待的，在明露的耳濡目染下，她辦起事情來還是井井有條。

換來的結果就是癱在床上不想起來。月楹倚在榻邊腦袋一點一點的，蕭沂還沒回來，她不敢真睡著了。

蕭沂甫一進門，灌進來一陣涼風，月楹睜開眼，開口帶著濃重的鼻音。「回來了？」她揉了揉眼睛，使勁睜開，黑葡萄似的大眼帶著一絲水意。

蕭沂微怔，隨即道：「劉太醫尋妳有事。」

「劉太醫？」

劉太醫趕忙從後面走過來。「有事想請岳姑娘幫忙。」

「讓我去治病？」

劉太醫點點頭。和聰明人說話就是省事。

劉太醫治的病人定然都是達官顯貴，他又與蕭沂一同回來，而方才蕭沂是去見皇帝的。

「這病人不會是陛下吧？」

「岳姑娘猜得真準！」

皇帝她可不敢治，治得好、治不好都可能會得罪一堆人，況且連劉太醫都覺得棘手的毛病，她並無十分把握。

平心而論，劉太醫的醫術其實是強於她的，之前那次不過是術業有專攻，治療某些病，還是劉太醫更拿手。不過劉太醫都開了這個口，她也不好回絕。

「您說說看。」

劉太醫準備充足，將皇帝歷年來的脈案都給她看了。月楹捧著脈案苦思，皇帝這病已經五年有餘，從脈案來看，皇帝的頭疼前兩年都控制得很好，用藥的次數也在減少；反而近兩年，用藥越來越頻繁，發作的次數也越來越多。

「劉太醫，陛下的病是一直都由您治理嗎？」

劉太醫搖頭。「前兩年是前太醫令一直在照看，後來他告老還鄉，便由老夫頂上。」

月楹皺眉。「您不覺得這脈案有些奇怪嗎？」

「怎麼說？」

月楹指了處地方。「風疾一般分為風陽上擾，瘀阻腦絡，肝腎陽虛，肝鬱氣滯四行。皇帝因傷致病，應當是瘀阻腦絡，脈弦澀，而這裡的記載卻是脈弦浮，這是肝腎陽虛的脈象，但開藥卻又是按著除瘀來的。」

皇帝病了這麼多年，病情時有變化，記錄的醫案最多也就看看前兩個月的做對比，不會去細看五年前的。月楹指出的這一處已經是皇帝得病一年後了，也就是四年前。

劉太醫細細一看。「這……還真是如此，會不會是太醫令一時手誤？」

月楹淺笑看著他。

這話劉太醫自己都不信。宮裡的太醫哪一個不是經過了嚴厲考核，寫錯醫案這種低級錯誤不可能出現在太醫令的身上。就算老太醫令人老眼花，當時跟著他的徒弟要負責核查，皇帝的藥方與脈象更是要三查三對。

第四十章

月楹翻看著脈案道：「陛下的風疾似乎在四年前已經控制住了，之後的頭疼與那次的受傷無關，乃是陰虛，水不涵木，陽亢頭風而引發。此二症狀相似，治法卻大有不同。」

劉太醫聽得一愣一愣。「岳姑娘所言可有依據？」雖然聽上去很有道理，但他從未在任何一本醫書上看過。

月楹笑起來。「沒有依據。」她所說的都是後世經過不斷結合臨床表現，各位醫學大師做出的全面總結，在這裡當然是沒有的。

「這……」

劉太醫古板的老毛病又犯了。月楹問道：「劉太醫，敢問醫書是哪裡來的？」

「是先人所傳。」

「那先人的醫書又是哪裡來的？」

劉太醫道：「自然是看遍了數千百病人，隨後將醫治之法記錄在冊。」

月楹微笑。「是了。沒有醫書時，譬如華佗，扁鵲，他們遇見沒見過的病時也是一頭霧水，需要一一嘗試，嘗試了數十方法，唯有幾種流芳百世，是以成就醫書。說到底，醫書都是人寫的。」

劉太醫眼底隱隱有震驚之色。「丫頭，妳的意思是，妳說的這些來源於妳自己寫的醫書？」

「非是我寫的，我只是曾經見過。」她可不敢將後世大老的成果說成是自己的。

劉太醫半信半疑。「有依據就好。妳繼續說。」

月楹輕搖頭。得，剛才的話白說。也怪不了劉太醫不信，她也不強求。

「近幾年陛下的藥方都是按照之前的來增減，有時有效、有時無效，太醫們為何不換一個藥方呢？」

劉太醫苦笑道：「丫頭，這妳就有所不知。陛下用的藥須得斟酌再三，寧少一分、勿多一點，每每給陛下換藥，都要太醫院的人討論上好幾天，確定無誤後再給陛下送去。」

月楹了然。皇帝不同於常人，所以太醫用藥謹慎，即便有人察覺出不對，恐怕也會在一遍一遍的討論中將耐心消磨。換藥方太麻煩，索性大體不變，只增減些東西。

月楹本還奇怪皇帝這病怎麼多年未癒，就這個謹慎治法，再多五年也是一樣。但脈案上的差錯，讓她實在不解。

「當年的太醫令告老還鄉，那他可還有徒弟留在太醫院？」

劉太醫回憶。「當年跟著老太醫令的太醫是戚太醫，可惜他一年前得罪了明婕好，被趕出宮了。」

這麼不巧？

「那老太醫老家在何處？」

事關皇帝，劉太醫也想問個清楚。「這個得回去問問。」

沈默了許久的蕭沂開口。「不必問了，老太醫令去歲便西去了。」

劉太醫驚訝。「這……怎會？老太醫令離去時身子骨兒明明還很硬朗，他怎會……他是生了什麼急病嗎？」

「說是風邪入體，沒扛住。」

老年人生什麼病都不奇怪，劉太醫惋惜了聲。「唉，世事難料啊，看來只能從戚太醫下手了。」

蕭沂目光微動，沒有再說什麼。

剩下的月楹也幫不上太多，脈案看得再多都不如實際上手來得精準，但皇帝不是別人，不可能讓一個小丫鬟把脈。劉太醫也只能試試能不能說服太醫院眾人，給皇帝換方子。他一臉愁苦地走了。

「他尋不到戚太醫的。」蕭沂忽然道。

月楹回頭，瞪大了眼。「難道？」

「戚太醫在老太醫令去世一月後，在宮外離奇失蹤，至今下落不明。」

「世子是怎麼知道的？」月楹脫口問。

蕭沂伸手遮住半邊臉。「妳說呢？」

她怎麼忘了，眼前這人還是飛羽衛指揮使，飛羽衛掌管天下情報，對皇宮裡出來的人自然會多關注一些，而蕭沂的記性一向不錯。

月楹抬眸。這也是他不在劉太醫面前說出戚太醫失蹤的原因。

「我之前並未將這兩樁事情聯繫到一起，只是覺得有些奇怪。」如今證明了這脈案有問題，蕭沂瞬間想起當年的這些事。

蕭沂欲將此事報告給皇帝知曉，腳都跨到帳外又縮了回來。照他回來時皇帝與明婕妤打得火熱的程度，此時皇帝恐怕沒時間接見他。

月楹看見他動作。「世子怎麼不去？」

「我方才過去時，明婕妤在陛下身側。」蕭沂說得隱晦。

月楹吸了吸鼻子，第二次聽見這稱呼，她道：「您身上的香味便是來源於她？」

蕭沂低頭聞了聞。「我身上的香味？」

「您可能聞不到，我鼻子靈敏，您與劉太醫身上都有這種香味，您身上更重一些。」

他留在主帳裡的時間比劉太醫長，味道當然會更重一些。

「明婕妤身上的確有香囊。」蕭沂道。

「這便有些不對了。」月楹抿抿唇。

蕭沂好整以暇。「哪裡不對？」

「這香味裡有一種安神藥材。」她本以為這香味是劉太醫身上的，現在劉太醫走了蕭沂身上還有，她立刻察覺香味來源另有其人。

「這藥安神效果極好，卻會使人上癮。」若是劉太醫身上的，他是太醫，用藥自有分寸，而明婕妤身為嬪妃，太醫是不會擅自給她開這種藥的。

蕭沂眼睛亮了亮。「妳確定？」

月楹偏了偏頭。「也不是十分確定，我再聞聞。」說著便欺身而上，側耳在蕭沂肩頭輕嗅。

她聞得認真，全然不覺有何不妥之處。

低頭是雪白細膩的脖頸，蕭沂又看見了那顆小紅痣。此次它紅得更刺目了些，似在叫囂著。他喉結滾了滾，鼻尖的藥草香悠悠，沁人心脾，忍不住想……再湊近一些。

淡淡藥草香卻倏然遠離。月楹鄭重道：「確定。用藥之人必定用了大劑量，曼陀羅花的香味很淡，能讓我聞見的，說明劑量已經達到了一定程度。」

明婕妤是兩年前進宮的，正好是老太醫令離宮以後……蕭沂細思恐極。若有人存心不讓皇帝的病好，為控制皇帝，收買太醫令，太醫令離開皇宮之後，又派人進宮讓皇帝成癮，真是好算計！

蕭沂記得送明婕妤進宮的正是徐國公府，徐國公背後是蕭浴，會是蕭浴所為嗎？這件事與這次的刺殺行動會不會有關聯？

無數問題盤旋，他輕皺起眉。一切都得等到明日，待明日一過，事情便會明朗許多。

月楹自顧自去鋪床，彷彿身後翻天都與她無關，她只想睡個好覺。

「妳倒是心大。」

月楹道：「反正有您在，我一個小丫鬟能做什麼？」

蕭沂挑了挑眉。「這麼信任我？」

「那當然，您是我的主子，不信您還能信誰？」恭維話張口就來。

蕭沂微怔，少頃只說了句。「睡吧。」

翌日清晨，罕見的大霧天氣，金陽高懸在天空，濃霧似是披上了一層紗，隱隱約約看不清楚。

擂鼓聲起，皇帝在高臺上發號施令。「眾愛卿各憑本事，所得獵物最多的，朕重重有賞。」

「是！」底下人齊聲道。

人馬一隊接一隊地往林子裡去。蕭浴與蕭澈並駕而驅，蕭浴含笑道：「五哥這次可要拿個魁首？」

蕭澈假笑道：「為兄騎射怎比得上九弟？」蕭澈書畫文采好，蕭浴騎射武功更出色，這是眾人皆知的事情。

蕭澄騎著馬經過，蕭浴叫住他。「十一弟怎麼還不出發？」實力弱的人一般都會搶先出去，獵一些簡單容易抓捕的動物。

蕭澄撫摸著馬鬃。「我等一等不言。」

蕭浴發覺自己這個弟弟近來與睿王府那位走得很近，蕭澄從小身子也不好，兩個病秧子倒是湊一塊兒了。

睿王府已無兵權，即使得聖寵也不過是面子上好看，他們二人相交，蕭浴與蕭澈都沒放在心上。在他們看來，不過是弱勢之人抱團取暖罷了。

蕭浴暖心道：「十一弟可要注意點身子，聽聞你前幾日又召太醫過府了？」

蕭澄反問道：「九哥的消息可真靈，我傳太醫過府之事你都知道？」

蕭浴臉色一僵。「恰好聽說而已。」

蕭澈冷笑。「是嗎？也太巧了？」他不會放過擠對蕭浴的機會。蕭澄信他這番鬼話，他可不會信，太醫院裡有蕭浴的眼線。

蕭浴懶得在蕭澈面前裝了，有些事情，心照不宣就行。他提起馬韁。「五哥、十一弟，我先走一步。」

蕭澈哂笑，去吧，林子裡還有好東西等著你呢！

蕭沂牽著馬出來時，營地已沒有什麼人了，唯有蕭澄獨騎在林子前轉悠，看模樣，是在等人。

蕭沂走過去。「十一殿下怎麼還在這裡？」

蕭澄淡笑。「這話該問不言才是。今日部署，你怎還在這裡？」調動了那麼多飛羽衛，蕭沂該去坐鎮後方才是。

這事是絕密，皇帝特意不讓他告知眾皇子，蕭沂面沈如水。「殿下安排了人在陛下身邊？」

蕭澄坦然道：「近日陛下多次傳召你，並不難猜。」

知道了蕭沂的身分，許多以前不理解的事情現在都清明了。皇帝雖然愛棋如癡，但一連幾日召蕭沂入宮也很可疑。

蕭沂道：「殿下既知有危險，何必還要去呢？」

「有人作戲，總得有人看吧。」蕭澄視線往前方飄去。

「說得不錯。」蕭沂翻身上馬，揮起馬鞭，一下子便沒入了樹林深處，不見蹤影。

確定蕭澄沒有跟上來後，蕭沂脫去外袍，露出裡頭的月白衣衫來，臉上覆上銀製面具。

「情況如何？」

燕風已經等候多時。「還沒動靜。」

圍場中到處都是他們的人，皇帝今日圍獵的路線也是事先計劃好的，他們可以提前設伏，只待北疆人一到，立馬拿下。

只是等了許久，都已經過了約定時間，還不見皇帝人影。

「指揮使，是不是出了意外？」

「不會，如果有事，凌風會傳信。」凌風隨隊護衛皇帝，不會一點消息都沒有。「再等等。」

蕭沂想起今晨對皇帝說明婕妤可能有問題，皇帝並不十分相信，圍獵時反將人帶在了身邊。照皇帝的說法便是，明婕妤若真是北疆人，她必定知道圍場有危險，要她一同去，明婕妤定然會推脫。

但明婕妤不僅一點不害怕，還興奮地換了騎裝與皇帝一同前去。

深林中忽傳來一聲鳥哨，這是飛羽衛的獨門暗號。

「指揮使，在西南方！」

「我先過去，你們跟隨。」蕭沂皺眉。這與他們事先計劃好的完全不一樣。

未等他趕到西南方，東北方傳來了同樣的一聲鳥哨。

蕭沂疑惑。「怎麼回事？」

燕風也是百思其解。蕭沂吩咐道：「你去看看。」自己則繼續往西南方趕。

蕭沂心中隱隱有一絲不安。

第四十一章

月楹揹著藥簍，氣喘吁吁。「您確定……您真的認識路嗎？」

劉太醫提著挖草藥的小鋤頭，面帶疑惑。「我記得這兒之前是有條路的呀？」

「您上次來木蘭圍場，是什麼時候？」

「約莫……約莫有五年了吧。」劉太醫閉眼回憶著。

「五年?!」那都夠草長好幾輪了。

月楹無語望天。如果早知道劉太醫這麼不靠譜，她是打死也不會跟著他出來的。

劉太醫今晨來找她，說是木蘭圍場附近的山林中有許多草藥，還可能有珍稀的草藥。月楹記得蕭沂的叮囑，知道今天林子裡不平靜，本想拒絕，但劉太醫又說只在周圍採藥，不入林子。

她覺得閒著也是閒著，有劉太醫帶路也不會有什麼問題。然而她沒想到，劉太醫與她是一樣的屬性，路癡！

初時他們只在外圍，然後越走越深，月楹想要回去，劉太醫抬頭環視四周，自信挑了個方向走著。然而走了許久都還沒出去，月楹望了眼天上，現在還沒到午時，早晨出來時太陽在背後，如果往回走，應該是頂著太陽走，而他們現在是背對著太陽的……

等她意識到不對，已經來不及了。

「您真是……」把我們坑死了呀！月楹心道。

劉太醫也有些不好意思。「莫慌，若午時過，我們還不回去，我徒弟自會來尋人。再說了，這林中這麼多人，萬一碰上誰了，便可將我們帶回去。」

她哪裡是擔心這個！月楹有苦說不出，只祈禱皇帝千萬不要走這條路。

或許是老天聽到了她的祈禱，皇帝確實沒有往這邊走。

馬蹄聲噠噠由遠及近，劉太醫臉上有了點喜悅。「丫頭，有人來了，咱們有救了。」

但願真的是救星。月楹已無力吐槽。

來人一行有十幾個人，為首之人，卻是蕭澈。

「五殿下！」劉太醫上前攔馬，興奮地高舉雙手揮舞。

蕭澈一行人收穫頗豐，也預備回程，他定睛一看。「劉太醫？」他將馬勒停。「劉太醫在這裡做甚？」

劉太醫道：「與小徒弟出來採藥一時迷了路，還請五殿下帶我們一程。」

蕭澈看了眼月楹，也沒奇怪她怎麼是個女子。宮中有醫婆，太醫收宮女當徒弟的也不是沒有。

月楹低著頭，儘量不讓他看清自己的容貌。

蕭澈聽到這話皺了下眉，沈吟片刻，恢復神色。「小事，劉太醫請上馬。」隨後便讓下屬讓出一匹馬來。

劉太醫年紀雖大，騎馬卻是一把好手。月楹心安理得地躲在他身後。

一行人繼續前行，月楹稍稍安下心，感慨道，幸好北疆人的目標是皇帝不是蕭澈。

她心中才默唸這一句，一支羽箭破空而至，幾乎是擦著月楹的耳邊直直地釘在了她身旁的樹上。

「有刺客！」不知誰大喊了一聲。「保護五殿下！」

蕭澈身邊的侍衛動作起來，不知從哪兒飛出來的箭矢一支接著一支。

月楹拽著劉太醫下馬，迅速找了個安全的草叢蹲著。

劉太醫哪見過這場景。「這、這……誰這麼大膽，敢刺殺五皇子！」

月楹捂住他的嘴。「噤口。」

鐵器扎穿皮肉的聲音與慘叫聲、拚殺聲交織著，月楹透過雜草往外看，不知何時出現了許多蒙面的黑衣人，來人明顯想要蕭澈的命，下手又狠又凶。

月楹躲在草叢中一動不敢動。這是她第一次見證活生生的人倒在自己面前，滿目鮮紅，血流如注。

方才讓出馬的小侍衛已然倒在了地上，濃重的血腥味讓她忍不住作嘔。穿過來這麼久，她今日才真切感受到，這是人命不值錢的古代。

月楹腦中飛速運轉。這些人怎麼回事，刺殺的不是皇帝嗎？為何變成了蕭澈？是不小心搞錯了對象，還是他們的目的，本來就是蕭澈？

「啊——」蕭澈拉過一個隨從，替他擋下了致命的一刀，手臂上又挨了一下。

護衛立刻貼上來，將他四周團團護住。蕭澈捂著傷口，也是滿腹疑惑。難道底下人交代有誤？這些人，怎麼像是想要他的命？

蕭澈困惑間，又有一隊黑衣人趕到，看見混亂的戰局時也有些發懵，不過很快加入戰局。

先到的那夥有個首領，看見後來的人，問道：「你們是哪一隊？」一開口卻是讓所有人都怔住。這人說的是北疆語！

蕭澈立即反應過來。「北疆人！還不快殺！」北疆人怎麼混進來了？

後來的黑衣人竟似聽從了蕭澈命令一般，提刀就衝。一時間，林間黑衣人與黑衣人混戰，蕭澈身旁的負擔一下子減輕了許多。

劉太醫探頭。「這……他們內訌了？」

月楹知道不是，先來的一夥人明顯是北疆人，也是蕭沂要抓的人，而後來的這一隊嘛……大概是蕭澈自己找來的。

至於是什麼目的，她就不知道了。

後來的黑衣人，戰鬥力明顯不如北疆人，即便有他們加入戰局，蕭澈仍舊漸漸落了下風。

蕭澈憤恨不已。北疆人怎會混入圍場？難道他真的要命喪於此？

北疆人訓練有素，刀刀帶著殺意，眼見蕭澈就要喪命，忽然一群著玄色錦衣之人從天而降。

蕭澈一喜。「飛羽衛！」是父皇的飛羽衛，他有救了！

飛羽衛中人武功高強，訓練有素，比之他帶著的這幫護衛強上不知幾倍。尤其是為首那位身穿月白錦衣的，那是飛羽衛的指揮使！

蕭沂手中玄黑摺扇翻轉，瞬間發射出數道飛針，直中人的咽喉。方才還被團團圍住，幾息之間，他四周的黑衣人已悄無聲息地倒下。

月白衣衫上，一絲血跡也無。

「留幾個活口。」

月楹輕吸了口氣，這才是蕭沂真正的實力。

蕭沂驀地轉身，面向月楹藏身處，目光冷然如寒冰。

她微顫了下身子，髮間銀鈴簪晃動，他的眼神沒有一絲溫度。

不等月楹細想，旁邊的劉太醫上了年紀又蹲了太久，身子開始左搖右晃。月楹急忙將人穩住，還是發出了動靜。

黑衣人已經被飛羽衛殘殺殆盡，殺紅了眼，自知完成不了任務，便想多殺一人也是好的，羽箭對著月楹藏身處而去。

月楹扶著劉太醫，全然不知身後的危險。

箭矢破空而來，夾雜著風聲。

「ㄚ頭，小心！」劉太醫眼睛瞪得老大，大力推了月楹一把。

月楹還沒搞清楚發生了何事，下一秒，已經落入一個滿是檀香味的懷抱。

是蕭沂，她安全了。

蕭沂左手攬著人，右手抓住了箭矢，箭矢擦破了掌心的皮肉，指縫中流出血來。他反手一扔，箭矢如流星般直射黑衣人的胸膛。

他放開了她，什麼話也沒有說，抿著唇離開，彷彿他們就如同兩個陌生人，方才的舉動只是舉手之勞。

月楹想喊他，卻又想起他絕密的身分來，忍住了詢問的念頭。

「指揮使，已全部拿下！」飛羽衛眾人押著黑衣人，回稟道。

為防止他們自盡，抓住的第一時間就是卸了他們的下巴。

蕭澈捂著手上的傷走過來，怒氣沖天。「你們膽敢刺殺本殿！」說著提劍欲刺下去。

「錚——」蕭沂以摺扇擋住了蕭澈的劍。「本座抓到的人，殿下無權斬殺！」

若是燕風在這兒，定然知道，蕭沂一旦自稱本座，代表他現在很生氣。

面前的飛羽衛指揮使是皇帝的人，即便他是皇子也不能指責什麼。蕭澈忍下氣。「本殿只是一時氣急。」

「這干人等，都要交由陛下發落，五皇子還是先行回去。」蕭沂道。

蕭澈咬牙。飛羽衛抓到的人，就沒有撬不開的嘴，他並不確定後來的那幫黑衣人有沒有全部死亡，如果落下一、兩個在飛羽衛手裡，那父皇定然會知道他今日的所作所為……

蕭澈心焦不已。這事請不能讓父皇知道！但人在飛羽衛手上，他又沒有辦法。

「殿下還是回去治傷吧。」

蕭澈一時也想不出法子，只能先回營帳。

月楹見黑衣人皆已伏誅，將有些暈乎的劉太醫扶起來，往蕭沂身邊走。

對於飛羽衛，劉太醫只聽說過他們的威名，飛羽衛指揮使也是頭一回見。「多謝指揮使大人。」

蕭沂冷冷道：「不必。」

月楹看見他的手在滴血，猜想是方才抓羽箭時劃破了手，想說什麼又顧忌著劉太醫，到底沒有說出口。

蕭沂對一旁吩咐道：「來人，將劉太醫送回去。」他背著手離開，自始至終沒有多看月楹一眼。

月楹凝望他的背影。她還想將猜測告訴他呢，怎麼走了？還是待會兒回營帳再說吧。

第四十二章

劉太醫受驚不輕，回到住處，發覺太醫帳裡的人幾乎都沒了，忙喊著讓小徒弟去煮兩碗安神湯壓壓驚。

小徒弟姓陳，一臉關切道：「師父，你們也遇上了刺客？」

劉太醫扶著老腰。「你這話的意思是除了五皇子還有人遇上了刺客？」

小陳道：「是呀，方才九殿下渾身是傷地回來，將王太醫、趙太醫都召了過去，聽說情況極其凶險。」

月楹詫異。「遇刺的是九殿下？那陛下呢，有無受傷？」

「陛下？」小陳一愣。「倒是沒有聽聞。」

不對，這不對勁！蕭澈與蕭浴都遭到襲擊，而北疆人原本要下手的皇帝卻安然無恙，怎麼想怎麼都不對勁。難道是烏木爾在騙他們？北疆人的目標是兩位皇子，而不是皇帝？

「太醫呢！太醫！」外頭又急切地跑進來一個侍衛。「五殿下受傷，快去醫治！」

劉太醫到底只是受了驚嚇，聞言立馬揹上藥箱帶著徒弟前去醫治。

月楹也回了營帳，等蕭沂回來，就什麼都清楚了。

「指揮使，審出來了。」

「說。」

蕭澈與蕭浴同時遭到刺殺，也是同時遭遇兩批不同的黑衣人。稍有差別的是，蕭浴遇上的那兩批都是要他命的，全賴他走得與皇帝近一些，飛羽衛支援得更迅速些，不然這條命能不能保住還是問題。

凌風道：「兩批黑衣人，一夥人是蕭澈派出去的。蕭浴那邊是真的刺殺，而他這邊不過是為減輕自己的嫌疑，上演的一齣苦肉計，卻不想被北疆人鑽了空子，差點真的喪命。」

蕭沂沈吟。「北疆人怎麼說？」

「一部分咬死是蕭澈所指使，有幾個扛不住說了實話，說他們接到的命令本來是殺害皇帝，卻臨時改成刺殺大雍的五皇子與九皇子。」凌風也感覺到了不對。「可這與烏木爾的供詞……」

「烏木爾說的不會有假。」蕭沂判斷，興許是烏木爾失蹤，讓他們覺得計劃有暴露的危險，卻又不想放棄這個大好時機。

蕭沂道：「北疆人這是給我們來個將計就計。」當他們得知北疆人的計劃後必定在皇帝身邊布下重兵，而忽略蕭澈、蕭浴。在外人看來，蕭澈與蕭浴是皇帝最出色的兩位皇子，正所謂斬草除根，皇帝若失去了優秀的繼承人，大雍必遭重創。

這與殺皇帝能達成的結果差不多，所以他們改了計策，轉而刺殺蕭澈與蕭浴。

「是誰將人放進來的？」
凌風道：「是龍城軍帳下的一個副官，名叫馬興業。」龍城軍的右衛主將是蕭澈的人，這次圍獵由他們負責北邊的安防。
「北疆人也是他放進來的？」
「是，已經將人扣起來了。」
蕭沂手抵著下巴。到底是將北疆人與蕭澈的人馬搞錯了，無意中放進來的，還是馬興業也是同謀？蕭澈與北疆人同時動手，這時機也巧合得離譜。蕭澈與蕭浴不睦已久，他什麼時候下手都不奇怪，偏與北疆人撞在一起？
蕭沂立即提審馬興業。
馬興業被綁在一個十字架上，夏風拿著兩把柳葉刀在手中把玩，隨意挽了個劍花，下一秒，刀尖已經在馬興業的咽喉。
夏風眼中寒芒乍現。「說實話，不然我手中的刀可不長眼睛。」夏風將刀刃壓了壓，馬興業的脖頸上立刻出現一條血線。
馬興業怒不可遏。「飛羽衛便是這樣濫用私刑的嗎？本將是皇帝吏部直接任命的龍城軍副將，你們無權扣押！我要見陛下，見五殿下！」
夏風冷笑。「飛羽衛有先斬後奏之權，莫說你一個小小的武官，便是當朝宰輔，也照扣不誤！」

她手起刀落，對著他手臂便是一刀。

「啊！」馬興業吃痛叫出聲。

夏風臉上一凜。「這是你藐視飛羽衛的代價。」

馬興業喊叫起來，翻來覆去只是一句話。「我要見陛下，要見五皇子！」

夏風秀眉一皺。「聒噪！」再次提刀準備給他另一條手臂也加道口子。

「夏風，退下。」

蕭沂慢慢走進來。馬興業看見來人的月白錦衣，眼中震驚之色漸漸顯露。「飛羽衛指揮使！」

蕭沂語氣溫和。「馬將軍，底下人失禮了。」

「既知失禮，還不將我放了！」說著狠話，馬興業表情卻沒有輕鬆半分。

蕭沂道：「放了馬將軍可以，但將軍要回答本座一個問題。」

「什麼問題？」

蕭沂問：「見過烏木爾嗎？」

馬興業眼神躲閃，不敢直視蕭沂，飛快回答。「沒有。指揮使能放人了嗎？」

蕭沂淺笑。「不能。」

「指揮使，你這是什麼意思？」馬興業咬牙。

「你的回答，本座不滿意。」蕭沂瀟灑轉身，低聲道：「夏風，交給妳了。」

夏風眼底有隱隱的興奮，雙臂一動，柳葉刀上手。「得令。」

「對著北疆人，不必手軟。」

馬興業本欲破口大罵，卻被蕭沂這一句震驚得說不出話來。

他……他怎麼會知道！剛才哪裡暴露了嗎？

蕭沂才沒空替馬興業解惑。他若真不認識烏木爾，開口第一句便應問此人是誰，而不是直接回答沒見過。

所以蕭沂斷定他一定見過烏木爾，而能知道烏木爾的存在的，除了北疆人，不會有別的身分了。

蕭沂察看了馬興業的戶籍紀錄，發現他是與烏木爾同年進京的，那麼極有可能兩人是同一批進入京城的北疆人。

蕭沂將調查的結果，悉數告知皇帝。

皇帝一巴掌拍在龍案上。「愚蠢！成大事者，哪一個像他這樣鼠目寸光，還險些害了自己?!」皇帝怒氣沖沖，他這個兒子，聰明卻又不是頂級聰明。

「他們幾個怎麼樣了？」皇帝問了句，畢竟是自己的兒子，還是關心的。

蕭沂道：「九殿下傷雖重，於性命無礙，只是可能要躺上幾個月。五殿下只傷了手臂並無大礙，十一殿下為救九皇子挨了一刀，也只是皮肉傷。」

得知都沒事，皇帝安了心。「都死不了就行。老十一怎麼也會受傷？」

蕭沂低著頭。「十一殿下有自己的考量。」據燕風看到的情形，蕭澄本可以置身事外，卻主動加入了戰局，誰也不知道他是什麼想法。

皇帝滿意地點點頭。「有想法好，不枉朕花了這麼多心思。」

在蕭沂看來，皇帝偏心得沒邊，自己喜歡的兒子怎麼看怎麼都是好的。

「明婕好與他們是什麼關係？」

蕭沂道：「暫時並未發現關聯。」

「繼續查。」皇帝不想承認自己識人不清，卻又多疑，只要可疑便一查到底。「老五的人，都在你手裡？」

蕭沂頷首。

「都殺了吧。」皇帝語氣平淡。

「是。」意料之內的答案。

「退下吧，朕有些累了。」皇帝按壓著自己的太陽穴，面帶倦色。

蕭沂悄聲退出去。皇帝的命令他並不意外，在蕭澄羽翼未豐之前，留著蕭澈在前面擋著，是必要的。

左右都是一樣的黑衣人，只要飛羽衛說沒問出什麼來，蕭澈自然不會深究，只會以為是自己運氣好，抓住的活口裡面沒有他的人。

至於馬興業，隨便安個罪名就是了。

月楹等到天上掛滿星星，也不見蕭沂回轉，她有些心焦。不會出事了吧？細想又覺得不會，蕭沂走時，並未有什麼危險。

她又不敢出去尋人，只好在帳內來回踱步。

蕭沂看見帳內閃動的人影，忽然停下了腳步。刺殺的事情告一段落，他才有空細思，感覺自己有些隱隱的不對勁，卻又說不上來哪裡不對。

正想著，月楹掀簾出來，兩人目光撞了個正著。

「世子，怎麼不進去？」她也是聞到了檀香味才出來確認。

蕭沂看到她的臉，便想起今晨的那一幕，若非他及時趕到，她焉有命在？

蕭沂沈著臉進門，卻不理她。

月楹覷著他面色。「世子，您生氣了嗎？」

蕭沂不說話。

月楹垂著頭，誠心道歉。「我知道這次是我錯了，不該去危險的地方。但我還是想辯解一下，真不是想給您添麻煩，我哪知道劉太醫也不認識路，走著走著就到那裡了。」

回答她的是蕭沂良久的沈默。正當她以為蕭沂不會開口了，他忽然問道：「害怕嗎？」

「對……什麼？」月楹不可置信抬眸。「您問什麼？」

「我問妳，害怕嗎？」他看著她。

刺殺這種場面，屍體躺了一地，何況她險些被箭射中，他將她擁入懷中時，她身子還在顫抖。她一個小姑娘，一定嚇壞了吧？

蕭沂原本是很生氣的，氣她不聽話亂跑，但看見她一味的道歉，話裡話外都是擔心給他添麻煩，全然忘了自己曾置身於險境，頓時什麼氣也沒有了。

月楹微怔。「當時是怕的。」畢竟刀劍無眼，即便她有自保的能力，也防不住意外。尤其是那意外的一箭，若是沒有蕭沂，她恐怕……

「現在想想是後怕，好在沒事。」她拍拍自己的胸口，說到底是自己給自己找的事情，怪不了誰。

蕭沂溫言道：「妳若害怕，可以哭一哭，沒人會笑話。」

「哭？」月楹悵然，已經多久沒有流下眼淚了？她自己都記不清了。

她早已經習慣了自己一個人調節負面情緒，忍住化療帶來的巨大痛苦，忍住在父母面前哭出來。

回想現世，恍如一場夢，抑或許現在才是夢。

蕭沂的關心話語，忽讓她產生了不真切之感。

月楹搖頭，扯了一個極難看的笑，故作輕鬆道：「世子肯定會笑話我，我才不哭。」

蕭沂將她神情中的苦澀看得分明。她究竟經歷了什麼，才有如今的心境。

她瞥見蕭沂的右手，那裡破了一個口子，已經不流血了，卻並未包紮。月楹慌忙拉過他的手，軟聲軟氣一句。「怎麼這麼久了還不處理？」眼中盛著滿滿的關心，不摻任何雜念。
蕭沂似覺心底塌陷了一塊，把傷口往她眼前送了送。「妳闖的禍，不該妳善後嗎？」
「自然應該。」
月楹立馬去取來白酒、棉布、鑷子等消毒器具，小心翼翼地伺弄著蕭沂受傷的手。
傷口並不深，興許是抓了箭矢尾部的緣故，皮肉下嵌進了一根細小的羽毛。
月楹放輕動作，鑷子扯住羽毛露出的一小截，柔聲道：「可能有些疼，您忍著些。」說著不等蕭沂反應，快速一拔。
接著就是消毒上藥，紗布包紮。
「好了。」月楹仰起頭，水汪汪的大眼睛直勾勾地盯著他。「今日之事到底為何會有兩撥人？」
蕭沂將來龍去脈與她說了一遍。
月楹恍然。「五殿下也太心急了。」她又問：「那明婕妤與此事無關嗎？」
「目前來講，沒有發現。」蕭沂從懷裡拿出一個包裹嚴密的東西。「看看這個。」
月楹接過，才打開一個小口，便聞到了濃重的曼陀羅花氣味，打開一瞧，裡面赫然是一個精緻的香囊。「是明婕妤的？」
蕭沂點點頭。今晨趁明婕妤與皇帝出去時，他讓人悄悄拿的。
月楹剪開香囊，裡頭各種草藥混雜，她卻很容易就找到了想要的東西。她拿鑷子挾起一個細小的籽狀物。「這便是曼陀羅花籽。」

她把所有的花籽放在一起，足足有數十粒。「曼陀羅花籽不便宜，也不易得，這個劑量，很奢侈。這東西能治安神，陛下的偏頭痛也能鎮住，太醫之所以不用，就是因為它會上癮。」

明婕妤進宮時不過一個小小才人，短短兩年便成了婕妤，皇帝又寵愛有加，看來與這香囊也脫不了關係。然而要做到這一點，明婕妤還需要幫手。

皇帝的模樣應該是已經上癮了。可太醫每月去請平安脈，經年累月總會有人發現的，除非太醫院裡有她的內應。

蕭沂問：「若用這東西兩年，可還能戒除？」

「因不是直接服用，戒除並不麻煩，只是戒除人須吃一番苦頭。」戒毒沒有捷徑，只能生忍。尤其要給皇帝用藥，更是難上加難。「陛下那裡……」

「其餘一切有我，妳只須準備好治病就行。」

他的語氣讓人安心，月楹重重點了下頭。

第四十三章

戒毒這事不能急於一時半刻，月楹也不想在皇帝面前露臉，又去找了劉太醫。

劉太醫大驚。「丫頭所言是真的？」

「是。」

劉太醫冷靜下來想，確實有許多不合理的地方，就如上次，皇帝頭風發作，等他去時，皇帝的脈象卻很平穩；而那時，明婕妤就在皇帝的邊上，假使是她身上的香囊穩定了皇帝的病情，一切就都很合理了。

月楹又將猜測太醫院裡有內應這事告訴了他。

劉太醫眼睛一亮。「是全廷！」全廷是三年前進的太醫院，因為醫術不錯，得到當時的太醫令賞識，提拔他去御前。

皇帝這幾年的平安脈都是他請的，照全廷的醫術，不可能發現不了端倪。

這次圍獵，劉太醫的名額本來是全廷的，只因來圍場的前兩天，全廷不小心摔傷了腿，這才換了劉太醫過來。若非這次意外，還不知道要被矇騙多久。

出了刺殺之事，原本三天的圍獵讓皇帝頓時沒了心情，擺駕回宮。

蕭沂站在下首。「已經確定全廷與明婕妤勾結。」

皇帝皺眉。「又是北疆人？」

「不，他們是西戎的人。」

皇帝震怒，揮袖子掃落了案桌的東西。「蕭沂，你是怎麼當差的！朕把飛羽衛交給你，你卻讓朕這皇宮成了篩子！是個人都能往朕身邊塞細作！」

蕭沂單膝跪下。「微臣失職。」

皇帝猛然站起來，氣血一上湧，腦袋就疼起來，又跌回椅子裡。

皇帝雙眼赤紅，腦內猶如被人撕扯著。他想聞到明婕妤身上的香味，但他知道不能，都是藥物在作祟！

該死的西戎人！

皇帝努力讓自己平靜下來。「起來吧，朕這次就饒了你。」

「謝陛下。」蕭沂站起來。

皇帝道：「朕的治療什麼時候開始？」

「劉太醫已經想出了治療辦法，明日便可開始，陛下只要平心靜氣，便不會頭疼。」

皇帝聞言安了心，舒暢不少。「宮裡宮外你再好好篩一篩，別讓朕再發現咫尺之內有異族！」

「是。」蕭沂領命。

這次的事情的確是他疏於防範，北疆與西戎竟那麼早就在大雍埋下種子，即使這些種子可能永遠都得不到啟用，然而一旦有用，這些隱於大雍市間的人，也許能給大雍帶來致命一擊——何其歹毒又深遠的心思！

蕭沂忙碌了起來，月楹也同樣腳不沾地。

未免引起西戎人的警覺，明婕妤與全廷都被秘密控制起來，皇帝中毒之事不能為旁人所知，所以知情人只有月楹與劉太醫。

月楹穿上小陳的衣服，裝作男子行走在太醫院。

皇宮巍峨，金碧輝煌，斗栱飛簷，數不勝數，月楹卻無暇欣賞這堂皇建築。從宮外到宮裡，她一連走進了十數道門，每入一道門就是一道枷鎖，禁錮得人喘不過氣來。

「都收拾好了嗎？」劉太醫囑咐再三。

月楹點頭。「沒問題。」

劉太醫還在喋喋不休。「進殿時，切不可直視陛下天顏。要記得……」

月楹再次說：「知道，我都記下了。」

她跟著劉太醫進了殿，低眉屈膝，眼中只有面前的幾尺地方。只聽一個威嚴的聲音道：

「有勞劉卿。」

「不敢，陛下安康，本就是微臣職責所在。」

皇帝也沒有多廢話，讓劉太醫直接開始。

月楹與劉太醫採用的是藥浴療法，皇帝褪去外袍，坐在浴桶裡。劉太醫適時給月楹使了個眼色，月楹戴上棉布口罩，悄悄點燃了安神香。

劉太醫也戴上口罩。「陛下，藥材中有安神的功效，您若感到睏倦，儘管睡去。」

皇帝表示可以理解，端正地坐在浴桶中，不一會兒便傳來平穩的呼吸聲。月楹這才敢抬頭，皇帝安詳地睡著，中年蓄鬚，眉眼依稀與睿王爺有些相似，不過睿王偏俊美，皇帝則是更威嚴。

劉太醫催促道：「快動手吧。」

月楹頷首，隨即拿出金針刺其穴位，讓藥力能遊走於皇帝全身。

「您看好了。」是治病也是掩飾，皇宮太危險，這樣喬裝打扮風險太大，月楹將這套針法盡數教與劉太醫，這樣便用不著她了。

月楹故意放緩下針速度，劉太醫看得認真，配合著月楹給他畫的穴位圖，大致能記住。

「丫頭，這針法教給我，不算背叛師門？」劉太醫也有顧慮。

月楹笑道：「哪有什麼師門，醫術重在傳承，若有機會，要全天下的人都學會治病才好。那樣遇上急症時，也不必因為等不到大夫而錯失了救治的機會。知道的人越多，就代表傳承下去的機會越大，會有更多人得到救治，何樂而不為？」

劉太醫聽罷，讚道：「岳丫頭有大胸懷。」假如異地而處，他承認做不到月楹這般無私。

月楹輕笑搖頭。這也不能怪他，囿於時代而已，做不到不藏私，也不能說不是好大夫。

皇帝這一覺睡得很舒爽，醒來時只覺渾身輕鬆，連帶著心情也好了不少，從前總覺得四肢有些無力，夜裡批奏摺批不了多久就手腕痠疼。藥浴一泡，這些毛病都沒了。

皇帝大喜，當即賞賜了劉太醫許多東西。劉太醫不敢邀功，將大部分的東西都送給了月楹。

月楹看著眼前的一大堆賞賜，嘴角瘋狂上揚。

皇帝給的賞賜肯定值錢！這麼多東西，怎麼也值個幾千兩，抵那支汝窯花瓶綽綽有餘，也就是說，她能贖身了！

月楹興奮地跑去蕭沂的房裡。「世子，我要贖身！」

蕭沂眼都未抬。「哦，攢夠銀子了？」

「夠了！」月楹甩下一個包裹。「您看。」

蕭沂簡單翻了翻，一對瑪瑙玲瓏鐲，一套碧璽茶具，他隨意拿起一只茶碗。「這些東西，可抵不上價。」

什麼？月楹眼神產生懷疑，他到底識不識貨啊！「這可是御賜之物！」

蕭沂笑起來。「正因為是御賜之物。」他將手中的茶碗翻轉。「妳看，這是內廷司的印記，御賜之物不能買賣，不能轉贈。劉太醫把東西送妳其實是違規的，妳小心藏著還好，拿出來示人，便是有罪了。」

哪裡來的破規矩！月楹忿忿。「世子不是在唬我吧？」

「不信妳可以去問問明露。」

月楹垂眸斂去眼中神色。「奴婢告退。」她抱著東西，心頭苦悶。蕭沂真的不肯放人！她又不傻，自然知道御賜之物不能隨便送人，來這一齣，是試探也是麻痺。最好讓蕭沂覺得，她還揣懷著只要攢夠了銀子他就能放她走的錯覺。

春風拂面，楊柳依依。

皇帝的病情已經穩定，劉太醫已經可以獨自操作，月楹不必再去皇宮。她揹著藥箱再次來到瓊樓，按照約定好的日子來給姑娘們請平安脈。

「喲，岳大夫來了，快請進，快請進！」鄭媽媽見著她，笑成了一朵花，每一道細紋都在表示她的喜悅。

鄭媽媽親切地挽住她的胳膊，對著身旁小婢女頤指氣使。「還不快給岳大夫上茶，點心也給擺上。」

月楹被這突如其來的熱情搞得有些不知所措。「您先別忙。」事出反常必有妖，何況是歡場老鴇這麼善於變臉的人。「鄭媽媽有事相求？」

鄭媽媽笑起來。「哈哈，那咱們就明人不說暗話。」她神秘兮兮地將手伸入袖中，摸索了半天摸出個小盒來。

月楹仔細一看。「這不是我送給晚玉的面霜嗎，怎麼會在媽媽手中？」

鄭媽媽避而不答，只道：「這東西叫面霜嗎？」姑娘們都是一樣熬大夜，其他姑娘都面有倦容，黑眼圈要蓋一層粉才遮得住，唯獨晚玉的氣色如常，而且皮膚還越來越好，白嫩細滑。

鄭媽媽好奇問她，晚玉便拿出了這小盒，說都是它的功勞。鄭媽媽厚著臉皮將東西要了來，一上臉就知與尋常的面膏不同，雪白細膩，便是宮裡娘娘用的貢品，也就是這樣了。晚玉平時極其省儉，是斷然不會花重金去買這東西的，鄭媽媽細問之下才得知是月楹贈給她的，而這東西是月楹自己做的。

鄭媽媽瞬間計上心來。這上好的面膏，能在上面做的文章可不少啊！

「我呀，想向岳大夫買這製膏的法子，至於這價錢嘛，好說。」鄭媽媽豪氣一甩手帕。

月楹卻搖頭。鄭媽媽湊近。「怎麼，岳大夫不肯賣？」

「非是我不賣，而是這東西除了我，沒人能做出來。」做面霜的關鍵一步是提純，要提純就必須有蒸餾器具，這東西若流傳了出去，她怕是不好解釋。

鄭媽媽腦筋轉得極快。「這有什麼要緊，不賣方子，那便只賣膏。這膏可有名字？」

月楹隨口道：「雪顏膏。」

「雪顏膏，好名字。」鄭媽媽恭維了句。「妹妹啊，這雪顏膏妳能做多少，我便要多少。」

連岳大夫也不叫了，開始用懷柔政策。

月楹一笑。「媽媽的意思是，只能賣您，不能賣其他人？」

鄭媽媽笑咪咪，拍了拍月楹的手背。「妹妹冰雪聰明，有些話不必我說得太透吧！」

東西向來都是物以稀為貴，但只要瓊樓的姑娘用這個，一個個姑娘都嫩得能掐出水，那鄭媽媽的財源不就滾滾來嗎？若是所有的青樓姑娘都用上，那便顯不出她瓊樓姑娘的好了。

月楹微微瞇起眼。「那媽媽打算出多少銀子呢？」

鄭媽媽見她鬆口，喜上眉梢。「老姊姊我怎麼也不會虧待妳，這樣吧，便一盒十兩，如何？」

「十兩？」月楹險些以為自己聽錯。

鄭媽媽聽著她語氣。「還嫌低嗎？妹妹妳也太會做生意了，十兩不低了。」

月楹被這高價震撼，鄭媽媽卻以為她在待價而沽。

鄭媽媽猶豫幾息，一擺手道：「算了算了，十二兩一盒，不能再高了。」

月楹飛快與她擊掌。「成交！」

她努力控制住內心的喜悅。難怪大家都說化妝品行業暴利，原來是這個暴利法。賣上一盒足以抵她一年的月例，若是賣上一百盒，那豈不是很快就能攢一大筆銀子？

真是打瞌睡來送枕頭。

她身分不能顯露於人前，做假路引、假官籍都需要銀子，有鄭媽媽這一筆意外之財，能讓她的很多問題都迎刃而解。

鄭媽媽拿出早就準備好的協議，添上價錢。「岳妹妹看看可有需要補充的。」

鄭媽媽乾脆俐落，也是個颯爽女子，難怪能撐起瓊樓。

月楹看過契約，合情合理，公平公正，沒有猶豫便簽了名。

第四十四章

兩人商量完了正事，鄭媽媽才讓姑娘們都下樓來。

晚玉是最先下來的，她見著月楹很高興。「每日見著的都是些附庸風雅的東西，肚子裡真材實料一句沒有。」她隨意吐著苦水。

月楹詢問了下她的近況。「身子康健就好。那件事有消息了嗎？」當著外人的面，她不好問得太過詳細。

晚玉臉色沈下來。「沒有。」她問了許多達官貴人，都不曾見到過她弟弟。

月楹覺得她的方法可能有些不對，不該找貴人們問，除了貼身使用的人外，貴人們哪會記得自己家裡新進了什麼小廝、丫鬟，問主子反而不如管家。

月楹一語驚醒夢中人，晚玉恍然。「對呀！這些人哪會知道自己家裡多了什麼人。」她又重燃希望。「月楹真是我的福星。」

月楹笑道：「身分不同，思考的角度便不同。」她是丫鬟，而晚玉從前是個十指不沾陽春水的大小姐，找弟弟的重擔一直壓著她，讓她鑽了牛角尖。

月楹蹙眉。晚玉雖然現在看起來很正常，如果弟弟一直找不到，她的壓力會越來越大，難保哪一日會承受不住。

但她現在的精神支柱就是找弟弟，也不能讓她不要找，進退兩難。月楹只能給她開些緩解精神的藥。「妳身子有些弱，須補一補。」

晚玉聽話地拿著藥走了，在沒找到弟弟之前，她當然要好好保重身體。

「這便是新來的女大夫？」一火紅身影蓮步輕移，從樓梯上下來，身旁簇擁著幾個小丫鬟。

月楹抬眸，眼前這女子長裙曳地，大紅的顏色卻絲毫沒有壓下她容貌的豔。高挺的鼻梁，飽滿的眉骨，一雙眼睛是琥珀色，胭脂淡掃，眉心一點紅，額髮微微鬈曲，漂亮精緻得像個洋娃娃。

這人的身分不難猜，應該是那日她未見到的花魁娘子。這花魁娘子的容貌，不負盛名。

「什麼時候看病的女大夫，也有如此容貌了？」芷妍淡笑。

芷妍走過來，其餘的姑娘自動為她讓路。自然有心底不平的，只是到底不如人家，也只能忍下氣。

芷妍緩緩坐下。她身上有極淡的茉莉香味，柔柔地將手伸過來。「岳姑娘，請。」

月楹卻道：「難道鄭媽媽沒有通知芷妍姑娘，我看病時不准上妝嗎？」

鄭媽媽要討好月楹，這話自然是叮囑過大家的，但聽不聽就是自己的事情了。起床便上妝已經是她們的習慣，芷妍也不是故意要找碴，只是等她想起來時，已經遲了，又懶得洗臉再上一遍妝。

有人不爽了。「不就是上妝了，上回妳不也看了嗎？怎麼這次便不行了？」說話的名叫慧語，她五官生得還算出色，唯獨一點是皮膚有些黑，平日裡都在屋子裡上完了妝粉才出來，也不覺比旁人差。

今日一出來，大家個頂個的白，襯得她黑不溜丟，往日裡的好姊妹都用那種奇怪的眼神看她。

她不知月楹與鄭媽媽的交易，只把她當個尋常大夫看。一個大夫看病就是，哪裡來的那麼多要求，也不知鄭媽媽為何那麼聽她的。

月楹嘆道：「不上妝是為了姊姊們考慮。妝粉遮住氣色，人生病，面色會最先有變化，醫家所謂望聞問切中的望便是這個意思。」

「旁人家怎麼沒這麼多規矩，偏妳有，是否醫術不精在這裡糊弄人呢！」

「慧語，少說兩句。」琴韻出來打圓場。月楹治好了她的口臭，最近點她的客人都多了一倍，她自然是護著她的。

晚玉目光不善地看著慧語。「不願意看病就回房，鄭媽媽挑的人，也容妳置喙！」

慧語只是個普通等級的姑娘，不比琴韻、晚玉這等有一技之長的，忿忿道：「妳們……妳們都幫她是吧……哼！不看就不看！」一跺腳，走了。

「慧語姑娘……」月楹也不知怎麼就演變成了這樣，慧語生氣的點在哪裡，她完全不理解。

晚玉道：「別勸了，她就這個脾氣。」

琴韻也道：「她自己彆扭，不必管她，少看一次無妨。」

慧語鬧這一齣，反而讓芷妍有些下不來臺，她低聲催促。「岳姑娘快些吧，晚些我還有客。」

月楹認真把脈，卻發現她的脈象有些異於常人，說不出哪裡不對，就是覺得不對勁。她皺眉，又換了一隻手，還是不對勁。

月楹看向芷妍。「芷妍姑娘，我能把一下妳脖子上的脈嗎？」

芷妍微愣。「當然……當然可以。」

月楹伸手摸上她脖頸間，能清楚感受到她的脈中竟有兩條活脈。

也就是說，她身體中還有一種有生命的東西。這種東西，月楹曾在醫書上看過，人們一般稱之為蠱。

芷妍的身體中有蠱。這蠱在她身體裡應該有些年頭了，而芷妍是否知道她身體中有蠱蟲呢？

芷妍問：「怎麼，我身子有什麼不對嗎？」

月楹試探道：「芷妍姑娘幼時可曾生過一場大病？」

「岳姑娘何出此言？我小時並未生過大病。」

月楹道：「方才把脈，發現一病根，約莫應該有十餘年了，只是我醫術淺薄，把不出是何病症所致。姑娘既然沒生過病，想來是我看錯了。」

「是，岳姑娘看錯了。」芷妍縮回手，目光躲閃，心頭微震。她怎麼可能發覺？能發覺她脈象不對的，可不只有一些淺薄醫術。

芷妍不敢再讓她看，推說自己有客要上樓準備。「我便不奉陪了。」

月楹目光追隨著她，直到看不見人。這位花魁娘子，也是有秘密的人啊！

「還不回神，也被花魁迷了眼不成？」琴韻調侃。

月楹笑道：「亂花漸欲迷人眼。」

「妳快些看吧，我今日要出門，讓人等可不好。」

月楹開始認真工作。姑娘們其實都念著她的好，上次她來幫不少人治好了許多小毛病，像慧語一般的畢竟還是少數。

有個姑娘機靈，她也發現了晚玉的變化，又見晚玉與月楹交好，偷偷問她。「岳大夫是否有養顏的秘方？」

月楹只神秘一笑。「這個嘛，妳去問鄭媽媽。」

姑娘得了暗示，還真有養顏秘方，鄭媽媽一向只緊著那些上層紅姑娘，有什麼好的都給她們先用，底下的姑娘只能用她們挑剩下的。

問話的姑娘明顯內心有自己的小算盤，悄悄塞了銀子給月楹。「岳大夫，還請明示。」

捏著掌心的銀子，月楹雖然眼饞，但已經簽了契約就得守信用。「姑娘快收回去。」

那姑娘不肯收，得到養顏秘方就是她向上爬的機會。「您就收下吧。」

她們這一推二就的，引起了不少人的注意。姑娘不肯罷休，索性提高了聲音。「岳大夫，您就把養顏秘方告訴我吧！」

「養顏？什麼養顏秘方？」

青樓裡的姑娘對養顏二字異常敏感，聞言都撲向月楹圍著問：「岳大夫當真有養顏秘方？」

月楹說也不是，不說也不是。她已經承認了有，再反口豈不是自打嘴巴。

「岳大夫，妳就說吧，姊妹們不會虧待妳的。」

嘰嘰喳喳的亂成一團，都說三個女人一臺戲，這裡起碼三十個了，月楹實在招架不住。好在鄭媽媽聽見動靜，從房裡出來了。「吵什麼！」

她放開嗓子一吼，七嘴八舌的姑娘們瞬間鴉雀無聲，收斂了神色。

鄭媽媽扠著腰過來，手絹一甩，極有威嚴的眼神掃過每一個人。月楹明明不受她管轄，卻陡然挺直了脊背。

有個姑娘大著膽子道：「我們也是為了媽媽您呀，我們的容貌更出色，媽媽您的錢袋子不就更滿嗎？」

鄭媽媽明白了剛才吵鬧的原因。「這事情也沒打算瞞著妳們，這麼著急做什麼？」

有個姑娘扯起嘴角不屑道：「媽媽真能想著我們，不緊著紅姑娘？」

鄭媽媽冷笑一聲。「一盒養顏的膏子十二兩，妳一個月才多少花紅，我便是給了妳，用得起嗎？」總有些認不清自己身分的，鄭媽媽縱橫歡場多年，一雙眼睛最是毒辣，哪個姑娘前途無量，哪個姑娘這輩子也就這點出息，都一清二楚。

眼前說話的這位就是沒什麼前程的，自身條件不怎麼樣，還總以為她偏心。

那姑娘聞言面色脹紅。她一個月生意好的時候，也不過才十兩花紅，的確是用不起的。

但鄭媽媽都把話說到這分上了，那姑娘即便買不起，也要爭口氣。「不就是十二兩嗎？屆時有了，媽媽記得給我留一盒。」她放完狠話就扭著腰離開了。

鄭媽媽梭巡一圈。「還有誰想要？只要拿得出銀子，都給妳們留著。」

這價碼也只有幾個紅姑娘才用得起，大多數只是討口飯吃，聽聞這價錢有些熄了念頭，有些想搏一搏的，都拿了銀子出來。

大堂內很快就沒什麼人了，月楹走過去對鄭媽媽道謝。

鄭媽媽和氣道：「耽誤妳時辰了，妹妹快些離開吧。」倒不是她想趕人，只是再耽擱下去，瓊樓就要開門了，月楹到底是個清白姑娘，不好見這些。

怎料月楹剛走到門口，便又被叫了回來。

一個黃衣姑娘神色慌張地跑出來。「岳大夫，快去……去……看慧語，她……她……」

「她怎麼了，妳慢著說。」

黃衣姑娘喘勻了氣。「她肚子疼，現下都疼得昏倒了。」

月楹神情立馬變嚴肅，提裙就往樓上跑。慧語的屋子外面已經圍了一堆人。

「這怎麼回事啊，剛才還好端端的呢？」

「誰讓她耍脾氣不看病，出事了吧？」

月楹擠進去。「麻煩讓讓。」眾人急忙讓出一條路來。

慧語暈倒在床沿，旁邊的地上還有一堆不明液體。她口中還有嘔吐的痕跡，面色鐵青，緊閉著雙眼，極其痛苦的模樣。

月楹一搭脈，問旁邊慧語的小婢女。「她今天是不是跑了好幾趟茅廁？」

小婢女點頭。「對對對，隔一個時辰就去一次，我還問了句，姑娘說沒事，只是吃壞了肚子，跑幾趟茅房就好了。」

月楹下了結論。「她是吃壞了肚子。」而且是很嚴重的那一種，因為沒有及時治療，已經變成急性腸胃炎了。

月楹給慧語扎了兩針，她慢慢醒來，仍捂著肚子，頭頂發著虛汗，嘴唇沒有一絲血色。

月楹問：「是否覺得腹痛陣作？嘔吐吞酸，噁心頻發，又口渴？」

慧語虛弱地點點頭，疼得一個字也說不出。

月楹繼續問：「今晨開始的？進了幾次茅房，糞色是否入如清水，瀉下急迫？」

慧語繼續點頭。早上就感覺有些不對了，不過她沒放在心上，只以為上個茅房就好了，剛才一上樓她便又瀉了一次，然後腹內就開始翻湧，一陣一陣的絞痛，讓她連呼喚的力氣都沒有。

典型的腸胃濕熱之症，月楹又問：「昨夜吃了什麼？」

小婢女替她回答。「昨夜姑娘去了王公子的別苑烤肉，喝了馬奶酒。王公子的朋友有些是蠻子，蠻子最愛吃生肉……姑娘也被逼著吃了些。」

沒熟的肉不知有多少寄生蟲。月楹寫下藥方。「快去抓藥，抓個三服。」

小婢女匆匆出門。「讓一讓。」

鄭媽媽見月楹開了藥，高聲道：「都別看熱鬧了，這都幾時了，還不去梳妝打扮，出門迎客。」

眾姑娘做鳥獸散，瓊樓大開中門。

慧語叫著疼，拽住月楹的衣袖，半點盛氣凌人也無，虛弱道：「岳大夫，方才是我唐突……您大人有大量，我實在難受得緊，有什麼法子能緩緩嗎？」

月楹搖頭。「沒有，只能忍著。」不是她故意為難人，這裡沒有特效止痛藥，確實只能生生扛過去。

慧語面如死灰，難受地流下兩滴眼淚。

月楹到底還是心軟。「我替妳針灸緩解一下吧。」

「多謝岳大夫。」這疼痛真的是要人命！現在月楹說什麼她都照做，只要能讓她不疼。

月楹盡心替她醫治，扎了幾針後，慧語腹痛果真沒有那麼強烈了。

月楹細心地拿軟布擦去她頭上的汗，並無半分芥蒂。

慧語悔恨道：「岳大夫，是我小人之心了。」

月楹淺笑。「知錯能改，善莫大焉。」她沒將此事放在心上。慧語的彆扭不過是不想將自己的缺點暴露於人前罷了，漂亮的姑娘家最愛面子。

等慧語的丫鬟將藥抓回來時，外頭已經熱鬧起來了。慧語門口不斷有男子經過，姑娘與男子調笑的聲音不絕於耳。

月楹打開門往外看了一眼，方才在她面前還算正經的姑娘們，此時已經換上燦爛的笑容迎來送往。

有個明顯是醉酒的客人。「慧語，慧語呢？怎麼不出來相陪？」

黃衣姑娘迎上去，拋了一個媚眼。「大爺，慧語身子不爽，您有我還不夠嗎？」

醉酒男子摟著黃衣姑娘淫笑著，摸了一把她的小臉蛋。「夠，這小臉，比我家中那個黃臉婆不知強上幾倍。」

月楹輕皺眉。她也看見了黃衣姑娘眼中一閃而過的厭惡。

黃衣姑娘艱難地架著人的胳膊，小身板幾乎要承受不住男子的重量，一步一步遠離了慧語的房間。

月楹合上門，輕嘆了聲。

慧語見狀。「岳大夫嫌棄嗎？」歡場女子，大多為人所不齒。

月楹搖頭。「不，嫌棄什麼，又不是妳們逼著這些男人來尋歡作樂。」

過了一會兒，小婢女捧著藥回來了，慧語喝下藥後，腹痛緩解，通便的情況也好了許多，恢復了正常的模樣。

「明日早晚各吃一次藥，這半個月的飲食清淡一點，油膩是一點不能碰。」月楹淡聲交代著，慧語都一一記下。

控制住了病情，她也該離開了。

慧語道：「岳大夫，小心些。」這個時候出去，必定會碰上前院的客人，月楹一個獨身女子，她怕她受欺負。

月楹卻道：「無妨，我會小心的。」

她揹起藥箱出門，貼著牆根走，撞上別人親密也只當沒看見。

眼見就要下樓，突聞平地一聲暴喝。

「所有人原地不許動，回自己的房間，沒有命令不准出來！」

「守好各個出口，只許進、不許出！」

雄渾的嗓音吼完這一句，隨之而來的就是一大批官兵湧進來，都是京畿衛的打扮。

京畿衛管束京城安危，京城出現什麼逃犯之類的都由京畿衛搜捕。官兵們迅速包圍了整個瓊樓，每間屋子外都有人值守。

月楹暗道不妙，走不了了。

一個官兵態度強硬，手裡一桿長槍推搡著她。「快回自己的房間！快回去！」顯然是將月楹當成了瓊樓裡的姑娘，月楹想開口解釋也沒有機會。

月楹緩步走著，本想去三樓尋晚玉，不料背後的那個官兵跟著她走了一段時間已沒有了耐心。

「妳到底回不回房？妨礙公務，妳個小娘皮擔當得起嗎？」

屋外已經沒有什麼人了，大堂裡的人也都被控制了起來。

有個模樣像是官兵頭頭的催了一句。「好了沒？」

這官兵怕被責罵，回了句。「好了、好了。」說著就用力將月楹往隨便一間屋子一推。

月楹一個踉蹌栽進了一間屋子，險些摔了個跟頭。她這個視線只看見屋內人的兩雙腳，忙道歉道：「失禮了，實在不是故意闖進……」

月楹抬眸，想說的話在看到面前人的臉時都卡在了嗓子眼裡，眼神從驚慌轉變為疑惑。

屋裡人也是同樣疑惑。

兩人同時道：「您（妳）怎在這裡？」

第四十五章

燕風也驚呼出聲。「月楹姑娘，妳一個姑娘來瓊樓？」

蕭沂身著墨綠色圓領袍，腰繫一塊羊脂玉珮，玉珮上青色的穗子垂落在身側，標準的世家公子的打扮。

他出現在這裡，也來尋歡作樂不成？月楹一陣鄙夷。還當他只是手段下作了點，應該是個潔身自好的，原來也有尋常男子的劣根性！

蕭沂一看就知道她想歪了，開口解釋道：「別多想，我來這裡有任務。」

他解釋這一句，月楹心情輕鬆不少。「世子用不著對我解釋。」

蕭沂不可置否。「妳來這裡是……看病？」他看著她身上的藥箱。

月楹頷首。「是。瓊樓的媽媽請我來給姑娘們看病。」

「怎麼這麼晚？」

月楹解釋。「有個姑娘身子不適，一直折騰到了晚間，本來我早該走了的。」

外頭鬧烘烘的，官兵嘹亮的嗓音傳進來。「大人，人都已經控制好，請您搜查！」

月楹偏頭。「到底是怎麼回事？」

蕭沂道：「陛下擔憂京中還有北疆人，讓京畿衛搜查，大概搜到這塊，撞上了。」皇帝雖將此事交給了他，但明面上還是要做功夫的。

「這樣漫無目的的搜查，除了打草驚蛇，能做什麼？」

蕭沂笑道：「結果不重要，重要的是讓陛下知道他們盡心做了。」

月楹恍然。

聽著外邊的動靜，燕風往外看了眼。「世子，快過來了。」

蕭沂點頭，對月楹道：「妳把藥箱藏起來，站到我身後來。」

月楹照做。她穿的衣服並不明顯，放下藥箱，便與這瓊樓裡的小丫鬟無異。

門被不友善地打開，木屑都飄落了些下來。領頭人是個熟人，徐國公世子徐落。月楹連忙垂下頭，退到一旁。

徐落是京畿衛統領，出現在這裡不奇怪。

「不言怎麼在這裡？」徐落是真的很驚訝。滿京城都知道蕭沂不近女色，都快遁入空門的一個人，即便想試試紅塵溫柔，也不會轉變得這麼快吧？

太過反常的事情，便不對了。直覺告訴徐落，這裡頭有問題。

徐落坐到蕭沂對面，笑得意味深長。「人人都道不言是半個和尚，原來還是貪戀紅塵。」

蕭沂把摺扇一合。「景鴻可是誤會我了，我來此只為請教。」

「何解？」

蕭沂道：「我近日與胥之對弈，每每輸於他，總覺自己棋藝不得寸進，聽聞瓊樓有位琴韻姑娘，棋藝極好，故來請教。」

「是嗎？」徐落對這話半信半疑。蕭沂棋藝絕佳不是秘密，雖比之商胥之這個棋癡還差點，但也差不遠了。

為了尋求棋藝進步，找青樓女子來切磋，未嘗不可能。

青樓比之妓館，對於他們這些世家子來說，其實無礙。

這話也只能騙騙徐落，月楹聞言就知道蕭沂在忽悠人。首先商胥之什麼時候贏他了？還有，關於琴韻的事情他倒是沒說錯，但最大的破綻就是琴韻今日不在瓊樓。哪有特意找人下棋，卻不打聽人在不在的。

徐落思索一會兒。「多年不曾見不言下棋了，不知今日我可有幸一觀？」他還是覺得沒那麼簡單，要真的確定蕭沂只是來找人下棋才好。

「去將琴韻姑娘請來。」徐落吩咐道。

月楹適時出門，身後跟著一位兵士，她將人帶到了一間屋子前。「請官爺稍等，琴韻姑娘還得梳洗打扮一番。」

士兵可以理解。「快些啊。」

月楹推門進去，晚玉坐在榻前。

晚玉不明白為何她去而復返。「月楹，怎麼了？」

月楹握了晚玉的手。「晚玉，妳幫我個忙。」

晚玉點頭。

一刻鐘後，一名盛裝打扮、輕紗覆面的姑娘從房裡走出。

「大人，琴韻姑娘到了。」

徐落抬頭一瞧，來人一身芝蘭紫軟煙羅開衫裙，五官只剩眉眼露在外面，美而魅，臉上覆著紫色輕紗，一直垂落到胸前，遮住了本該顯露的春色。左側胸前一隻赤蝶妖嬈，隱在輕紗下，振翅欲飛，小腰纖不盈握，身形窈窕。

徐落嘆了句。「早聞瓊樓皆色藝雙絕的姑娘，真是百聞不如一見啊。」即便輕紗覆面，窺不見她真容，也能想像到面紗下是怎樣的絕色。

蕭沂緩緩抬頭，輕搖摺扇的手不易察覺的一僵。

「只是琴韻姑娘的譜擺得也太大了些吧，睿王世子與本官在此，都不肯摘了面紗嗎？」

琴韻低低地笑。「大人想摘我這面紗，不知預備了多少銀子？」

想看姑娘的容貌，也不是免費的，尤其是琴韻這種有名氣的，更是收費不低。

徐落此次出來並不是專程來青樓的，自然是沒有帶夠銀子，而且主人是蕭沂，他也不好越過他。

蕭沂道：「下棋便可。」

與琴韻下棋，花費也是不低，琴韻全盛之時，曾有一局百金的高價。

燕風取來棋子與棋盤，擺好架勢。徐落讓了位置出來，轉到一邊專心看棋。

「琴韻姑娘請。」蕭沂抓了一把棋子。

「單。」

蕭沂鬆開手，棋子落在棋盤上，五個子。

「姑娘執黑先行。」蕭沂做了個請的姿態。

琴韻微微傾身，拿過黑棋棋簍，便開始對弈。徐落作為徐國公世子，對棋道自然頗有了解，雖不及蕭沂、商胥之流，在觀棋上還是有幾分水準的。

蕭沂與琴韻這局對弈，實在稱得上精彩。

黑棋步步緊逼，白棋節節後退，然白棋的後退其實是在將敵人緩緩誘於彀中，白棋漸成合圍之勢，黑棋肉眼可見的氣數將盡。

就在徐落以為琴韻要輸之時，素手纖纖又落下一子，白棋竟成決定反擊之勢。

「妙啊！置之死地而後生，琴韻姑娘好棋！」饒是徐落見過許多精妙絕倫的棋局，也忍不住為這局棋喝彩。

蕭沂盯著棋盤。「景鴻這麼早便下結論了嗎？」

啪的一聲，白棋與木質棋盤清脆的碰撞聲響起。

琴韻笑看一眼棋局，放了兩顆子在棋盤上。「琴韻認輸。」

「承讓。」蕭沂抱拳。

徐落哈哈笑起來。「即便是輸了，琴韻姑娘方才的那一番反擊也足夠出色。」

蕭沂似是上了癮。「再來一局。」

「只要世子出得起銀子，琴韻樂意奉陪。」

徐落站起來。「我卻是不能奉陪了。不言，我還有公務在身，先走一步。」

他已經在這裡耽擱了太長時間，從目前的情況來看，蕭沂是真心來下棋的，而琴韻的棋藝也的確值得蕭沂來這裡一趟，既然沒有疑點，他也就不必再留在這兒。

徐落起身告辭，琴韻道了聲。「大人慢走。」

兩人目送徐落出門。

木門合上那一刻，琴韻長舒一口氣，端坐著的人瞬間垮下脊背，沒形象地往椅背上一靠。「總算走了。」

蕭沂抬眸。「怎麼是妳？」

燕風還在詫異自家主子怎麼認識琴韻姑娘，面前的人已經把面紗扯了下來。「月楹姑娘！」

「這面紗憋死我了。」月楹終於呼吸到了新鮮空氣。「當然是我，琴韻不在，世子來瓊樓也不打聽打聽姑娘們的行程。」

她給自己倒了碗水，大口大口喝著，演戲實在太耗費心神，尤其是在徐落這種眼尖的人面前演。

蕭沂在她進門時就察覺到了是她，這樣的打扮，著實是讓人眼前一亮。她本是極清純的長相，卻要配合這衣服化著媚態的妝，然並不奇怪，反而將這兩種感覺中和得很好。

解下面紗，她胸口的那片雪白便藏不住了。與真琴韻刺在身上的赤蝶不同，月楹身上這一隻是畫上去的，蝴蝶的觸角細看其實是顆小紅痣。

為了趕時間，她下半張臉其實是沒有上妝的，粉嫩的唇瓣掛著晶瑩剔透的水珠，她似乎渴得厲害，還不忘伸舌一舔。

蕭沂喉結滾了滾，聲音低沈。「把衣服換了。」

月楹後知後覺，捂住胸前，臉上是尷尬的笑。「馬上就去。」

不是她故意想穿成這樣，實在是青樓裡的衣服都是這式樣的，這已經是她找出最良家婦女的一件了。

外頭，徐落檢查了一遍沒有發現可疑人員後，帶人離開。瓊樓又恢復往日熱鬧，一如方才的場面都沒發生過。

月楹重新將面紗戴上，正準備出門。

「燕風，護著她過去。」穿成這樣出去，他實在是不放心。

燕風非常有眼力見，知道什麼該看、什麼不該看，護著月楹到了晚玉房中。

晚玉見她回來。「事情都解決了？」

月楹道：「是，多謝妳借我衣衫、為我上妝。」

「舉手之勞。」

月楹道：「不問問為什麼？」

晚玉笑道：「妳想告訴我，自然會告訴我的，有時候知道得太多並不好。」她也是深宅大院裡出來的人，有些事情不必說得太透。

月楹換回自己的衣服，蕭沂等在屋外，肩上揹著藥箱。

月楹忽然有種等待女友逛街歸來的男友既視感。

「回府。」蕭沂把藥箱丟給她，月楹抱穩。

馬車上，不出意外等到了蕭沂的質問。「月楹的棋藝，進步飛速。」

月楹在打算假扮琴韻時，便沒打算再隱瞞自己高超的棋藝。「是，奴婢也覺得自己天賦異稟，才學了幾月，便可與世子一較高下了。」

他不揭穿，她就陪他裝一裝。

蕭沂指尖微動，摺扇開展。「那日的殘局就是妳破的。」

月楹淺笑看他。「您其實也沒信是我誤打誤撞吧！」

兩人視線交纏，眼波流轉間，攪動的不是曖昧，而是屬於聰明人的心照不宣。

月楹問道：「您去瓊樓是查北疆人嗎？」

「嗯，有可靠消息說瓊樓中有北疆人，具體是誰不知。」此事是皇帝下旨秘密查探，他手底下那些人扮演世家公子沒幾個像樣的，只好由他親自出馬。

蕭沂背靠後，身形舒展。「妳應該接觸了瓊樓的所有姑娘，覺得誰有嫌疑呢？」

月楹挑眉。「還真有一個有些奇怪。」

「誰？」

「瓊樓的花魁娘子，芷妍姑娘。」

蕭沂垂眸。「怎麼個奇怪法？」

月楹道：「她身懷蠱蟲，明知自己中蠱，卻不承認。」

蕭沂微笑。「北疆人善蠱，這是他們控制死士的一種方法。將蠱蟲種入人的體內，每月要吃解藥，不然便會被蠱蟲啃噬至死，屍體也會極快腐爛。」

月楹想像了一下那個畫面，五官都皺在一起。

「妳提供的消息很有用。」她總能誤打誤撞幫他解決許多問題，譬如烏木爾的事，譬如這次瓊樓的事。

若非她假扮琴韻，又有和他旗鼓相當的棋藝，徐落當即就會看出破綻。雖然他並非沒有應對之法，但她做的是最優解。

蕭沂道：「事實證明，妳可以做一個合格的飛羽衛，不必明言就能出色完成任務。」

月楹搖頭。「不，幫您不過是為了還您上次的恩，這並非任務。」

「只是還恩？」蕭沂知道她說的是上次木蘭圍場的事情。

「只是還恩。」月楹認真道，撇得極其乾淨，不給蕭沂留一絲幻想。

蕭沂微微眯起眼。她再次拒絕也在預料之內，但已經比上次溫和了許多，沒有直接說。

蕭沂覺得，這便是她鬆口的前兆。這麼多天，他也摸出了她的性子，月楹吃軟不吃硬，想要她心甘情願為他做事，還得用些溫和的辦法。

第四十六章

「快休息吧，這都第幾日了？」明露低聲催促著。

月楹已經連續挑燈夜戰，每日幾乎都要到子時，明露見她眼睛都通紅了，便勸她快休息。

「妳看看妳，都成兔子了。」明露拿來銅鏡，往她面前一放。

月楹瞥了眼，也被嚇了一跳，揉了揉痠澀的眼，放下手中活計。「不做了，馬上休息。」

她沒日沒夜做著面霜，沈浸在拿到銀子跑路的喜悅中，全然不覺得累。再這樣下去，恐怕會引起蕭沂的警覺。她必須鎮定，必須謹慎，尤其是面對蕭沂這樣的對手。

連明露都能看出來不對勁，又怎麼能瞞得住蕭沂，她強逼著自己冷靜。

翌日午間，喜寶帶著釧寶來浮槎院串門子，兩個年紀相仿的姑娘相處得非常融洽。

月楹拿吃的給她們，她笑道：「點心我這裡管夠。」

喜寶大剌剌，釧寶卻還是有些拘謹。喜寶大方道：「快拿著吃，月楹姊姊這裡沒有規矩。」

釧寶這才小心翼翼地拿了塊桃酥吃，很甜。

「以後想吃點心了，就來我這兒。」月楹摸了下她的腦袋。

看著釧寶乖巧的模樣，誰能想到她半個月前還是那個高高在上的呂七娘。也許是遭逢大難，讓她整個人平和了許多，不再想著走捷徑。

喜寶吃完了東西，滿嘴都是油花，月楹笑著拿帕子擦了她的嘴。「都多大人了，還像個孩子。」

喜寶甜甜一笑。「總歸有姊姊在。」

月楹擦拭的手忽然一頓。「若是我不在了呢？」

喜寶不解。「姊姊是要去哪裡？不回來了嗎？」

她問得天真，大眼睛裡都是懵懂。

月楹垂眸。她只想著自己，全然忘了喜寶。她若跑了，蕭沂會放過喜寶嗎？

如果不曾見過戴著面具的蕭沂，她或許能把喜寶安心留在這裡。

飛羽衛裡的刑具她記憶猶深，蕭沂是個為達目的、不擇手段的人，喜寶作為與她親近之人，她真的不能賭。

其餘人她都不擔心，唯獨喜寶。她是睿王府丫鬟，即便是打殺了她，外人也不能置喙什麼。

月楹皺眉。

給喜寶贖身不難，蕭汐想來不會為難，難的是要瞞住蕭沂。而且她屆時必定日夜兼程，喜寶年紀太小，也不知道身子扛不扛得住。

這事急不得，需徐徐圖之。

月楹送走兩人，繼續做起了面霜，做好的成品已經有五、六盒了。

等到下一次出府，她定要一舉成功。

月楹開始規劃逃跑路線，然而第一步就卡住了。這是古代，沒有全球定位，她又是個路癡，看來還是必須帶著喜寶了。

至於地圖，她記得蕭沂的書房，應該有一份。

蕭沂與燕風他們談事時並不避開她，得趁著蕭沂不在時，進去臨摹一份。

但凡幹虧心事，總是特別緊張。這日，蕭沂一大早就出門，燕風也不在，月楹見四下無人，偷溜進了蕭沂的書房。

她很順利地找到地圖，借了書房的筆墨，以最快速度描圖。月楹心跳得極快，不住地往外瞟，生怕蕭沂什麼時候就回來。

不過她擔心的事情顯然沒有發生，直到她拿著臨摹好的地圖回房時，大口喘著氣，捏了捏懷中的輿圖，恍如夢中。

她竟然這麼容易就拿到了輿圖，有些順利得可怕。

「叩叩——」

門外突然傳來響動，月楹像隻受驚的兔子般彈起。

「月楹，妳在房裡嗎？」原來是明露回房。

月楹擦乾額頭的汗，將輿圖藏好後才開門。

明露道：「大白天關著門做什麼？」

「我出了些汗，想換身衣服來著。」她面不改色地扯謊。

明露沒有多想。「那妳換吧，我走了。」她回來只是拿罐茶葉。

月楹送她出門，關上門苦笑起來。

幹虧心事就是容易心虛，這心理素質還得加強啊……

晚間，蕭沂叫她去書房，月楹驀地緊張起來。他是不是發現了輿圖被人動過？

月楹仔細回想著自己有沒有露出破綻，筆墨都放回了原位，連一絲角度也無差別。

自己嚇自己嚇了一路，到了書房，蕭沂交給她幾本新的醫書和棋譜。

「您叫我過來，只是給我這個？」

蕭沂道：「不只。」

月楹心頭發緊。果然還是被發現了！

蕭沂轉身在書架上尋找著什麼，回身時手裡拿著棋簍。「坐下，陪我下棋。」

月楹隨手翻著醫書，走過去坐下。「這上面的字我怎麼看不懂？」

「那是北疆文字。」蕭沂又道：「另一本是注解。」

月楹又翻開另一本，字體端正，瀟灑飄逸，一看就知道是蕭沂自己寫的。她摸了一下書頁厚度，絕不是一朝一夕就寫完的，書本上都沾染了蠟香，難怪他這些日子臉帶疲色，她還當是飛羽衛之事太過辛苦。

月楹柔柔一笑。「謝謝世子，我很喜歡。」這書是講蠱蟲的，正好是她知識空白的地方，而且是蕭沂親自翻譯，用心至此，她心底湧上一股暖流。

蕭沂挑眉輕笑。「不是只喜歡銀子嗎？」

月楹道：「世子的親筆，價值千金。」

蕭沂揉了揉眉心。「坐下吧。」

他倦色難掩，月楹問了句。「您若是累了，不如改日？」

蕭沂搖搖頭。「近日事情太多，我需要放鬆。」

聰明人的放鬆方式就是做更費腦子的事情嗎？月楹不是很理解。

蕭沂解惑。「與妳對局，有酣暢淋漓之感。」

話都說到這分上了，月楹不再推脫，拿了白棋過來。「上次是我先手，這次換您。」

蕭沂修長手指夾起黑子，落在右下星位。「月楹上次是讓我的吧？」

月楹執棋的手一頓。「怎會，世子棋藝卓絕，我那是拚盡全力下的。」這話半真半假。

蕭沂棋藝確實不錯，要說她能次次贏過他也未必，只是她看他與商胥之對弈久了，久而久之看出點他的棋風來，而蕭沂不熟悉她的棋風。

她下棋又帶著現代人的便利，許多千古難解的棋局在後世都有了破解之法。瓊樓的那局棋，她是盡了全力，卻不是全力想贏而是想輸，如果讓徐落看見琴韻贏了蕭沂，那才是真正的麻煩。

蕭沂若落敗，徐落必會將此事傳揚出去，屆時她不在，真琴韻上場，必會穿幫。所以琴韻這棋要下得精彩，也必須要輸。

那局棋的每一子，月楹都下得異常艱難。

「妳下棋的速度很快。」蕭沂如是說。

不用揹負那麼大壓力，她當然恢復了之前的下棋速度。

蕭沂還在思索，月楹趁著這空檔看了幾眼醫書。「煉蠱之術大多逆天，不好、不好。」

「該妳了。」蕭沂落下一子。

月楹只抬頭看了一眼，迅速落子，繼而又翻起醫書。

如此輕鬆隨意的姿態，要不是她真的下對了地方，蕭沂定會覺得她在耍人玩。

連燕風也忍不住開口。「月楹姑娘，妳不再想想？」

月楹探頭。「沒下錯地方啊！」

一盞茶的時間過去，蕭沂贏了這一局。月楹笑咪咪的。「技不如人，世子厲害。」

燕風道：「早讓姑娘認真些了，妳看，輸了吧。」

蕭沂沒好氣地掃他一眼。「不會說話就閉嘴。」只有他知道，他這一局贏得有多艱難。

他每每布局，她似乎總能洞察先機，繞而不攻，在角落慢慢囤積，看似隨意的落子，其實每一步都是深謀遠慮。

月楹抱著書要離開，蕭沂叫住她。「月楹。」

月楹轉身。「世子還有事？」

蕭沂沈吟片刻。「早些休息。」然後便揮手讓她退下。

月楹不明就裡，回到房間還在思考蕭沂最後一句話。

她總覺得那不是一句簡單的叮囑，話中有話。

面霜製作得很順利，離出府的日子也越來越近，月楹不可避免地緊張起來。

這日，月楹去給喜寶送點心，將人拉到僻靜處。「喜寶，姊姊要出府，妳願意跟我走嗎？」

喜寶不假思索地點頭。「願意呀，咱們上回不就一起出的門嗎？」喜寶不懂為何今日她的神色這麼認真。

「喜寶，我說的出府，是以後不再回來的意思。」

「不回來，姊姊的意思是……贖身嗎？」

月楹點頭。「是，妳若不願意走，姊姊也不會強求。」還是要她自己願意才好。

「可是我沒有贖身的銀子呀。」

月楹道：「倘若有了銀子，妳願意走嗎？」

「當然，喜寶要永遠與姊姊在一處。」喜寶挽著她的手臂，小腦袋貼得緊緊的。

月楹摸了摸她的髮絲。這丫頭在牙行生了一場大病，醒過來後見到的第一人就是她，對她有些雛鳥情結。要是真與她分開，月楹還確有些不捨，也感覺自己有些不負責任。她們不是親人，更勝似親人。

「先別答應得這麼快，這事有危險。」

「有危險，我就更要陪著姊姊啦。」她笑著看她。

月楹眼眶一熱，真是個傻孩子。喜寶沒有問為什麼有危險，她只知道要跟著她的月楹姊姊一起走，即便前路未知。

月楹櫃子裡的面霜越存越多，明露笑她只一張臉，哪裡用得著這麼多。「妳要拿膏子拌飯吃嗎？」

月楹早已想好了託詞。「前些日子我見著了白二小姐，許是開春燥熱，我瞧見她臉上多了兩個小疙瘩。」

明露也是人精，話不必說透。「她有錢，妳大可獅子大開口一番。」

月楹笑得狡黠。「我不會客氣的。」

箱子裡的雪顏膏越來越多，月楹也越來越忐忑。

蕭沂實在太聰明，只怕自己還沒跑，出城門口就被抓回來了。月楹托著腦袋想，蕭沂要是能出個遠門就好了。

也許是上天真的聽到了她的祈求，很快就送給她一個絕佳的機會。

第四十七章

兩淮的事情在幾日內徹底爆發，京城中忽然冒出了一群告御狀的，指責兩淮鹽運使與當地鹽商官商勾結，將鹽炒出了天價。

兩淮的老百姓惜鹽如金，可謂苦不堪言，且新任鹽運使方才上任，就上了一道摺子。歷來鹽商買鹽都要官府派發的鹽引，朝廷憑藉鹽引征收鹽稅，但地方官卻將每張鹽稅的錢私自提高了三兩。

摺子中陳情自十年前起，便與朝廷征收的數目不同，這十年運往兩淮的鹽足足有千萬石，也就是說每引三兩的價錢，至少有數千萬兩白銀不知所蹤。

皇帝震怒不已。近年年年江南水患，西北又時有災荒，國庫早已空虛，正是缺錢的時候，有人正動著他的錢袋子，這讓皇帝怎麼能不生氣。

皇帝立即降罪於前兩任鹽運使，一個是徐家二爺，另一個是梁妃的弟弟，也就是梁向影的父親。

皇帝被氣得臉紅脖子粗。「真是朕的好兒子！」兩個兒子，都在算計他的錢。

此事一發，震驚朝野，蕭浴與蕭澈都躲在家裡不敢上朝。皇帝下了死令清查此事，決心要將這十年少收的銀子都收回來。

皇帝打算派欽差督查此事，可兩名涉罪人員都是皇子的親眷，派誰去又成了個問題。身分太低怕壓不住，身分高的，莫不與蕭澈、蕭浴有些利益往來。

「眾卿可有推薦之人？」皇帝掃過底下一干人等。

眾人哪敢在這個時候出頭。這事情一辦，勢必得罪蕭澈與蕭浴，雖不知皇帝這次會怎麼處置兩位皇子，到底是親父子，原諒也只是一夕的事情；但他們就不同了，一招行差踏錯，丟的可是命啊！

這時有個不怕死的出來道：「臣以為臨郡王可堪此大任。」

臨是蕭澄的封號。眾人皆向蕭澄投去目光，對呀，蕭澄是皇子，對奪嫡也沒有威脅，即便得罪了徐國公府與忠毅侯府，於他也無足輕重，且他是皇子，身分足夠。

大家都覺得這是個極好的提議，一時間都附和道：「臣附議。」

皇帝勾起唇角。「老十一，那便交給你了。」

蕭澄隱去眼中神色。「臣遵旨。」

皇帝又道：「茲事體大，你一人恐手忙腳亂，朕再給你指一個幫手。」

這個幫手便是睿王世子蕭沂。蕭沂深受皇恩，派他去做這錦上添花的事情，眾人覺得理所當然。

蕭沂要動身前往兩淮，消息傳到王府，月楹覺得天也在助她，只待蕭沂一走，她便可逃之夭夭。

然而事情當然不會順利。

蕭沂道：「收拾東西，隨我去兩淮。」

月楹猶如當頭被澆了一盆冷水，透心涼。「您去查案，有必要帶著我嗎？」

蕭沂柔聲道：「妳不是總想出王府看看嗎？帶妳出門玩還不樂意？」

月楹苦笑。「樂意，當然樂意。」

樂意個鬼啊！她是想出門，但不是和他一起出門。

蕭沂此舉無異於全盤打亂了她的計劃，好在出發去兩淮不是即刻就走，她還有時間。

下一次出府的日子就在兩日後，她只有這個機會。

是夜，月楹難得沒有熬夜，斜靠在床上。明露梳洗完畢進來，頭髮還沒有乾，月楹隨手拿起乾燥的布為她擦拭頭髮。

明露誇讚道：「妳做的這個養護頭髮的東西真好用，才用了幾個月，我頭髮就順滑了不少呢！」

月楹手上動作不停。真要離開了，卻多出了些不捨來。

無論蕭沂目的如何，明露是真心對她好的。上次她打碎花瓶，明露即便冒著被世子責罰的風險，也要為她出頭。

月楹是把明露當成真朋友的，可如今她要走了，卻不能告訴她。

她知道後會怎樣？是為她開心還是憤怒？應該是憤怒吧……

「明露姊姊，妳在王府多少年了？」

明露回憶了下。「一歲的時候，我的父母出了些事情，是姑母將我接回了王府，到現在已經十八年了。」

「妳有想過出府嗎？」

明露搖頭。「我從小便長在王府，王府就是我的家，我為何要出府呢？」

月楹的手一頓。是啊，王府是明露的家，卻不是她的。

誠然蕭沂對她不錯，除了碰瓷那件事，所有的事情他都很尊重她，贈她醫書、棋譜，也算得上知遇之恩吧！何況還有……月楹的視線落在了床頭那本書上。

那是他親手熬了幾個夜寫的，這份心思，她若說心底沒有觸動，那是假的。

可留在蕭沂身邊，到底與她的志向相悖。

「明露姊姊，妳覺得飛羽衛如何？」

明露偏頭。「怎麼突然想起來問這個？」

月楹笑笑。「每次出府或多或少都能遇見，隨意問問罷了。只是覺得飛羽衛在百姓的口中，風評似乎不佳呀。」

「噓……」明露慌張地看了看四周。「輕聲些。」

月楹奇怪。「怎麼了？」

明露對她耳語道：「哪裡都可能有飛羽衛，妳若說得大聲，被他們聽見就不好了。」

「什麼意思……連王府之中也有？」月楹詫異，隨即又想到，明露理解的有，和她理解的好像不太一樣。

「飛羽衛是陛下親衛，情報最是厲害。而且安插在各個王宮貴族府中，甚至都不能分辨，如果陛下想要知道什麼消息，恐怕連妳早上吃什麼都能呈報上去。」

「這麼可怕！」

「還不只呢！兩年前，陛下下旨抄家滅族當時的京兆府尹，那手段殘忍的……鮮血流了一地呀……當時的京兆府尹，可是大家公認的好官，還是……唉，這些年死在他們手裡的忠良也不少，所以大家對飛羽衛都沒什麼好話。不過說到底，也都只是陛下的爪牙而已。」

「是這樣……」月楹定了定神。

她會甘願留在這裡成為皇帝的爪牙嗎？

答案當然是否定的。

兩日後，瓊樓。

月楹揹著一整個包裹的面霜來到鄭媽媽面前，鄭媽媽險些笑沒了眼，樂此不疲地打開每一個檢查。

月楹還做了不同香味的。「這三盒是玫瑰，這三盒是茉莉，剩下的都是百合香。」一共十盒，加班加點也只能做出來這麼點。

鄭媽媽拿到東西，給錢非常爽快。

月楹接過銀票。「媽媽，能將這一百兩的銀票換成九張十兩，再給我十兩碎銀子嗎？」

「可以。」不過舉手之勞。

鄭媽媽換好銀子，月楹直奔王府，將二十兩銀子交給了喜寶。「拿著銀子去找小郡主贖身，越快越好。」

喜寶沒有猶豫直接去找蕭汐，月楹早就通知她收拾好東西。

蕭沂今日去了蕭澄府上，據她這幾日的觀察，不到夜深不會回來。但願喜寶能順利，月楹雙手合十，誠心祈求。

面對喜寶的贖身請求，蕭汐詫異非常。「妳哪來的銀子？」

喜寶按照月楹交代的。「是月楹姊姊給我的，她在外面替人看病，賺了不少錢。」

蕭汐也沒有多想，只當是喜寶做膩了丫鬟，月楹就想辦法為她贖身。

蕭汐見她去意已決，雖可惜少了個可逗樂的對象，也不好將人強留在這裡。

「妳在外面有住的地方嗎？」

喜寶點頭。「月楹姊姊在外面為我安排了住處。」

月楹在醫館替人看病，有些朋友也是正常的。

她讓金寶去取了賣身契來。「給妳。到了外邊，可沒有人能護著妳了，要好好保重。」

蕭汐最後捏了捏她肉嘟嘟的臉頰。喜寶跪下，鄭重地給蕭汐磕了三個頭。「謝謝小郡主，我會一輩子記得您的。」

蕭汐笑道：「說得像生離死別一樣，說不準哪一日上街還能再見呢。」

即使月楹沒有明說，喜寶也察覺到了一些。這一走，也許就是永別。

喜寶回屋揹起早就收拾好的包袱，轉身間，釧寶站在門外。

「妳要走了？」

「是。我……」

釧寶入府以來，交到的第一個朋友就是喜寶，尤其是當她發現一些事情之後，她們走得更近，很快就成為了無話不談的好朋友。

她這次贖身，卻一個字也沒有透露。

釧寶垂眸不語，默默讓開了路。「如果這是妳的選擇，我尊重妳，希望妳永遠記得我這個朋友。」

喜寶忍不住眼裡的淚意，到這刻她後知後覺，才覺得真的要離開了。

兩個小姑娘深深擁抱了彼此。

喜寶抹著眼淚。「我們永遠是好朋友。」

兩人手拉著手到門口。月楹一臉焦急，時不時探望路口，生怕蕭沂的馬車突然出現。

釧寶走過來。「月楹姊姊，要照顧好她呀。」

「我會的。」

兩個小姑娘依依不捨，月楹忽然覺得自己有些殘忍，明明是自己的事情，為什麼要牽連喜寶與好友分離？

喜寶卻在這時牽住了她的手。「月楹姊姊，我們走吧。」眼角還掛著未乾的淚珠。

天色漸晚，不能再耽擱了，月楹反手握住了她的小手。「走。」

馬車是一早拜託夏穎僱好的，夏穎得知她還清了債務要離開京城時還有些不捨，但還是為她備了充足的乾糧和水。

馬車駛向城門口，月楹交出身分文籍，官兵檢查時，她抓緊了衣衫下襬。

隨著一聲放行，她心底的石頭終於落地。

假身分文牒是讓晚玉幫忙買的，幸好沒有穿幫。

馬車離巍峨的城門越來越遠，夕陽正好，溫暖又柔軟地照耀在她的臉上，似乎象徵著無限未來。

月楹最後看了一眼這熱鬧的皇城，在心底對它做告別，再見了，京城。

再見了，蕭沂。

夜幕四合，今天的夜暗得格外地慢，不知是不是在彰顯夏天的來臨。

蕭沂與蕭澄相對而坐，面前擺著棋盤，兩人正在對弈。

蕭澄把棋子一丟。「不下了，下不過你。」十局九輸，蕭澄也不是很理解，今天的蕭沂到底哪裡來的興致拉著他下棋。

蕭沂垂眸不語，恰此時，燕風進來稟報。「世子，人已經出城了。」

「誰出城了？你們背著我安排了什麼嗎？」蕭澄問。

蕭沂的臉色陰沈得可怕。「抓回來。」

第四十八章

臨陵江江水滾滾，江風拂面，帶著一絲濕潤的水氣。

月楹牽著旁邊打著瞌睡的喜寶，打算坐船離開。

她看過輿圖，隨著臨陵江順流而下，一路可以到江城、墨城與青城。這幾個地方，離京城都有些距離，蕭沂的手應該不會伸得那麼長。

況且想要在一個偌大的城裡找到她們兩個小女子，又人生地不熟，恐怕也沒那麼容易。

「船家，什麼時候開船？」月楹坐上了船，船卻遲遲不開。

船家道：「姑娘且等些時候，還有付了銀子的船客未到。」

喜寶已經靠著她的肩睡著了，月楹心底焦急，又不好催促，只好安慰自己，蕭沂不會那麼快發現。她今日是假期，是正常出來的，即便在外留宿也是正常。

唯一變數就是蕭汐，要是蕭汐告訴了蕭沂喜寶贖身的事情，他一定會意識到不對。

船家戴著斗笠，站在船頭。「來了，可算是到了。」

月楹臉上的笑剛浮起來，只聽見紛至沓來的馬蹄聲，隨之而來的還有明亮的火把，以及領頭白馬玄衣的蕭沂。

他發現了？怎麼可能這麼快！

這裡離城門有十幾里的距離，以他的速度，除非是……在她出城門的那一刻，就快馬追來。

可是，這……怎麼可能！

月楹不可置信地抬頭，蕭沂已站在她眼前，而那個方才還在和她說話的船家，此時已經站在了蕭沂的身後。

船家也是他的人。

那日的那句「早些休息」，果真是另有深意。

喜寶被馬蹄聲吵醒，迷迷糊糊地睜眼，還有剛睡醒的倦意。「姊姊……」抬頭看見碼頭上來了一堆人，舉著火把、騎著馬，世子站在船頭。

蕭沂彎下腰走進來，深深地看了月楹一眼。那一眼，有失望，有憤怒，甚至還有……痛心。

他沈聲道：「帶走。」

月楹把喜寶擋在身後。「喜寶已經贖身了，她與睿王府沒有半點關係，你無權帶她走。」

她可以回去，但必須要保證喜寶不受到任何傷害。

蕭沂冷笑。「她涉嫌拐帶我睿王府家奴，我當然有權力把她帶走，不僅要帶走，還要把她送官。」

蕭沂一擺手，走上來兩個黑衣大漢，將喜寶強硬地從月楹身後拉走。

喜寶不知發生了什麼，心慌又害怕，死死抱住月楹的腰。「姊姊，我不走，我不走！」

喜寶眼淚迅速蓄滿眼眶，哭得好不可憐。

月楹也拽著她的手，她真的生氣了。「蕭沂，有什麼事都衝著我來，要逃跑的是我，欺負喜寶算什麼本事？」

「帶走。」蕭沂冷冷一句話，沒有給月楹一個多餘的眼神。

兩個女子力氣又怎麼敵得過兩個大漢，喜寶很快被拉走。

「你們要帶我去哪兒？我要跟姊姊在一起！放開我！放開我！月楹姊姊，救命！」喜寶哭腔明顯，豆大的淚珠不斷從眼睛裡滾落。

月楹想追出去，卻被蕭沂攔下。

蕭沂的手段她見過，若是把飛羽衛刑罰用在喜寶身上，她一個小姑娘怎麼扛得住！

月楹真的害怕了，眼淚奪眶而出。都是她害了她……

她抓著蕭沂的手臂，哀聲哭求。「世子，你放了她，我和你回去，我保證再也不跑了。」

蕭沂太懂人心，喜寶是她的軟肋，制住了喜寶也等於制住了她。

月楹膝蓋一彎，就要跪倒在地。

蕭沂不知哪裡來的怒氣。「這麼容易便下跪了嗎？」

蕭沂托住了她。看見她的淚水，他有瞬間的心軟，但是不能，這次不讓她長記性，她下次還會跑。

他不是每一次都能洞察先機的。

蕭沂將兩人都帶回了王府，當夜，浮槎院燈火通明，全府上下都圍在外面看熱鬧。

「怎麼回事啊？」

「不知道啊，好像抓了兩個人回來，是王府裡的人嗎？」

「沒看清臉，不過世子都出動了府兵，估計犯了大事！」

眾丫鬟在浮槎院外探頭探腦，明露一出來，她們全部圍上來。「明露姊姊，到底怎麼回事啊？」

明露面色不好看，一臉不耐煩。「都圍著做甚，妳們很閒嗎？沒有自己的事情要做嗎？」

明露這一吼，大家都有些怯怯，還有些想看熱鬧的，在看見燕風後也都歇了心思。

明露滿面愁容。她下午發現那一櫃子洗頭膏的時候就知道不對勁了，月楹膽子也太大了，竟然逃跑！

就算還不了那一千兩銀子，也不能逃跑啊！奴婢逃跑可是死罪！

世子若是告到官府，月楹必死無疑；即便不告官，她如此行徑無異於挑釁世子，世子又怎會輕易放過她？月楹即便不死也得脫層皮。

的。

明露憂心不已，向燕風打探口風。「世子打算怎麼處置月楹？」

燕風往身後屋子看了眼。「妳不必擔心，月楹姑娘不會有事的。」

「不會有事……她犯了這麼嚴重的錯，怎麼可能沒事？」

燕風沒有解釋。旁人犯了這種錯，興許早就被他一刀砍了，月楹姑娘嘛……大概是沒事的。

屋內，月楹已經冷靜了下來，不再歇斯底里。求他是沒有用的，除非她能答應他的條件。

蕭沂負手而立，淡淡看著她。「妳讓我很失望。」

月楹冷笑了聲。「世子早知道我要逃跑了吧？讓我跑出城門才被抓回來，有意思嗎？」

蕭沂真的很會算計人心，給她可以逃跑的希望，然後毫不留情地收走。似在說，看吧，不管如何，妳都爬不出我的手掌心。

這種命運被人掌握的滋味，一點也不好受。

「是，從妳進我書房偷拿輿圖的那一刻起，我便知曉妳的全部計劃。」

月楹眼神透出一點疑惑。「可是明明……」

「明明妳進門的時候，沒人發現對吧？」蕭沂繼續道：「妳很聰明，連用過的筆墨都能分毫不差地擺回原位，但妳不知道的是，王府不僅有明面上的侍衛，還有暗衛。」

月楹蹙起眉，懊悔不已。她只想著蕭沂是飛羽衛指揮使，就沒必要在自己家裡安插人了，卻忽略了睿王府本身的守衛。

他是皇家子弟，身邊有些不為人知的暗衛最尋常不過。

王府每時每刻都有人盯著，這似乎徹底斷了她逃出去的路。

月楹心如死灰，閉了閉眼，跪在蕭沂面前。「您怎麼處置我都可以，只求您放了喜寶，她是無辜的。」

她逃跑時就已經想好了後果，不過她對於蕭沂還有用，最差也就是丟進飛羽司從此為他賣命。可喜寶不同，她對蕭沂來說，沒有任何利用價值。

蕭沂平靜道：「她不會有事。」

「真的？您保證？」

蕭沂似笑非笑。「留著她，妳便永遠也不會想著逃跑。」

月楹聞言，遍體生寒。「您……您是想……」

「我說過，妳一向都很聰明。」

月楹雙手握拳。蕭沂的意思，代表她永遠也見不到喜寶了。

月楹紅著眼睛，看向他。此刻的蕭沂清冷疏離，無半分往日的溫和。

他現在不是睿王世子蕭沂，而是令人聞風喪膽的飛羽衛指揮使。

他所有的溫柔和煦都是偽裝的，救她性命，贈她醫書，都不過是讓她心甘情願留在他身邊的手段而已。

月楹苦笑起來。「為何非我不可呢？普天之下醫術精湛之人何止數百，相信願意加入世子麾下的定不在少數，為何非得強逼我呢？」

為何非是她？

蕭沂也在質問自己這個問題，不過一個醫術不錯的手下而已，只要他想，就能找到數個。

他想要留下月楹，真的只是為了得到一個得力的屬下嗎？

蕭沂凝望她。她身上一直有股不服輸的勁兒，無論身處何處，她從不甘心當個丫鬟，卻依舊自得其樂。她異常善良，善良得有時候他都會奇怪，她哪裡來的這麼多的善心。

她幫人不求回報，銀貨兩訖是最好的結果，甚至對旁人求之不得的東西嗤之以鼻，似乎很害怕與皇家沾上關係，不求名利。

月楹身上的那種純善，正是他丟失已久的。

從她第一次拒絕，蕭沂就知道她絕不會輕易答應。她是個倔強的，他喜歡這種倔強，卻不喜歡有人把這倔強用在他身上。

所以他想看看，想看看她什麼時候能沈溺於他的糖衣炮彈之下，然而她一直都很清醒。即使有過猶豫，最終還是毫不留戀地離開了。

蕭沂那許久沒有被人挑釁過的好勝心被激起，溫和的手段打動不了她，那便試試別的，他倒要看看，她能有多倔，他等著她向他撒嬌服軟的那一天！

可當她真的跪在他面前祈求的那一刻，他粉碎了她的倔強，本該高興的他，卻一點都開心不起來，反而怒從心起。

她心裡有許多人，她替明露留了東西，去鄒家告了別，給杜大夫送了信，還帶走了喜寶，而關於他的安排，卻一點也沒有。

「答應我的條件，妳就能帶走喜寶。」他還是忍不住心軟。

月楹抬頭，出口是質疑。「即使我真的答應，您會相信我不再跑了嗎？」

蕭沂眉梢一挑，心底湧上來一絲苦澀。他在她心中，已經是不可信任之人了嗎？

「我此前從未騙過妳。」

第四十九章

月楹沈吟不語，又坐回床榻，似在考慮這個條件的可行性。

浮槎院的動靜鬧得有些大，靜安堂、蒺藜院與滿庭閣都派了人過來打聽消息。

蕭沂讓燕風將所有人都擋了回去，只說是浮槎院內部的事情，自己可以處理。他處事向來有分寸，老王妃與睿王妃也就不再過問。

唯有滿庭閣的人，一直堵在門口不願意走，來人正是釧寶。

釧寶心焦不已。她一聽說蕭沂帶回來兩個丫鬟，只覺喜寶就在其中。

喜寶突然要離開，動機實在是不夠，而且月楹是陪她一起走的，被抓回來的十有八九就是她們。

這次出動了府兵，絕不會是什麼小事。

釧寶求了蕭汐過來問問，但被堵在了浮槎院門口，不過從明露透露出來的話可知，被抓的就是月楹與喜寶，而且蕭沂很生氣。

不知會將何種刑罰加身於她們，喜寶一個小丫頭，怎麼能承受得住任何一種刑罰，她不能讓她受到傷害！

蕭汐拉了拉釧寶。「走吧，不用太擔心，大哥自有分寸。」雖然堵著門不讓進也是她第一回遇見。

釧寶撲通一聲跪下。「小郡主，您救救喜寶！她是呂家千金，不能打啊！」

釧寶的話，猶如平地一聲雷，在浮槎院門前炸開。

蕭汐瞪大了眼。「妳說什麼?!」

她知道釧寶是冒充呂家七娘的人，但真正的呂家七娘不是一直沒有找到嗎？釧寶是怎麼知道的，而真正的呂七娘又怎麼會是喜寶？

「妳可不能為了救人，便胡說八道啊！」蕭汐鄭重道。

釧寶斬釘截鐵。「當然，奴婢有證據！」

燕風聽罷，立刻回身去找蕭沂。

屋內，蕭沂與月楹還在對峙。

「世子，屬下有要事稟報。」

「說！」蕭沂的怒氣還沒消，他知道月楹不喜歡聽這些事情，就偏要她聽！

燕風頓了頓，還是說了。「小郡主房裡的釧寶忽然跑過來說，喜寶就是呂秋雙！」

「真的嗎？」門瞬間被打開，月楹喜出望外地探出頭來。

蕭沂面色不豫，眼神指責著燕風。

燕風垂下頭。「釧寶說她有證據。」

「快讓她進來。」月楹對著他發號施令，全然忘了自己是個犯了錯的人。

蕭沂沈聲道：「把人帶進來。」

釧寶很快被帶進來，她跪在堂前。

蕭沂居高臨下。「妳有什麼證據？若敢有一句不實，後果自負！」

蕭汐也在旁聽。釧寶道：「奴婢若有虛言，就讓奴婢死後下十八層地獄，永世不得超生！」對古人來說，這是很重的誓言了。她接著道：「相信您與小郡主都知道，奴婢是從前的呂七娘。奴婢與呂七娘同時被人牙帶走，與她不同的是，她是被迫，而奴婢是父母所賣。那時有個走方的戲班，那人牙便想將我們賣去戲班。

「我們在路上相依為命。期間，那人牙拿了喜寶身上的玉珮去換了銀子，那幾日算是稍微過了些好日子，但也只有幾日。我時常想哭，一哭便唱起母親教我的童謠，喜寶很聰明，聽了幾次就會了。直到奴婢在王府無意中聽見喜寶哼唱那首童謠，又見她年齡相仿，便大膽猜測了一番。」

蕭沂道：「天下會唱那童謠的定然不只妳母親一人，如何能確定就是喜寶？」

釧寶繼續道：「喜寶年紀還小，又是被拐賣來的，時常哭鬧。那人牙脾氣又不好，一有不順心便對我們拳腳交加，除了一張臉還完好，其餘地方哪裡都不能看。有一次他打得狠了，喜寶後腦受了傷，流了許多血；後來人是救回來了，她卻是什麼都不記得了，後腦也留下了一條三寸長的疤。喜寶在去戲班的途中，被一對無子的夫妻看上，帶走了。奴婢問過喜寶，她說是因為家中失火，父母一齊身亡，才又落入人牙手中。」

這些都是她在王府遇見喜寶之後，慢慢想起來的。她一進王府便覺得喜寶異常親切，似是從前見過一般。

蕭沂沈吟片刻。這與他調查的倒是不謀而合，他看了眼月楹。

月楹簡直興奮得要跳起來。

蕭沂有些不悅。「這些都是妳的一面之詞，除了妳，誰都不知道這些事情，還需要直接證據。」

「這些……還不夠嗎？」釧寶有些絕望。

「我有直接證據！」月楹高舉起一隻手，像個知道答案搶答的孩子。

她想起來了。喜寶冬日的皮膚過敏，與董夫人的症狀一模一樣，而且這種皮膚過敏極有可能遺傳！

月楹說完後，眾人對此都更相信了一層。

蕭沂其實已經信了，卻還是道：「妳所言，也並非直接證據。」

月楹沒好氣地白了他一眼。「能稱得上是直接證據的，恐怕也就是那塊玉珮了，現下玉珮已經回到呂府，您找誰來都是這個說法。是與不是，帶去呂家驗上一驗不就成了？」

月楹覺得這事情有八成是真的。喜寶若真是呂家七娘，她現在所面臨的困境便可迎刃而解。喜寶有了身分，蕭沂怎麼樣都不可能將她囚禁。

找到呂七娘是呂家多年心願，為拉攏呂家給蕭澄鋪路，蕭沂定會找個恰當的時機將喜寶送回，而喜寶在這期間的安危，也全然不用擔心。

月楹簡直高興得想放一串鞭炮來慶賀，一臉淡笑望著蕭沂。

「月楹姊姊說得對！」蕭汐附和道。

蕭沂淡淡道：「事情我清楚了，妳們先回去。記著，今日的談話，萬不可洩漏消息。」

蕭汐還想再問什麼，卻被蕭沂一個眼神制止，只得帶著釧寶回去。

釧寶還不放心。「世子還會再懲罰喜寶嗎？」

蕭沂道：「在事情沒弄清楚之前，她不會有事。」

釧寶終於安心，她有把握，喜寶就是真正的呂秋雙。

接下來幾日，月楹幾乎沒怎麼見到蕭沂。她被軟禁在浮槎院中，連出院門也不能。

明露坐在床榻上陪她說話。「月楹，別悶悶不樂了，世子總有消氣的那一日，況且這次確實是妳太過分了。妳好好找世子認個錯，他會心軟的。」

月楹知道明露是為了她好，她掀起眼皮。「明露姊姊知道我為何要跑嗎？」

「不是因為那個汝窯花瓶的事情嗎，妳還不起——」

月楹打斷她。「我從前說過，汝窯花瓶是世子故意為之，他想靠這個留住我。因為他在強迫我做我不願意的事情，所以我必須要跑。」

明露瞪大了眼，上下打量了下月楹，一臉我早知道的表情。「世子是不是……果然他……對妳、對妳……」她捂住自己的嘴，像是吃到一個驚天大瓜，連話都說不完整。「他逼妳了……」

月楹沒注意她的表情，自顧自盯著腳尖，計劃著下一次逃跑，順勢點了點頭。

明露腦海中已經把各種威逼利誘都想了一遍。怪不得蕭沂經常叫月楹去書房，原來都是別有用心。

蕭沂看上她是一回事，但月楹不願意又是另一回事了，怎麼樣也不能強迫人啊！

明露氣憤不已。她真沒想到，蕭沂會是這樣的人，他這樣做，與蕭汾那個浪蕩子又有何區別？

月楹抱著腿不說話，整個人縮成小小的一團，看起來好不可憐！

明露眼中蒙上一層惋惜，上去一把抱住她，放聲大哭起來。「我苦命的妹妹啊！」

她這是腦補了什麼奇奇怪怪的東西。

明露哭得比她還要傷心，鼻涕、眼淚全抹在她的肩頭。「月楹，世子真想要妳，妳是反抗不了的。」她們做丫鬟的，別看表面風光，說到底還是奴婢。主子給妳臉時妳是大丫鬟，主子不給臉時，妳什麼都不是。

明露苦心孤詣地勸她。「咱們世子也算人中龍鳳，妳大可從了他，在他身邊待上幾年，攢些銀子，讓他給妳置辦些田地，屆時世子大概也膩了妳，妳大可要求出府，讓他將賣身契還妳。咱們大雍女子，二嫁不難，妳出府有資有產，想再嫁便再嫁，不想便和和順順做個閒婦人。」

月楹聽罷，都忍不住給明露豎一個大拇指。這前衛的想法，不得了啊！可惜完全歪曲了重點。

蕭沂是「看」上了她，卻不是她想的那種。

月楹也不知該怎麼解釋。解釋不清，索性不解釋，左右明露也不會出去亂說，便讓她誤會著吧！

月楹被她這麼一打岔，心情好了不少。「明露姊姊不會是世子派來的說客吧？」

「哪能呢，我是想讓妳少遭點罪，識時務者為俊傑。」

其實明露的說法沒錯，但她不能鬆口，若答應加入飛羽衛然後過兩年再逃跑，那追她的就不是睿王府的府兵，而是全體飛羽衛了。

月楹拍拍她的肩頭。「放心，我有分寸的。」

明露絞著手帕，一副欲言又止的模樣。

「想問什麼？」

明露好奇道：「世子他……得手沒有？」

這抑制不住的八卦心啊！

明露解釋道：「我就是問問，畢竟世子身邊還沒有女子呢，妳可是第一個。」

「……沒有。」

再過兩天，就是出發去兩淮的日子了。

蕭沂第一次離家這麼遠，老王妃與王妃打算去白馬寺祈求他此行一路平安。

同時，睿王妃也想為自己肚子裡的孩子，求一個平安順遂。她的肚子已經六個多月了，蕭沂一去兩淮，還不一定何時回來，也不知能不能趕上她生產的日子。

蕭沂保證道：「兒兩個月必歸，定然要看著母親平安生產才好。」

睿王妃笑道：「你有這份孝心，為娘甚是欣慰。此次你可要一同前去，順道看看你師父？」

「要去的。」蕭沂每次出去執行艱難任務，都會去師父那裡測個吉凶。其實未必準確，只是每次看見卦象凶險時，他能有時間安排好家中事情。

白馬寺在城外，睿王府的人起了個大早，準備好要供奉的東西。

月楹也被帶著去了白馬寺。

她吐槽。「您怎麼不乾脆把我拴褲腰帶上？」至於走到哪裡帶到哪裡嗎？王府裡不是有暗衛嗎？

蕭沂淺笑。「我是不介意，就是不知道妳願不願意？」

他又把沒皮沒臉的一面拿出來了，比不要臉的程度，月楹甘拜下風。

蕭沂又道：「妳鬼主意太多，留在府裡，我不放心。」

月楹並不是很想聽到這樣的誇讚。

睿王妃見他帶著月楹，眼珠轉了轉，沒有多問什麼。上次的事情，蕭沂只說是丫鬟打碎了名貴花瓶，怕被責罰，一時害怕才逃跑；如今已知道主子諒解了她，不會受罰，也真心誠意地道歉了，便輕輕揭過了此事。

睿王妃怎會不知這是兒子對外的藉口，她也好奇，那丫頭究竟犯了什麼錯？不過蕭沂的事情，她向來不會過問，知道有些事情，是連她也不能透露的。

第五十章

白馬寺是皇家寺院，千年巍峨古剎，站在山門前，撲面而來的是大氣磅礴之感。

白馬寺香火鼎盛，極受名門貴婦的喜愛，聽聞解籤很靈驗，更有了懷大師坐鎮。這位了懷大師，從承德年間便入了空門，至今已百歲有餘，上知天文，下知地理，能斷吉凶，知過往，通未來，頗有些深不可測的意味。

月楹本不信鬼神，但她自異世而來，多少相信了些，這世上確實有科學解釋不了的東西。

停馬車的地方與大門還有些距離，老王妃與睿王妃坐軟轎上去，蕭沂步行前往。

月楹採藥經常爬山，這點高度對她來說算不上什麼。她拾級而上，看見山門口賣東西的，大多都是在賣平安符、小木牌什麼的，還有些是點心、茶水之類的，類似於後世景點休息區。

有個平安符花樣實在好看，月楹過去問價格，小攤販開口便要一兩銀子。

月楹捂緊了荷包。景點門口的東西都是最貴的！

「想要？」蕭沂走過來。

見他穿著不俗，小攤販立馬熱情推銷道：「公子看看，咱們的平安符花樣可好看了，送一個給姑娘吧，只要二兩銀子一個。」

這小販也太會看菜下碟了，才多久啊，仗著蕭沂沒聽到他剛才報價，就翻了一倍！

月楹盯著那個平安符看了會兒。這個花紋不難，她記一記，回去讓明露給她做一個。

蕭沂已經在掏銀子了。「拿一個。」

小販興高采烈地要拿銀子，月楹一巴掌蓋在他手上，拽著人就走。「不值，太貴了！」

雖說這麼高的山路拿上來確實不容易，但他這吃相也太難看了。

蕭沂淡淡道：「我不缺錢。」回去買下了那枚平安符。

他提著平安符走過來。平安符裡只有一枚銅幣，比普通的銅錢大一圈，上面有好看的花紋，也只能看看，不能花。

蕭沂將銅幣放回平安符裡，似是炫耀般地在她眼前晃了晃，隨即把它塞在了腰帶裡。

就知道不是給她的！幼稚！

蕭沂這兩天以氣她為樂，但他的這種行為，月楹不僅一點沒生氣，反而覺得他是個冤大頭。

要是她擺攤也能碰上這種人傻錢多的就好了。

沒得到想要的反應，蕭沂不悅起來。「走慢些。」

月楹回頭。又抽什麼瘋？

「作為丫鬟，怎麼能走在主子前面？」

她堆起假笑，讓到一旁，做了個請的手勢。「世子，您先請。」

蕭沂一馬當先，進了寺廟的大門，囑咐她。「妳在此等候母親與祖母，跟著她們去祭拜便可。」

月楹點頭答應。

蕭沂走開幾步，又回身警告了一句。「不許亂跑。」

嗯，她還能亂跑嗎？

月楹忽然思考起來。這裡不是睿王府，應該沒有暗衛，現在喜寶的安危也不用她擔心了，好像確實是個逃跑的好機會。

「這裡是城外，方圓幾里沒有人煙，妳若覺得憑自己可以找到正確的路，想跑也可以。」蕭沂精準拿捏。

路癡傷不起！

蕭沂走後，月楹就在廟門口找了個地方坐著，等睿王妃與老王妃上來。

天氣逐漸熱起來，太陽雖不猛烈，也有些惱人。

月楹用手搧了搧風，試圖給自己帶來一些清涼。

「唉！」忽然傳來一聲嘆氣。

月楹循聲看去，在牆角下看見了一個身量尚小的小沙彌，大約五、六歲的模樣。

小沙彌的光頭圓滾滾的，腦袋上頂著九個戒疤。他搖晃著小腦袋，讓人忍不住想在他的小光頭上摸一把。

小沙彌揉著肚子，一臉不開心。

月楹忍住摸他腦門的衝動，問了句。「小師父，為何嘆氣啊？」

小沙彌抬起臉，一雙滴溜溜、黑葡萄似的大眼睛看著她。「早上貪睡，被師父罰不能吃朝食，肚子好餓！」

他臉上的兩撇眉毛隨著表情變成了倒八字，說不出的可愛。月楹的心都快被萌化了，這麼可愛的小傢伙也忍心不給他飯吃嗎？太不人道了！

月楹掏出懷裡的蕓豆餅，這是她早晨出門為了防止餓肚子帶的，還沒來得及吃。「給你，吃吧。」

小沙彌眼睛亮起來，舔了下嘴唇，雙手合十，恭恭敬敬給月楹行了個禮。「多謝女施主。」隨即快速拿走了她手裡的蕓豆餅，生怕她反悔一般。

月楹見他吃得認真，乘機摸了一把他的小腦袋。

滑溜溜的，手感真好！

月楹戀戀不捨地打算離去，小沙彌猛地抬起頭，拉住了月楹的衣袖，嘴裡還塞著蕓豆餅，含糊不清道：「女施主，先別走。」

小沙彌拽著她就走，月楹想掙脫還掙不開。小傢伙年紀不大，手勁倒是挺大。

「小師父要帶我去哪兒？」月楹詢問，往後扭著頭。她這一走開，萬一錯過王妃她們怎麼辦？

可這小傢伙也不說話，她無法脫身。

小沙彌終於吃完了藝豆餅，手上還有油漬，只見他大剌剌地往灰色的僧袍上一擦。「女施主，隨我來就是了。」

小沙彌走得越來越快，兩條小短腿飛快地走著，月楹這個大人險些跟不上他的腳步。

他帶著人到了後山，後山有一片竹林。

「小師父，前面沒有路了。」月楹察看四周，好嘛，都一模一樣。

小沙彌彎起眉眼。「有路的。」

然後帶著月楹繼續往前走。也是奇了，本看著沒有路的地方，在他們靠近時，竟顯現了一條小徑出來。

小徑很深，配上這竹林，倒真有幾分「曲徑通幽處」的意境了。

月楹掃視了下四周的竹子。是她的錯覺嗎？為什麼她覺得這些竹子在移動呢？

她摩挲著下巴沈思，猜測這竹林裡應該有某種古老的陣法，一般人進不來的。這小沙彌的步法也是有規律的，不是一味往前走，月楹跟著他九彎十八拐的，不知轉了幾個圈。

「到了。」小沙彌抬手一指。

月楹眺望那邊，一個眉鬚皆白的老禪師坐在前面的蒲團上。老禪師身披暗紅錦繡袈裟，精神矍鑠，手中捻著一串小葉紫檀的佛珠，他面前擺了一個棋盤，棋盤那邊還有一個蒲團，似在等候著什麼人。
月楹怔了怔。這是在等她嗎？
小沙彌拉著她走過去。「師父，人帶到了。」
老禪師笑笑。「下去吧，做得好。」
小沙彌樂呵呵地就走了。今天師父交代讓他去寺門口等人，說到時候會有個女施主給他好吃的，然後把人帶過來就行。這差事真好，比扎馬步輕鬆多了，還能吃好吃的！
「請問大師法號是？」月楹行了個佛禮。
老禪師唸了聲佛號。「阿彌陀佛，貧僧法號了懷。」
「您就是了懷大師？」月楹吃驚。面前這老師父就是蕭沂的師父，連當今聖上也要叫他一聲祖爺爺的人。
「正是貧僧，女施主請坐。」了懷大師一擺手，請她坐下。
月楹緩緩坐下來。「您早知我要來？」世人都說了懷大師算卦極準，看今天的架勢，他也是早有準備。
了懷大師高深莫測地一笑。「知道如何，不知道又如何？」
月楹淺笑搖頭。「都不如何。」他算卦這麼厲害，又知不知道他徒兒正逼著她做不願意做的事情呢？
「女施主有煩惱事。」他說的是肯定句。

月楹抬眸。不會吧，還真知道？

了懷大師道：「女施主，既來之、則安之。世上之事皆有緣法，昔年釋迦牟尼在菩提樹下坐化，他雖身死，卻早登極樂，身死是終亦是始。」

月楹聞言，心神俱震，眼中閃出不可置信。他……他怎麼可能知道！

釋迦牟尼死後到了另一個世界活下去，了懷大師借釋迦牟尼的經歷來暗示她也是有同樣經歷的人。在異世身死，在現世復活，是終亦是始。

月楹幾乎要落下淚來，一瞬間哽咽。「您……您知道我是……」

了懷大師點點頭。

她的眼淚再也忍不住。這是一種什麼感覺，在異世，有一個人認得妳，懂妳心中苦楚，像是漂泊無依的人終於找到了一個暫緩的歇腳處。

「大師……我還能……回去嗎？」她知道這基本不可能，只是有些怕，怕這古代的一切，都是她將死之際的一場夢。

了懷大師說：「女施主已是現世中人，施主廣積善緣，遂求得一絲生機。」

了懷大師的話，給了月楹莫大的信心。這個世界是真實的，好人終究是有好報的，她要好好活下去！

行醫救人真的救了她自己的命，所以她更要逃離王府，逃離蕭沂。

了懷大師靜靜地等待她擦乾眼淚。「女施主，可否手談一局？」

「榮幸之至。」月楹釋然一笑，中指與食指夾起棋子，浮現在臉上的是自信。

蕭沂再次轉回原地，他已經在竹林中來回轉了兩圈了。

他心裡清楚是師父開啟了陣法，所以用之前的方法已經進不去了。師父是故意將他困在這裡的，現在能做的，就只是等待。

蕭沂壓彎了一根竹竿，在竹竿上盤腿而坐，靜靜等待救他的人到來。

不知過了多久，他的耳畔傳來了一陣輕巧的腳步聲，腳步聲在離他幾步的地方停住。

蕭沂淡笑起來。「圓若，還不出來？」

小沙彌笑嘻嘻地跑出來，脆生生的童音喊了聲。「師兄——」

蕭沂足尖輕點，來到他身邊。「師父讓你來接我？」

「對的。」小沙彌在前面帶路。

蕭沂問：「師父有客？是誰？」

小沙彌搖搖小腦袋，略帶興奮地道：「不認識，是個很漂亮的女施主姊姊，還給我東西吃呢！」

「女施主姊姊？」蕭沂在心裡打了個問號。這些年，師父深居簡出，不曾與俗世中人有什麼往來，聽圓若的描述感覺師父見的姑娘年紀也不大，這就更奇怪了。

蕭沂滿腹疑惑，被圓若帶著過去，還未等他們走到，女子欣喜的聲音傳來。

「大師，我贏了！」

蕭沂一詫。這聲音，怎麼會是月楹？

月楹高興得都想給自己鼓個掌了。她竟然贏了了懷大師，他可是蕭沂的師父啊！大雍棋藝第一人。

連月楹自己都有些不能相信，她的棋藝不該到了這個地步。

了懷大師卻是一點都不奇怪，欣慰地笑著捋著長鬚。

月楹之前與蕭沂下棋，或多或少都有些顧慮，與了懷大師卻沒有，再加上她剛剛得知自己死而復生的真相，心無罣礙，心境開闊，下棋時思路也更為敏捷。趁著這股勁，一下子贏了。

了懷大師聽著腳步聲。「來了。」

「誰來了？」月楹轉頭，看見蕭沂與小圓若慢慢走來。

小圓若邁開小短腿跑過來，整個身子幾乎都要趴在棋盤上，仔細數著棋子，嘴裡唸唸有詞。「一百八十一……一百八十五……女施主，妳真的贏了師父，好厲害！」

他還沒見過能贏師父的人呢，師兄與師父下棋，從來沒有贏過的。

蕭沂走過去看，看見結果時，心情忽然很微妙。有些驚喜，有些不甘，有些困惑，還有一些……自豪。

月楹站起來解釋。「我不是故意亂跑的，是小師父把我帶到這裡來的。」

「我知道。」她這樣慌忙地解釋，蕭沂又不悅了。

了懷大師拿出早已準備好的錦囊。「不言，出了京城再打開。」

蕭沂雙手接過。「是，師父。」

了懷大師轉而對月楹道：「女施主，妳贏了貧僧，自然該送妳些東西，這個權當彩頭。」說著便將手中的小葉紫檀佛珠給了月楹。

月楹拿在手裡，清晰地聞見了小葉紫檀獨有的香氣。這串佛珠顆顆都被盤得發亮，甚至有玉化的前兆，定然價值不菲。

「這……太貴重。」

了懷大師道：「不可推辭，此物與女施主有緣，記得時刻戴在身上。」他若有所思地看了眼蕭沂。

蕭沂低下頭。

月楹只好接受。這串佛珠是小珠串，月楹將它繞了兩圈纏在手腕上，大小正好。

了懷大師又唸了一聲佛號，雙目合上，明顯是在下逐客令。

蕭沂與月楹識趣告辭。

月楹跟著蕭沂走了一段路出去，有些不確定地問：「您認識路吧？」

蕭沂漫不經心回了句。「我不是妳。」師父已經將陣法關閉，他是能走出去的。

殺人誅心！月楹握緊小粉拳，念珠串的小穗子一晃一晃。

蕭沂視線落在她手腕上，提醒了一句。「這串念珠不可顯露於人前。」雖說能記得這串念珠是他師父東西的沒有幾人，但被人瞧見總歸是不好的。

月楹攏了攏衣袖，遮蓋嚴實。

蕭沂還是不懂，為何師父要送東西給月楹，尤其還是這串念珠。

這串小葉紫檀是他八歲那年，遇到了一棵小葉紫檀樹，串珠上的每一顆珠子，都是他親手打磨的，他做好後送給師父。這些年，師父也一直都用著。

師父收下這念珠時，便說只是暫收，他並非此物的有緣人。

八歲的蕭沂似懂非懂，問師父。「明明是徒兒送您的東西，您怎麼就不是有緣人了？」

了懷大師只笑笑。「時候到了，你自然就懂了。」

蕭沂沈吟，緩慢地挪著步子。有些他不想承認的事情，似乎冥冥中早已經注定。

等看得見出口了，身邊之人腳步輕快，笑容洋溢。

蕭沂苦笑著搖了搖頭。師父這次恐怕算得不準，有緣又如何？她從來都是變數。

第五十一章

兩人回到寺中，睿王妃與老王妃都已經求完了籤，正要去解籤。

老王妃問：「見過你師父了？」

蕭沂頷首。「已經拜見。」

蕭沂陪著兩人去解籤，老王妃求的是全家平安，籤文不好不壞。王妃求的是闔家安樂與此胎順利生產。那解籤的老和尚看了許久都沒說什麼，愁眉不展，看了眼睿王妃，又再看籤文。

「怎麼，籤文不吉？」睿王妃被老師父的神情弄得有些緊張。

「師父但說無妨。」她有準備，生育本就危險。

老師父搖晃著腦袋道：「請夫人再求一籤。」

睿王妃照做，又從籤筒裡搖了一支籤出來。老師父看見第二支籤時，緊鎖的眉頭展開。「夫人，您的第一支籤確實不吉，然凶中有吉，還有轉機，所以我讓您再求第二支。第二支是大吉之象，意思是您會遇見一位貴人，替您消災解難。」

睿王妃鬆了口氣，忙問道：「此貴人身在何處？」

「不可說，不可說。」老師父道：「只能贈您八個字，心懷坦白，言行正派。」

「心懷坦白，言行正派……」眾人都默唸了一遍這八個字。

表面上的意思像是讓睿王妃言行舉止都光明磊落一些，更深一層的意思，卻是看不出來。

月楹從前只覺得這些打啞謎的師父都是神棍，見了了懷大師之後，她莫名有點相信了，也理解了這些老師父為什麼說話都神神叨叨的，說得太清楚，別人會覺得可怕，這些玄而未玄正好。

蕭沂與月楹動身去兩淮的那一日，明露憂心忡忡地交代。「世子若來硬的，妳也別太抗拒，妳打不過他的。」

月楹持續無語中。

「妳若不想有孩子，記著事後喝避子湯。」

考慮得真是太周到了，活脫脫一個不放心的老母親。

睿王府的人一路送到城門口的十里亭，蕭汐與商胥之都來送行。

「大哥，你早些回來啊，祖父、祖母、爹娘和我，還有未出世的弟弟或者妹妹，都會想你的。」蕭汐一臉的不捨。

蕭沂摸了把她的頭髮。「多大的人了，大哥只是出個遠門而已，又不是不回來。」

蕭汐吸了吸鼻子。「你從前都是在京城，也沒出過遠門啊！」

眼見她要哭，蕭沂忙輕聲哄了幾句，又囑咐商胥之。「我不在的日子，照看好汐兒。」

商胥之樂意之至。「應當的。」

等在一旁的蕭澄看著他兄妹和睦，覺得眼前這一幕有些刺眼。他母妃身分低微，在宮裡從小就是個透明人；母妃沒有生育其他子女，他沒有嫡親的兄弟姊妹，宮裡的人又慣會捧高踩低的，那些個姊妹與他從來都不親。

他忽地有些嫉妒蕭沂，催促了句。「快開船了。」

蕭沂應聲，與蕭汐和商胥之告別。

「小郡主，胥之兄，你們怎麼在這裡？」馬蹄聲噠噠，有一隊人馬路過長亭，領頭的是個衣著光鮮的俊俏公子，出聲打招呼的也是他。

商胥之看見來人，臉色瞬間陰沈下來。「邵兄。」

邵然下馬走來，顯然與商胥之是熟人。「不知這位是？」他問的是蕭沂。

商胥之為他介紹。「這位是小郡主的兄長，睿王世子，正要動身去兩淮。」又對蕭沂介紹道：「邵然，邵公子，芝林堂的少主人。」

「邵公子，失敬。」蕭沂抱拳。

邵然高興道：「見過世子。世子也去兩淮，真是巧了。」

「邵公子也去？」

「是，芝林堂在兩淮的分店出了些事情，有些急事需要過去處理。」

商胥之冷不丁道：「邵公子既然著急，便趕緊動身吧。」

蕭沂敏銳察覺到，商胥之不是很喜歡這個邵然。

他們雖都行商，但應該不是競爭對手。蕭沂再看一眼，發現邵然的眼神一直都沒離開過蕭汐，他勾唇淺笑。

商胥之也很苦惱。他與邵然本泛泛之交，說不上交好也說不上交惡，那一日與蕭汐上商府時，撞上了來與商胥之洽談事宜的邵然，也不知為什麼，邵然對蕭汐似乎是一見鍾情了，老是打聽她的消息，即便知道對方是小郡主之後，也絲毫沒有放棄的想法。

商胥之對他便沒什麼好臉色。

春風習習，暖風熏得遊人醉，入了春，夏的燥也不遠了。

蕭沂打開錦囊，裡面一如既往是一張木牌，然而這張木牌與之前的卻有所不同。之前若是「凶」則是血紅的顏色，若是「吉」則是個黑色的字。

這張木牌上寫的是「凶」字，卻是墨色。

蕭沂將木牌捏在手心。這是什麼意思？

「月楹姑娘，多謝妳了！」外頭傳來侍衛洪亮的聲音。

一個侍衛正在感謝月楹。「要不是姑娘妳，兄弟們還不知要吐到何時。」

他們是蕭澄的近身侍衛，基本沒怎麼出過京城，上了船之後便一直不適應。月楹見狀，給他們開了幾服暈船藥，喝了湯藥，他們這才好了不少。

侍衛們本還覺得蕭沂出門帶個丫鬟多有不便，現下來看世子果真未雨綢繆，帶著月楹姑娘就如帶了個大夫。

那侍衛年紀也不大，是個青壯漢子，帶著憨笑。「月楹姑娘，我這腰時常疼痛，不知妳能治嗎？」

月楹讓他坐下，然後便上手了。「是這裡，還是這裡？」

侍衛還不曾娶妻，有姑娘突然靠近，面色脹紅起來，眼神都不知道要往哪裡放。「是、是這兒……」

「你確定嗎？」月楹尋了個位置重重按了下去。

「嘶——」侍衛倒抽一口氣。

月楹觀察著他的表情。「是疼，還是痠麻？」

「痠麻，對，是痠麻。」

月楹若有所思。「你從前扭到過腰，沒養好便又累著了，這是長年的病根。」

「對，對，我是傷過一回。」蕭澄身邊離不得人，他沒好全便又去上值了。從前年歲小不覺得有什麼，現下年歲大了起來，各種毛病都顯出來了。「姑娘可知該如何治？」

月楹笑道：「這個不難治，只是如今在船上缺藥少材的，不方便。你若實在疼得厲害，等會兒去我房裡，我給你扎兩針。」

她沒多想什麼，那侍衛卻扭捏起來，整張臉紅通通的。

「咳──咳──」蕭沂彎腰從船艙裡出來，眼神直射那名侍衛。

侍衛被盯得一激靈，倏地一下站起來。「不必了，我還能忍，多謝月楹姑娘。」他真是糊塗了，能被世子特意帶出來的姑娘，必是受寵之人，他們方才是在胡思亂想什麼！

蕭沂冷著臉，明顯不悅。「請一個男子去妳房裡，妳知不知羞？」

月楹才反應過來，原來那侍衛是誤會了，難怪臉紅成那樣。

可別人會誤會，蕭沂難道還不懂嗎？

她沒好氣道：「我只是單純想替他治病，至於旁人怎麼想的我便不知道了，也管不著。佛說，萬事皆由心定，心善所見之事便都是善，心惡所見之事便都是惡。世子精通佛法，不會沒聽過這話吧？」

蕭沂不置可否。她明晃晃地諷刺他是心思齷齪之人。

月楹看見他臉色不好，心滿意足離開，朝甲板上走去。

船艙裡太過悶熱，她要出去透透氣。行船的速度並不很快，江風清涼，吹散惱人的燥意。

江景如畫，反正跑不了，月楹放平心態，欣賞起山水風光來。

她遙遙望見有一隻船，船上沒有官兵，不是他們的人。那艘船自他們出了京城之後一直不遠不近地跟著，不知是何來歷。

熟。

那廂甲板上也出現了一個身影，離得太遠，月楹看不清晰，只依稀覺得那身影有些眼熟。

「那是芝林堂的船。」蕭沂不知何時走到她身邊，悄無聲息。

船頭那人應該就是那日在長亭見到的邵然了，怪道眼熟。

「芝林堂的船為何一直跟著我們？」

蕭沂淡淡道：「但凡商家出門，多是外出做生意，懷有巨資。沿江路上，多有水匪，然官船水匪是不敢動的。商戶為求自保，多會與同路的官船一些方便，以備照應。」

「做生意還有這門道。」月楹彎下腰，想將手臂倚在欄杆上。

豈料她剛用了些力，欄杆吱呀一聲斷裂開來，蕭沂手疾眼快一拉，月楹穩穩落入他懷中，斷裂的一截欄杆撲通掉入水中。

蕭沂本想問一句是否無事，開口卻變成：「小心些，不知道的人還當妳要投河呢。」

月楹抿嘴，掙扎著從他的懷裡出來，退開幾步。「我才不會做那麼傻的事情。」語畢便跑回了自己房中。

蕭沂懷中空空，卻還是保持著手臂姿勢。他認命地閉上眼，良久後，輕笑出聲。

有什麼不好承認的呢？

月楹回到房中，猛灌了幾口涼水，像是憋了口氣，想用水把它順下去。

蕭沂的心眼也太小了，她都不計較他恐嚇自己的事情了，他竟然還在生氣，坐船的這幾日，逮著機會就陰陽怪氣的。

要罰便罰，她也不會有怨言，現在這樣，他渾身上下寫滿了彆扭，連帶著她也彆扭起來。

「叩叩。」房門被敲響，月楹過去開門，燕風正站在外面。

「再過半個時辰，船會靠一會兒岸補充物資。世子讓我來告知姑娘，若有想添置的東西，可以下船去採買。」

「知道了，多謝燕侍衛告知。」月楹答應著，隨即關上了門。

燕風看著緊閉的房門，摸摸鼻子，不知這兩個人在打什麼啞謎。世子特意交代不要提起他，但燕風就想試試，故意提起世子，月楹該謝的人也該是世子不是他。

半個時辰後，船停靠在江陵碼頭。江陵是個大城，碼頭熱鬧非常，在碼頭擺攤的人也比尋常地方更多一些。

月楹下了船。在船上待了太久，猛一上岸還有些不習慣。

「去哪兒？」

月楹瞥他一眼。「世子跟這麼緊做甚，我又不會跑。」

「這路妳家開的？妳要是進城後能找著路回來，獨自一人去也無妨。」

老拿她路癡說事，月楹氣得牙癢。「您敢不敢換個說法？」

蕭沂看她氣鼓鼓的模樣，笑起來。「有用就行。」

月楹扭過頭不理他，找了個人打聽最近的藥坊在哪裡，她身上的丹藥需要再做一些。

月楹餘光瞟見蕭沂還跟著，心底卻不慌。喜寶的事情已經解決，她再也沒有顧慮，此去兩淮，是個絕佳的逃跑機會。

蕭沂的手即便伸得再長，也伸不到兩淮吧？而且換了地方，沒有王府暗衛，一旦她找準時機，蕭沂想要找到她也不容易。

蕭沂去兩淮是有任務的，而且還有大月分的睿王妃，蕭沂不會在兩淮待太久。她的銀票都帶在身上，只要她能讓蕭沂在短時間內找不到她，逃脫的機會便很大。

「給我抓洋金花，風茄花，生草烏，香白芷，當歸，川穹各四錢，南天星一錢。」月楹進了藥坊便道：「再給我拿幾帖跌打的膏藥。」

抓藥夥計警惕地看了她一眼。「姑娘抓這些藥做什麼？」這是配製麻沸散的主要藥材。

月楹盯著他。「藥坊的夥計，什麼時候那麼多嘴了？」

小夥計被盯得直發毛。「是小人多嘴。」他前幾日才知道麻沸散的配方，正背著呢，見有人來抓，沒忍住多問了一句。

夥計抓好藥，月楹提著藥包就走。

「姑娘，還沒給錢呢！」夥計叫住她。

月楹往後指了指。「他付錢。」

夥計往後一看，眼睛登時亮起來。「少主人?!」

「快去叫老掌櫃，少主人來江陵了！」小夥計興奮地叫起來。

月楹疑惑著蕭沂怎麼成了他家少主人，轉頭看見邵然站在後面，蕭沂正與他寒暄。

「世子，又見面了。這位姑娘看上什麼藥材儘管拿走，權當邵某一點微薄的心意。」

蕭沂摺扇輕搖。「邵公子不必如此客氣，買藥付錢，本就是天經地義之事。」隨後一擺手讓燕風去付錢。

邵然不愧是在商場沈浸了多年的人，蕭沂駁了他的面子，他仍面帶微笑。

醫館人來人往，兩個容貌出眾的男子站在門口，不禁引人駐足。

蕭沂對邵然的印象，算不上多好也算不上多差，畢竟一個覬覦自己妹妹的男子，實在與他算不得朋友。

「讓一讓，讓一讓！大夫，救命呀！」由遠及近的一陣喧鬧，一個莊稼漢從兩人中間穿了過去。

月楹聞聲停了腳步。

莊稼漢背上還揹了個老漢，老漢面色脹紅，止不住地咳嗽，時不時還有痰。

老掌櫃剛想出來拜見少主人，就被一把拉住看病。「老大夫，求你救救我爹！」

邵然走過來。「孫掌櫃，您快看看吧。」

老掌櫃點了點頭，對那莊稼漢道：「快把你爹放下來。」

老掌櫃仔細把脈，捋了一把鬍子。「氣陰兩虛，血脈瘀阻，脈弦細。」又觀老漢四肢、舌苔，四肢末端發紺，舌紅苔少津。「是否常覺得口乾？」

老漢緩緩點頭。「是，時常想著水喝，每每只隔一刻鐘，便覺得口渴。」

「痰裡有沒有血絲？」

老漢看了一眼兒子，搖了搖頭。

「那便還算不上嚴重。」老掌櫃說完就要去開藥。

「等等！」

兩道聲音同時阻止，是月楹與邵然。

邵然繼續道：「他痰中有血，我剛才看見了。」方才那老漢連咳幾聲，用手接住了，他雖看不真切，卻依舊注意到了一抹血色。

老掌櫃神情嚴肅。「老爺子，事關你的安危，何故撒謊呢？」有時候大夫不能確診是因為病人不配合，更有甚者故意隱瞞病情，認為他隱瞞一星半點兒的並不要緊。

莊稼漢倒是比老掌櫃先反應過來。「爹，您不能怕花銀子，若身子垮了，就真什麼都沒了！」

老漢有些不好意思，他的確是存了這心思。「我一個老頭子，說不準什麼時候就沒了，錢存著給你和小虎花，小虎還要上學堂呢。」

莊稼漢皺眉道：「您糊塗！若小虎知道他上學堂的銀子是他爺爺不吃藥換來的，這學堂他能上得安心嗎？大夫，麻煩給我爹開藥，我不怕花錢的！」

老掌櫃重新做了診斷，確定他生了什麼病後，讓藥僮去開藥。

老漢有些固執。「別開藥，我沒病，身子骨兒好著呢。」說著就下來要走。

邵然看出來他是怕花錢。「老人家，您不用擔心錢的事情，我是這裡的少主人，我做主把您的藥費減免一些。」

邵然覺得這下該答應了吧，豈料老漢是個有骨氣的。「這怎麼行？我們非親非故，不好受這大恩的。」

邵然無奈，這老漢真的有點無法溝通。

「老人家，您這病現在治不麻煩，再拖下去就要花大錢了，而且兩個月之內必定嚴重起來，甚至還可能會一命嗚呼。說得難聽點，您不在了，辦身後事總是要錢的吧？藥錢可比一口薄棺便宜。再說了，您活著才能賺銀子不是嗎？」

月楹聲音溫柔，一針見血抓住了老漢的命脈。

老漢顯然被這番話說動了。「真的？」

邵然瞥了眼月楹，隨後道：「這姑娘說得是真的。」

老漢這才放鬆了神情，點了點頭。莊稼漢也是露出個笑，感謝了眾人。

解決了問題，月楹與蕭沂出了醫館的門。

「姑娘留步。」

幾人回頭，邵然跑了幾步追過來。「姑娘，有些事想請教。」

「何事？」

「姑娘方才為何叫住掌櫃？」自己出聲是因為看見了，而月楹所站的位置應該是看不見的。

她莞爾。「您為何叫他，我便是為何。」

邵然道：「我是問姑娘是怎麼看出來的？」

「他咳嗽不止，四肢末端發紺，肺有雜音，顯然有氣瘀之症，此症時常會咳血，且他回答時眼神躲閃，所以我猜必有隱情。」

邵然聽罷，肯定道：「姑娘會醫術。」

月楹頷首。

邵然見她一身丫鬟打扮，又是跟著蕭沂出來的。「姑娘是睿王府家僕？」他忽地想起那件事情。

「是。」月楹覺得邵然的眼神有點奇怪。

「元夕佳節，醫館門前拿走華木宮燈之人，可是姑娘？」

邵然有個猜測。那日見到了那張華木宮燈在蕭汐手上，便以為對聯是蕭汐所對，但他幾番試探之下，發現蕭汐對醫藥一竅不通。他後來再次詢問了京城的老掌櫃，掌櫃說答出題目的是個丫鬟打扮的姑娘。

他這一問，月楹才反應過來，原來他就是那日掌櫃說的少主人。

「您是——」

「她不是。」

月楹正欲開口之際，蕭沂搶先回答道，說完拉著月楹的手便走，還不忘回頭對邵然留下一句。「邵公子，請自重。」

第五十二章

「世子，請放手！」手腕上越來越重的力，讓月楹皺起眉。

蕭沂的臉上陰雲密布。月楹不懂，這又是生哪門子氣？

蕭沂放開手。「妳一個睿王府內僕，與一個外人相談甚歡，成何體統？」

「可是我才與他說了兩句話呀！」

「總之離他遠一點。」

月楹只覺得他莫名其妙。「人家是芝林堂少主人，我只是個小丫鬟，會與他有什麼牽扯？」他的反應未免大了些。

「認得清楚自己的身分就行。」蕭沂脫口便道，話一出口又有些後悔。

月楹冷哼一聲。「奴婢時時刻刻都記著自己的身分。」

她換了自稱，一扭頭回了房。

蕭沂直愣愣站在原地，好半天才憋出一句。「膽子大了，她竟然給我甩臉子！」

燕風腹誹，還不是您寵的。「您的反應也是大了一些。」他還是說了一句。

蕭沂面色訕訕。他又怎會不知道自己剛才確實是失了冷靜，邵然眼中的那種好奇與欣賞，正是他初見月楹時的反應。

且邵然醫藥世家出生，又生性瀟灑，聽聞喜歡周遊列國，不正對應了月楹的志向嗎？他沒來由的生出一陣危機感。

船又開始繼續前進，月楹在房中不出去，蕭沂便讓燕風送來夕食。

「多謝燕侍衛。」

燕風拎著食盒，勸了句。「世子待妳不錯，月楹姑娘好歹對世子別冷著臉了。」

月楹眉梢一挑。「在你眼中，他對我如此是不錯嗎？禁錮我的人身自由，將我困在他身邊，你心甘情願給他當侍衛，我卻不願意給他當奴婢。」

月楹砰地關上了房門，背靠在門上，苦笑出聲。在旁人眼中，她不過是蕭沂逗樂的一個玩意兒而已，就該時時刻刻對著他笑，不能有一點自己的情緒。

她不是個反應遲鈍的人，蕭沂最近的種種變化，讓她有了些不好的猜測，蕭沂似乎並不單純只是想把她收入麾下。

月楹摩挲著手上的小葉紫檀佛珠。這是最近才有的習慣，這代表她在思考。

抓來的藥材就放在桌子上，她去借了一些工具，專心致志地將藥做完。工欲善其事，必先利其器。她的器，便是藥。

行船五日，很快就到了最後一日，下了船還需要行陸路，再走兩天兩夜，方才能到地方。

蕭沂來找月楹，想著已經過了幾日，她也該消氣。「會騎馬嗎？」

「不會。」

「那我讓人安排一輛馬車。」他們一行人都是男子，確實是忽略了這個問題。

月楹道：「馬車不會拖慢行程嗎？」

「會，但不差這麼幾日。」

月楹哂笑。「可不敢讓您為我一個小丫鬟拖慢行程，若是耽誤了陛下交代的事，奴婢可吃罪不起。」

蕭沂確定她還在生氣，輕哄道：「十一殿下會先行過去，我到與不到並無分別。妳不是想看看兩淮的山水風光嗎？上了岸後，可一路遊玩過去。」

月楹心中警鈴大作。這還是蕭沂嗎？比之初見的蕭沂更溫柔、更鮮活，與前幾日的冷硬完全不同。

月楹關上了房門。她也快演不下去了，她就是想使勁作一作，看蕭沂的底線到底在哪裡，但彷彿，他的姿態放得越來越低。

這是溫柔陷阱，她不能上當。

月楹拍了拍腦袋試圖讓自己清醒一些。蕭沂站在房門外，還沒有離開。

他敲了敲門，正色道：「今夜記得待在房中，哪裡都不要去。」

月楹回了句。「明白。」他這樣的語氣，代表今夜可能有事發生。

蕭沂出艙，看著滾滾江水。江底有說不清、看不明的暗流湧動。今夜是最好的動手時機，他們如果是聰明人，就不會放過這個機會。天才擦黑，水面悄無聲息地冒起了密集的小泡，幾個黑影，慢慢向大船靠近。刀劍聲在瞬間迸發，黑影齊齊向船底部刺入刀劍，船艙很快漫進了水，只見這些黑影如鬼魅一般，翻身上船，頃刻之間就放倒放哨的人。

頓時火光四起，不斷有火箭向船艙射來，箭矢破空的聲音不絕於耳。

「有刺客！有刺客！」

「保護十一殿下與世子殿下！」

黑影的目標很明確，直奔蕭沂與蕭澄的船艙，然而一腳踹開蕭澄的房門，卻空無一人。

「頭，沒找到人！」

「不可能，午時還有兄弟看見他在船上，他怎麼可能憑空消失？」為首的黑衣人仔細想了想，忽然想起午間走過一條小船。小船是運物資的，那時他並沒有多想，現在想來，蕭澄就是坐著那條小船離開的。

「奶奶的！被耍了！」

「蕭澄不在？那蕭沂呢？」

「他還沒走！就在那裡！」小弟順手一指。

蕭沂手執長劍，正割斷了一個人的咽喉，鮮血濺了些在他潔白的衣衫上。

「上，他武功平平，給我解決他！」蕭澄逃脫，黑衣人怒火中燒。殺不了蕭澄，帶走一個蕭沂也夠本了！

黑衣人一擁而上，奇怪的是，不論上去幾個人，似乎都傷不了蕭沂。

黑衣人首領感覺自己一直在被蕭沂戲弄，火氣更大，下命令道：「船上活口，一個不留！」他殺紅了眼，完全忘了自己的目標只是蕭沂和蕭澄。

蕭沂原本遊刃有餘的身形一滯。不好！

外面的喊殺聲響起來的時候，月楹便乖巧地躲在了桌子下面。透過窗框剪影，她能想像得到，外面的情形有多糟糕。

但她不會武功，出去只能添亂，能做的只是安全躲好，幸好這些人並沒有要進來的意思。

她心裡才想完這一句，房門就被大力破壞。

進來的黑衣人一眼就看見了躲在桌子下面的月楹，他提著刀走近，刀上還沾染著溫熱的鮮血。

月楹當機立斷，一個翻滾出了桌子底下，順手抓起一把椅子向他砸去。

黑衣人側身躲過，眼神中帶著殺氣。月楹似是被嚇到一般，眼神驚恐地往後退。「你別過來！」

黑衣人呵呵一笑，高高舉起刀，就要手起刀落，月楹猛然對著他的眼睛，撒了一把粉末。

黑衣人霎時間大叫起來。「啊……什麼東西！」眼睛一股灼熱刺痛，如被火燒一般。

月楹乘機轉身跑出了房間，在衣服上把手上的生石灰擦乾淨。萬一掉進了水裡，她的手可是別想要了。

月楹也不敢跑太遠，外面到處都是危險，甲板上有人在激烈廝殺。血腥味夾雜著火油的味道，還有木頭被燃燒的味道，這船說不準，什麼時候就沈了。

此時月楹有些慶幸，她是會游泳的，不用擔心掉進水之後胡亂撲騰。

「月楹！」蕭沂踏風趕到，一手攬住她的腰，側身躲過一支弩箭。

蕭沂把人護在懷裡，目光銳利，帶著殺意。連弓弩手都用上了，他們還真捨得下本！

船劇烈地一抖動，底下的木板再也支撐不住，就要斷裂開來。

蕭沂看著她。「抱緊我，閉氣。」

月楹應聲。「我會水，你不用擔心。」

蕭沂帶著她來到甲板上，縱身一躍，黑衣人首領見狀，趕緊讓人朝水中放箭。「放箭！放箭！」

燕風目眥盡裂，大喊道：「世子！」他親眼看見了一支箭插進了蕭沂的後背。

水中的蕭沂悶哼一聲，引著月楹在水下游了很久很久，直到看不見火光才靠了岸。那是一片漆黑的樹林，藉著月光也只能依稀看清一點道路。

「我懷中有火摺子。」蕭沂的聲音有氣無力。
月楹只專注眼前，沒有發現他的異常，掏了掏他懷裡，找到一支做了防水措施的火摺子。
她吹亮火摺子。「現在我們該往哪兒……你受傷了！」她聲音忽然提高。蕭沂的背上，直直地插著一支羽箭。
月楹抓住他的手腕，捏住脈門，臉色一下子變了。「箭上有毒！」
蕭沂淺笑。「難怪覺得有些忽冷忽熱……」話還沒說完，他便眼前一黑，倒在了月楹身上。
月楹差點沒被這死屍一樣沈重的身體壓垮了。
「我這是造的什麼孽！」
跳入水中時，蕭沂把她緊緊護在懷中，可以說是為了保護她而受傷。憑蕭沂的功夫，即便要隱藏實力，只要他想，沒人能傷得了他。然而是他非要帶著她上船，不帶她不就沒這麼多事了嗎？
月楹摸了摸身上。她身上的藥瓶似乎在泅水時遺落在了水中，蕭沂的毒不難解，金針只能護住他的心脈，解毒還是要靠藥材。
月楹費勁地把蕭沂拖到一個山洞裡。這山洞寬闊，裡邊有一些日用品、瓦罐碗筷，還有一把匕首，看樣子像是山中的獵戶臨時落腳的地方。

月楹用匕首割斷了羽箭後半段，又用金針護住他的心脈，確定他暫時沒有危險之後，又做了個簡易的火把，這才出門找藥。

這黑漆漆的樹林，但願有藥。她雖然想逃離蕭沂身邊，卻也不希望他死。

即便有火把，漆黑的林間路還是很不好走。野蠻生長的樹枝不知會怎樣橫插出來，月楹能躲過一些，卻躲不過全部的。

臉頰突然一陣刺痛，不知哪裡的細小枝椏劃傷了她的臉。

傷口不大，只滲出幾顆血珠就沒有再流血了。她隨意抹了把臉，繼續低頭尋找著想要的藥材。

腳上的繡花鞋早已經泥濘不堪，她本就穿得單薄，身上又是濕的，林間的冷風一吹，還真有些冷。

月楹顫了顫身子，原地蹦了兩下，試圖給自己帶來一些溫暖。

恰此時，她聽見了一個熟悉的、令人起雞皮疙瘩的「嘶嘶」聲。

她藉著火光，看見了濕滑粗長盤旋在樹上的蛇，似乎正在安眠。

月楹定睛看了看，那蛇通體烏黑，至少有兩根手指那麼粗，個頭雖然大，好在無毒。她緩緩笑了起來。

有蛇在，說明她想要的草藥就在附近，而且今天的晚飯也有著落了。

月楹找了個稱手的樹枝，用匕首削尖了頂部，找準蛇的七寸，用力刺了過去！

第五十三章

回程的路上，月楹的腳步明顯輕快了不少。她左手拿著火把，右手提溜著一條三、四斤的大蛇和草藥。

回到山洞裡，蕭沂的臉色已經有點慘白，大抵是因為失血過多。

月楹用獵人留下來的工具把草藥剁碎。他身子裡的箭頭還沒取出，月楹叫了他兩聲，沒什麼反應，人已經陷入了昏迷。

她把人翻過來，割開箭周圍的衣服，手起刀落，一把將箭頭拔了出來。蕭沂只是悶哼一聲，並沒有醒。

取出箭頭後，留下一個碩大的血洞。若是尋常女子見到，怕是早就嚇傻了，月楹卻面不改色，往傷口上敷了草藥。

因為傷口感染，蕭沂發起高燒。月楹感受一下他額頭的溫度，有些燙但還好，還在可以控制的範圍內。

她用匕首撕下一塊衣裳下襬，當作帕子去河邊打了水，敷在蕭沂額頭上，以求降下一絲溫度。

他的傷口敷上了藥之後，月楹又撕了一些布條綁住傷口。

做完這一切，月楹已經是滿頭大汗。「但願你一直有好運。」

她找到了藥，找到了水，還找到了這麼一個容身的地方，實在是運氣不錯。

這一夜，月楹沒有睡安穩。身旁有一個病人，她時不時就要起來，看看他的情況。

他額頭上的帕子乾得很快，山洞離河邊又有些遠。月楹用瓦罐裝了一些水放在一旁，順帶也煮了一些開水。她已經好幾個時辰沒有喝水了，實在是渴得厲害。蕭沂的嘴唇也乾得起了皮，她試圖給他餵些水，不過效果並不好，最終也只能潤潤他的嘴唇。

到了深夜，敷上的草藥開始發揮作用，蕭沂的神智漸漸回籠，眉頭不再緊皺，慢慢的脈象也變得平穩。

月楹長舒一口氣，總算是從閻王爺手裡搶回來了一條命。

她肚子餓得厲害，視線落在方才抓來的那條蛇上，乾淨俐落地剝皮抽筋，切了一半，拿了個瓦罐煮了，這個時候只要能填飽肚子也不在乎沒有調味料了。

吃飽喝足後，眼皮子就忍不住打架。她真的很累了，找了一個舒適的地方，也沈沈睡去。

第二天早上，清晨的陽光略有些刺眼地照進來，林間空氣清新帶著濕潤的泥土腥味與草腥味。

蕭沂是被鳥叫聲吵醒的。他身體底子不錯，不過是中了一箭，如果沒有中毒，其實不應該昏迷那麼久。

雖還有些頭疼，但感覺自己正在慢慢恢復力氣。

他此時才真正明白了師父給的那塊木牌，逢凶化吉，原來是這個意思。

他瞥向旁邊，一眼就掃到了蜷縮在角落的月楹。她雙手環抱著自己，是一個極沒有安全感的睡姿，乾淨的衣裳已經髒亂不堪，腳邊是剁碎了還剩一半的草藥，還有不遠處擺了半條被剝了皮的蛇，一旁的地上是稀碎的蛇骨。

徒手抓蛇，她還真是……與眾不同。

蕭沂動了一下，不小心踢到了腳邊的瓦罐，發出的動靜驚醒了她。

月楹驀地睜開眼睛，腦子還有些迷糊，看見陌生的山洞，才想起來昨夜發生的事情。

她走了過來，試探了一下蕭沂額頭的溫度。「沒有再發燒，一切正常。世子感覺如何？」

「好多了。」蕭沂扯出一個笑。「是妳救了我，妳本可以跑的。」

月楹道：「您因我而受傷，當然要救。假使今天不是您，是個素不相識的陌生人，我也會救，救人是醫家本分。至於跑，我不認識路。」

蕭沂輕笑出聲。她這般自嘲，莫名有些可愛。

「是我錯了，我不該總拿這事來調侃妳。」他認錯認得非常爽快。

月楹瞪大了眼睛，猶如見到了鬼。這是蕭沂？他會跟她道歉？毒把他腦子都毒傻了嗎？

蕭沂像是看出來她的疑問。「我現在很清醒。」

清醒嗎？不太像。

「妳過來。」他的語調溫柔得不像話。

蕭沂本就生了一張勾人的臉，如果存心想做什麼或是想要什麼，用這樣的語調，恐怕沒有人會拒絕。

「做什麼？」月楹似被表相蠱惑，將信將疑地靠近了一些。

蕭沂坐起來，牽扯到傷口，齜牙咧嘴了一番。月楹護著他的肩。「小心些。」

他的衣服被她解開過，但之後她累了，並沒有幫他穿好，衣服是鬆鬆垮垮地搭在他的身上。

蕭沂一坐起來，衣服順著他的動作滑落，露出精壯的腰腹來。雖然不是月楹第一次見，還是下意識地上下掃視了一番。

「我赤條條的模樣，妳不知見過多少次，還沒習慣嗎？」蕭沂勾唇淺笑。

月楹出口辯駁。「誰見過您赤條條的模樣！」說得好像她把他全身上下都看光了一樣，不是還穿著褲子嗎？

蕭沂笑得更歡。「妳看旁人時，可不會害羞。我是不是可以認為，妳對我也有些不同？」

這對話有點太過曖昧，月楹別過頭，忙道：「您是主子，當然與旁人不同。」而且旁人的身材，也沒你的好看。

當然後面這句話，她沒有說出口。

蕭沂忽長臂一伸，將她一把攬過來，大掌緊箍著她的腰。月楹猛然撞上他溫熱的胸膛，肌膚貼著肌膚，沒有一絲縫隙。

他的聲音在耳邊響起。「現在與剛才，有不同嗎？」

月楹腦子如煙花一般炸開，被炸得有些懵。從來沒有想到他會在此刻坦白，而且是用如此直白的方式。

月楹掙脫開他的懷抱，心如擂鼓。「沒有不同。」

蕭沂胸有成竹。「妳的心可不是這麼說的。」

月楹深吸了一口氣。「這是正常現象，世子往後還是不要再開這樣的玩笑了。」

「妳將這當作玩笑？」蕭沂挑眉。「楹楹這麼聰明，不會不懂我的意思。」

是不懂，還是不敢懂？或是不願意懂？

她毫無疑問是後者。

月楹閉了閉眼。連稱呼都變了，這事情複雜了……

對於自己的感情，她其實還沒認真想過。誠然她對蕭沂確實有些感覺，一個好看的異性，溫柔體貼，又在她需要幫助的時候無條件相助，她想做的事，他甚至從來沒有問過一句為什麼，就幫了她。

她的少女心思，確實悸動過那麼幾次。

只是當情愛與理想相悖時，她會毫不猶豫地斬斷情緣。愛情於她不過調味品，就如昨天沒有放鹽的蛇肉，雖然難吃，但還是可以填飽肚子。

而理想就是蛇肉，她不吃，會餓死。

蕭沂的身分遠比她想像得複雜。睿王妃已經很幸福，然而身處在那個位置，她有太多的不得已，她需要做一些自己本不願做的事情。

月楹有些絕望，她就只想簡簡單單開一間醫館，就這麼一個小願望都不能實現嗎？

「世子，您確定您是喜歡我嗎？」月楹質問道。還不等蕭沂回答，她又道：「喜歡一個人，看著她悶悶不樂，心情鬱結？喜歡一個人，會違逆她的意願，強行將她拘束在身邊？

「您這不是喜歡，是占有。不過是見慣了順從您的人，偶然間遇到了一個不一樣的，覺得有趣，想逗樂一番。其實您與我相處久了，就會發現我與那些女子其實並沒有什麼區別，甚至還不如她們。以往在您身邊的都是閨秀，不是容貌出眾，就是才藝出眾，我只會一點醫術，性格枯燥得很。」

蕭沂靜靜地聆聽。「說完了嗎？」若沒點思緒的人，還真容易被她繞進去。他的確覺得她有趣，卻沒有逗樂的心思。

月楹見說不通，又搬出另一件事來。「您喜歡我，打算怎麼安排我呢？我只是個奴婢，連良籍都不是。您最多也只能給我一個侍妾的身分，我不願與人為妾。」

蕭沂輕搖頭。「身分這事好解決，這不能成為妳拒絕我的理由。」找個世家大族認她做義女便行，況且他也沒想只讓她做個侍妾。不過這事沒打算告訴她，她現在對自己那麼抗拒，說了只會適得其反。

月楹無奈。「我們本就是不同的人。」

「也許我的方式是有一點問題，但妳不能全盤否認我對妳的感情。」他把她的手抓在掌心把玩。他是什麼心思，自己很清楚。

「楹楹，妳幫我慢慢改，好不好？」他溫言軟語，加上受傷一副虛弱的模樣，看上去好不可憐，極易激起人的保護慾。

月楹還是吃軟不吃硬。他說軟話，她便不忍心再說重話，尤其他還是個病號。

「世子先養好傷再說。眼前的危機還沒解決，我無暇去想這些事情。」她只能拖。蕭沂說她固執，他其實不也是一樣，倔強非常，輕易不會動搖想法。

「好。」他乖乖應了聲。「我在上岸時留了記號，燕風應該馬上就會尋來。」

「您什麼時候留的記號？」她怎麼沒看見？

蕭沂笑起來。「飛羽衛的獨門手法，若是被妳發現了，才是不正常。」

「您一早就安排好了？」

「是。」

月楹一直想問：「昨日在船上到底是怎麼回事？十一殿下為何不在？您是一早就知道有人會行刺，所以才提醒我不要出門嗎？既然如此，您為什麼不走呢？」

蕭沂將計劃告訴了她。「這是我與蕭澄在京城定下的計策。蕭澈與蕭浴不會希望我們到兩淮的，即使殺不了我們，最好是讓我們受傷，可以拖延時間，讓他們銷毀罪證的時間更充裕。船上有內奸，所以我們兩個人不能都走。若是沒出事，我應該佯裝受傷，暗中走小路進淮南。我們兵分兩路，一路明察，一路暗訪。」他淡淡道：「好在雖出了意外，假受傷變成了真受傷，卻沒怎麼打亂計劃。等燕風找到我們，便立即動身前往淮南城。」

「不行，您現在的身子，不能舟車勞頓！」

「放心，我有分寸。」

月楹懶得勸，涼涼地道：「算了，死了更好！」死了就沒人拘著她了。

蕭沂知道她這是氣話，溫言道：「有楹楹在，我死不了的。」

月楹丟給他一個眼刀，拿起瓦罐做吃的去了，那剩下的半條蛇也被剁成一段一段。

月楹煮蛇湯的同時，又去外面挖了些可以吃的野菜。在這人跡罕至的樹林裡，有葷有素，吃上一口熱呼的，已經是很不錯了。

月楹將煮好的蛇肉與野菜端到蕭沂面前。「您快一天沒吃東西了，吃一些。」

蕭沂拿筷子的力氣還是有的，挾起一筷子馬齒莧，久久沒有送入口中。

月楹當他嫌棄。「山間粗野，世子金尊玉貴，怕是沒有吃過這粗鄙之物的，您若不想吃，那便餓著等燕侍衛尋來吧！」愛吃不吃！

蕭沂卻笑。「我並非嫌棄，只是許久沒吃這馬齒莧了。」

「世子認得這馬齒莧？」

蕭沂道：「幼時，我常被師父丟進後山的林中，有時一進去就是幾天幾夜。寺中茹素，師父雖不禁我食葷，大多數時候還是吃素的，山間的野菜，我基本都認得。」那時候吃多了，後來回府也沒機會吃到這原汁原味的野菜。他吃了一口，神色複雜。「還是原來的味道。」沒加鹽的馬齒莧，又苦又澀。

月楹輕笑出聲。「就該讓你們這些高高在上的人，也體會體會這民間疾苦。這些菜於你們是偶然吃一次的調劑，於窮苦人家，卻是賴以生存的根本。」底層百姓奉養這些王孫貴胄，他們卻貪心不足。

蕭沂看著她。「楹楹，我幼時吃的也是這些，與妳並無什麼不同。」

午後陽光正好，月楹不知道蕭沂說燕風馬上會找過來的馬上是多久，為了今天晚飯有著落，她打算去河裡抓魚。

蕭沂這個病號被她拖出來放在一旁的河岸上曬太陽，也能好得更快。

月楹綁好褲腿，撩起衣袖就往河裡走。河底是細軟的泥沙，踩在上面柔軟舒適，水流並不很急，偶爾能看見幾條黑色的魚在水底徜徉。

「楹楹，小心些。」蕭沂幫不上忙，只能在岸上提醒幾句。

月楹微怒，雙手扠腰。「你別說話，魚都被你嚇跑了！」她剛看好的目標，被蕭沂一嗓子嚇得不知道竄哪裡去了。

口。

她生氣的時候腮幫子鼓起，眼睛瞪得渾圓。蕭沂做了個噤口的動作，示意自己不會再開

月楹擺足了架勢，雙腿微蹲，扎了個馬步，等魚游到自己的身前，雙手迅速往下。但到底只看過別人抓魚，自己親身上還是第一次，濺起無數水花，撈了個空。

抓了幾次又抓不著後，月楹的好勝心徹底被激起。她就不信，她還搞不定這麼幾條魚。

月楹與魚搏鬥許久，還是有一點收穫的，最終抓上來一條巴掌大小的魚，獻寶似的拿去給蕭沂看。

「我抓到了！」她眉開眼笑，髮絲濕答答地掛在臉上，稍顯狼狽，卻心滿意足。

月楹蹲在蕭沂面前。「也只能烤了，烤起來香一些。」說著便要去尋幾根木棍，搭一個簡易的燒烤架。

「過來些。」

「做什麼？」她心思在魚上，以為他要看魚。

蕭沂伸手，輕柔地將她沾在額頭上的濕髮整理好，把那幾縷不聽話的髮絲勾到耳後。

「好了。」

月楹微愣，手一鬆。他們本來離河邊就不是很遠，好不容易到手的魚，蹦躂了兩下又回去河中了。

「呀！我的魚！」

小魚一入河裡便再也尋不見。月楹氣得不行。「都怪你，現在得餓肚子了！」沒事撩她做什麼！

蕭沂抿唇笑道：「怪我怪我，餓不著妳的。」

「抓不到魚，指望我打獵是別想的，難不成讓你去尋吃的？」

「有人會送來的。」蕭沂看了眼天光。時辰差不多，人也該來了。

「誰——」月楹還沒說完，遙遠的地方傳來一聲鳥哨。

這鳥哨她好像在哪裡聽過，應該也是在林間……是在木蘭圍場。

飛羽衛的人到了！

「送東西的人來了。」蕭沂微笑，扯下一塊衣裳下襬的布料，蒙上臉。

不過瞬息間，一群玄衣侍衛無聲出現，領頭的是夏風與燕風。

「指揮使，屬下來遲！」

夏風看見包紮著的蕭沂，訝然。「您受傷了？」

「無礙，先進城。」他的聲線又恢復了清冷疏離。

燕風貼心準備好了馬車，把蕭沂扶起來。「馬車就在不遠處。」

蕭沂微微點頭。「楹楹，跟上。」

夏風攙扶著月楹。「我準備了兩身女子的衣裙，等會兒可以換上。」

月楹感謝道：「多謝夏風姑娘。」

他們已經在城外，離淮南城還有二十幾里的路程。因為蕭沂的傷，行路又慢了一些。

「蕭澄那裡如何？」

燕風道：「一切按計劃進行，嚴復已經將人接進了府。」

嚴復是淮南城太守，兩淮的鹽案變成如今這副局面，他不可能不知情。蕭澄大張旗鼓地進城，嚴復即便想動手腳，也得掂量掂量能不能承受後果。

「我被水匪劫殺，生死不明的消息都放出去了吧？」

「是。十一殿下正『心急如焚』、『無心查案』。」

「很好。」蕭沂唇角微勾。

燕風問：「指揮使，下一步該怎麼做？」

蕭沂摸了摸背後的傷。風吹起窗簾一角，他看見了外面與夏風共乘一騎的小姑娘。「先找個地方養傷，然後再去會一會穆正誠。」

他不在乎身子，也得顧忌著外面的小姑娘，她翻臉起來，可是不認人的。

穆家是兩淮最大的鹽商，受歷任鹽運使剝削已久，此次上京城告狀的幾人能平安到京，少不了他們在背後的推波助瀾。

穆家到現在還是閉門謝客，穆正誠這個老狐狸，更是直接裝起了病，裝得氣息奄奄，讓嚴復都有些不好意思再上門。

燕風安排了一座別苑讓蕭沂休息。

月楹則出去買藥，夏風如影隨形。月楹知道，這姑娘是特意被安排來盯著她的。

「不用盯得那麼緊，我暫時不會跑。」月楹與她聊了幾句，這姑娘性格豪爽，她很喜歡，要不是因為這身分，也許她們能成為朋友。

夏風聽出她話中玄機。「暫時？」

月楹手指抵住唇。「噓……這話只和妳說，千萬別告訴別人哦！」

月楹笑著轉頭，夏風卻心頭微酸。月楹姑娘真是單純，她是指揮使派來盯著她的，自然什麼事情都要和他匯報。唉，她們要真能成為朋友就好了。

「妳這話以後別再說了，我不會告訴指揮使的。」

月楹隱下笑意。夏風還是心軟的，會心軟，她便有機會。

第五十四章

蕭沂的傷恢復得很順利，尤其是有月楹這個盡心盡力醫治的大夫，好藥不要錢地灌下去，不出幾日就好得差不多了。

「楹楹去換身裝束。」蕭沂讓夏風給她準備了男裝和藥箱。

月楹不解。「要出門，去做什麼？」

蕭沂道：「去給人看病。」

「給誰看病？」

穆家是淮南有名的鹽商，府邸自然不會寒酸，四進的古樸大宅盡顯首富的財大氣粗。穆府樂善好施，是淮南城裡有名的大善人，時常在城中施粥，是以近年來鹽價暴漲，大家也都還願意買穆府的鹽。

月楹站在穆府門前。「您讓我給穆家家主看病？您不是說他是裝病嗎？」

「是裝病。怕他不見我們，帶著大夫上門拜見，他不好拒絕。」

月楹只道：「再好的大夫也治不好裝病的人。」

燕風上前叫門，遞上名帖。「青城言公子前來拜會穆老爺。」

那閽人一口回絕。「我家老爺重病，不見客。」

燕風道：「聽聞穆家老爺重病，我家公子特帶上青城有名的神醫前來為穆家老爺診治。」

閽人被他這話一噎，人家上門求見，誠意十足，閽人一時不好做主。「您幾位在此稍候，容我通稟。」

沒過多久，一個年輕公子拿著名帖出來了，閽人介紹道：「這是我家大公子。」

穆弘博行了個抱拳禮。「哪位是言公子？」

蕭沂走過去。「在下言非。」

「言公子請。」穆弘博彬彬有禮，見月楹揹著藥箱，道：「想必這位就是青城的神醫了，想不到是位年輕公子。」

月楹壓低嗓音。「大公子謬讚。」

穆弘博不著痕跡地打量這一行人。名帖上，他們說是為求做生意而來，他觀幾人氣度，卻有些不像。而且也從沒聽說過青城有什麼大的生意人姓言，可看在人家帶了大夫的面子上，穆弘博準備等看完病就將人打發走。

穆弘博帶人來到穆正誠的房間，攔了攔。「家父就在帳內，只是見不得生人，還請大夫在帳外診治。」

月楹道：「無妨，只要有人能代為通傳穆老爺的臉色如何便可以。」幸好沒提什麼懸絲診脈，那才是不靠譜的東西。

穆弘博道：「言公子，請去偏房稍等。」

蕭沂給月楹使了個眼色，堆起假笑道：「好。」

月楹坐在床榻前，對著帷幔裡頭道：「請穆老爺將手腕放在脈枕上。」

裡頭伸出了一隻手，月楹眉梢一挑。

這隻手很奇怪，掌心細嫩，手背卻粗糙不堪，整隻手的顏色也有些不自然，就像是塗抹了一層黑粉。

這是隻化了妝的手，化妝之人的技藝還不錯，只是在月楹眼裡卻是不夠看的。膚蠟這種東西，在這時候的技術是遠遠達不到抹上後沒有一點痕跡。

而且這隻手骨架偏小，不像正常成年男人的手，如果不是女子，就是個身量未足的男孩。

月楹一搭脈就皺起眉。「您是否覺得時常腹痛？」

帷幔動了兩下，這是事先約定好的暗號，動一下代表不是，動兩下代表是。

「而且覺得腹部有東西，時常在動？」

又是兩下。月楹幾乎可以確定，裡面這人應該是個姑娘。

「您的病，我能治。」

帷幔一抖，裡面的人似乎很激動。

月楹轉身來到偏房。穆弘博早在見到她時，便覺得這小子年輕必定看不出什麼來，不想這麼會兒工夫就出來了。

「岳大夫診治完了？」

「是。」

穆弘博問：「家父是什麼病症？」

月楹看他一眼。「麻煩大公子借一步說話。」

穆弘博陡然感覺有些不妙。這大夫莫不是真看出了什麼？

蕭沂也不明白月楹在打什麼啞謎，不過相信她自有分寸。

兩人來到屋外，月楹小聲道：「裡面那位姑娘的病，我能治，只是需要你們的配合。」

「你……你怎麼會……」穆弘博震驚不已。藉著替穆老爺看病帶大夫來的人不少，可從來都是這樣打發的，沒有人發現房裡人不是穆正誠。

月楹笑起來。「我怎麼知道的？猜的。但您的反應，驗證了我的猜測。」

穆家確實有人有治不好的病，不過不是穆正誠，而是穆家的小女兒穆元敏。她自半年前就患上了這個怪病，遍尋名醫不治，此次穆正誠裝病，也是想借此機會找有沒有能治好穆元敏的人。

不想真的遇見了。

穆弘博興奮不已。「岳大夫真的能治小妹的病？」

月楹問：「令妹是否腹大如盆，腹內還時不時有東西在動？」

「是，就是這般，您說得一點不差。」

月楹道：「我大概有六、七成把握，剩下幾成，還須見到病人才能確定。」

「那事不宜遲，岳大夫快看看小妹！」穆弘博拉著月楹就走。

「穆大公子要帶岳大夫去哪兒？」蕭沂目光不善地盯著穆弘博拉著月楹的那隻手。

穆弘博推脫道：「岳大夫還要進一步診治，還請言公子再稍等一會兒。只要岳大夫治好了家父的病，您想要多少鹽，都好商量。」

商人重利，穆弘博看準了這一點。

蕭沂側身，月楹經過他時小聲說了句。「不必擔心。」

穆弘博關上房門，拉開帷幔，穆元敏神色憂愁地躺在床上。「岳大夫，您救救我。」

穆元敏正是花一般的年紀，本該無憂無慮，現在卻愁容滿面，氣色全無，全因這莫名其妙大起來的肚子。

穆弘博簡單解釋了一下情況。

起初，穆家以為是穆元敏做了什麼傷風敗俗的事情，請來的大夫也是如此說的，但隨即發現不對。才一個月的時間，她的肚子如吹氣球般地迅速大了起來。

眾人終於意識到這是一種病，但誰也沒見過這種怪病，狀似懷孕，腹部還如胎動般時不時有動靜。

為保全穆元敏的名聲，穆家只好藉著穆正誠生病的名頭找神醫。可找來的那些神醫，莫說是看病了，就連帳中人是男是女也不能分辨。

「都是些庸醫！」穆弘博又陪笑道：「不是說您，岳大夫您很厲害。」

月楹聽罷，替眾醫辯解了句。「除非是在女子來癸水時期，否則女子的脈象只是比男子弱一些而已，分不出男女很正常。」

「您說得對，請快替敏兒看病吧。」

月楹坐下，輕聲問了幾句。「姑娘，您患病前可去過有水的地方？」

穆元敏回憶道：「有，我與幾個小姊妹去了江陵的醉西湖泛舟。」

「下水了嗎？」醉西湖應當不至於有這東西。

穆元敏搖頭。「沒有。」

「您再想想，還有什麼別的有水的地方，而且您是碰到了水的。」

穆元敏的這個病，在現代叫做血吸蟲病，是一種寄生蟲疾病。當年醫療還不發達的時候，更有甚者稱之為「鬼胎」，害死了不知多少無辜婦人。

「啊，我想起來了，回程的路上，我們因錯過了投宿驛站的時辰，只好借住在一個農莊。農莊裡有個小池塘，裡面有許多魚，農戶的孩子在裡面玩耍，我覺得有趣，便也下水玩樂了一會兒。」

月楹道：「那就是了。」

「是什麼？」穆弘博問。

她解釋道：「穆姑娘得的這種病，是因為沾了不乾淨的水，水中有蟲，順著皮膚鑽進了穆姑娘體內。而腹部是最溫暖的地方，這些蟲子便在這裡居住，吸食穆姑娘的血肉作為養分，然後長得越來越大。」

穆元敏只聽描述都要作嘔了。「您的意思是，我肚子裡全部是蟲子！」

「可以這麼說。」

她眼神驚恐，沒忍住吐了出來。

穆弘博也有些犯噁心。「還請大夫治病吧，需要什麼藥材儘管說。」

月楹道：「我還須看看這蟲子長得如何了，才能控制藥量，否則下重藥，恐傷了姑娘的身子。

「請姑娘寬衣。」

「這……」穆弘博不太情願。他妹妹還是個未出閣的姑娘，被他個男子看了身子，總歸不好。

穆元敏現在只想治病。「大哥，救命要緊，大不了以後嫁給岳大夫就是。」

月楹無語。「倒也……不必如此……」

穆元敏反問道：「岳大夫嫌棄我？」

「非也。」月楹摘掉了臨時給自己做的假喉結，聲音不再壓低。「我也是個女子，所以大公子與穆姑娘不必有顧慮。」

穆弘博更加吃驚。「妳竟是女子！」

月楹話不多說，將還在驚訝的穆弘博請了出去，專心給穆元敏看病。

穆元敏這小丫頭還有些失望。「怎麼是個姑娘呢？」

月楹一邊檢查、一邊道：「若我真是個男子，為了治病，看了人家姑娘的身子就要嫁給我，那我得娶多少個呀？」

穆元敏被逗笑。「姊姊說得是。」

穆元敏這小丫頭，看著嬌氣，心性堅韌，月楹施針時其實是有些疼的，這小丫頭竟然扛住了，一聲不吭。

月楹開了藥，趁熱給穆元敏灌下。「這藥喝下去後，妳會腹痛不止，把體內的東西排出來，再好好養上幾日便無妨了。」

接下來便是靜靜等待藥效發作。穆元敏按照月楹的吩咐，坐在恭桶上，瀉完了後，腹部果真小了下去，渾身輕鬆。

「藥到病除，岳大夫神醫之名當之無愧！」穆弘博欽佩不已。

月楹謙虛。「大公子過譽了，言公子所求之事……」她故意話說一半。

「沒問題！」月楹治好了穆元敏的病，他答應什麼，爹都不會有異議的。

但蕭沂所要的數量巨大，穆弘博還是要問過穆正誠。

久不露面的穆正誠得知女兒病好，病也不裝了，來到穆元敏身邊，看著吃了好多苦的女兒，輕聲哄道：「敏兒不怕，病好了便沒事了。」

月楹沒看到這副父母情深的畫面，她到了偏房。

蕭沂站起來，輕聲問：「如何？」

「穆正誠已經露面。」

蕭沂微笑。「楹楹果真是我的福星。」

月楹輕咳了一聲。自從那日挑明了，這傢伙逮著機會就說著曖昧不明的話。

未幾，有小廝來請他們去正房。正房中，一個身材威嚴的中年男子，坐在堂前，穆弘博站在他身側。

穆正誠見人來，站起來迎接，首先感謝的卻是月楹。「多謝岳大夫治好了小女的病。」

月楹再拜。「穆老爺客氣。」

穆正誠笑咪咪的。「言公子，不知為何也想做這食鹽生意？」

蕭沂道：「誰都知道，鹽這行賺得多，晚輩自然是想多賺些銀子。」

穆正誠試探道：「言公子想要多少？」

「一千石。」

穆正誠遞給兒子一個眼神。穆弘博接著道：「言公子想必知道，兩淮的鹽價貴，您要的這個量，在兩淮，少說我們也能賣出這個數。」

穆弘博比了三根手指。

蕭沂手撥開摺扇。「是嗎？未必吧？」

穆正誠眼神一下就變得銳利。

「新任的兩淮鹽運使已經上摺，陛下所派遣的欽差也在路上了，等人一到，淮南的鹽還會是這個價嗎？」

穆正誠瞇起眼。「言公子知道得不少。」

「想做這行，當然要多了解一些。」蕭沂道：「我給您這個價，您絕對不虧。」

穆正誠心中狐疑。蕭沂給的價不多不少，雖不至於讓他虧損，卻也賺不了多少錢。

然而他卻不得不賣，等皇帝的欽差一到，鹽價勢必要跌，極有可能跌到比平日還低。他囤積的鹽太多，若不賣一些，那之前往衙門裡砸的那些錢，就等於白送。

「這價是不是能再提一些？」穆正誠猶豫道。

蕭沂有一下、沒一下地用摺扇敲著手，搖了搖頭。「兩淮如今的局面，穆老爺你們這些大鹽商厥功至偉。」

被這年輕人一針見血地指出，穆正誠嘆了口氣。「人家都給孝敬，你不給，就拿不到鹽，沒辦法的。」

穆正誠心裡也苦啊！兩淮的鹽運使被這些鹽商餵得胃口越來越大，不僅鹽稅多收銀子，逢年過節的古玩、字畫也少不了，久而久之，禮物越來越貴。

鹽商們也有些入不敷出，只能提高鹽價來平衡支出。如此惡性循環，鹽價越來越高，百姓吃不到鹽，鹽商也疲累不堪，唯獨官府的人賺得盆滿缽滿。

蕭沂把話題往這上面引，等了半天，終於說到點上了。

「有飛羽衛盯著，地方鹽運使也敢如此放肆？」

穆正誠冷笑一聲。「當官的想收錢，法子多得是。想要查不到？簡單，哪個當官的不有個十個八個小妾，找這個小妾的娘家人，誰會去計較一個小妾的娘家人手裡多了幾塊地皮呢？還有送東西時，打著贗品的名頭，事後再換成真的，或是平平無奇的畫卷軸中，塞上幾錠金子。」

五花八門的送錢法子聽得月楹咋舌。這幫吸血的蛀蟲！

蕭沂道：「聽您的意思，是不打算受這閒氣了？」

穆正誠道：「不瞞你說，這次陛下派了臨郡王來，兩淮的這幫人，蹦躂不久了。我裝病許久，便是在等欽差到來。」

「哦，穆老爺有證據？您私下送的東西，應當不會被記錄在冊吧？」

穆正誠看向他，那眼神彷彿在說你小子還是太嫩。「哈哈，言公子，難道我們不擔心他們收錢不辦事嗎？」

穆正誠話沒有說透，卻也足夠讓蕭沂意會。這些人私下裡定然還有一本帳，不然鹽運使收了銀子不辦事，那才是真正的血本無歸。

得到這個消息，蕭沂猶如吃了一顆定心丸，爽快鬆口，加了一成的價格。「明日我來提鹽。」他拿出五百兩銀子。「這是定銀，剩下的明日來提鹽時奉上。」

「這麼多鹽，言公子可準備好了船隊？」

蕭沂淺笑。「這就不是您需要擔心的問題了。」

穆正誠也沒多想，在外行商的，哪個沒點本事。

穆弘博送他們出門，送到門口，月楹不忘叮囑。「記得讓穆姑娘按時喝藥。」

穆弘博再次謝過。

出了穆府，蕭沂讓燕風去雇些板車來。

「您還真的買鹽啊？」月楹疑惑。她還以為是進穆府的藉口。「可是您買這麼多鹽放哪兒呢？」

蕭沂道：「誰說要放著，不能賣嗎？」

「您的意思是在這兒賣？」

「不可以嗎？」

月楹笑起來。「可以。但您會賣平常價吧？把穆家的鹽買來降價賣，您倒是不怕虧，不過穆家嘛……不對，不只穆家，全城的鹽商都會恨您。」

蕭沂微搖頭。「不，其餘人可能會恨，但穆家不會，反而會感激。」

她明顯不信。

「不信？」蕭沂笑得玩味。「不如打賭？」
「不賭。」她肯定輸。
她不入套，意料之中。

第五十五章

第二日上午，燕風提了鹽從城東拉到城西。下午，城中鹽鋪都空無一人，唯獨城西新開的鹽鋪，人滿為患。

穆弘博得知了這個消息，慌慌張張去找穆正誠。「爹，不好了，姓言的沒有把鹽拉回青城賣，他在城西賣！」

「什麼？」穆正誠錯愕，隨即又冷靜下來細思，很快就想清楚了事情關竅。不會有商人做這種虧本買賣，要麼是他有內部消息，要麼他根本不是鹽商。穆正誠想起蕭沂一身不凡氣度，覺得後者的可能比較大。

「爹，您怎麼不著急，再這樣下去，沒人在咱們店裡買鹽了！」

「你馬上通知下去，讓各個鋪子也賣平價鹽。」

穆弘博道：「爹，您糊塗了不成？」

「你爹我清醒得很，快去！」穆正誠突然想到，這會不會就是一個訊號？欽差估計就這兩日能到，他們也賣不了幾天高價鹽了，還不如趁早調價格，給上面人賣個好。

「指揮使，穆家也開始賣平價鹽了。」

蕭沂絲毫不意外。「穆正誠這個老狐狸，還是有腦子的。」

穆弘博就沒他老子那麼聰明了，穆正誠恐怕也知道自己這個兒子不夠聰明，沒有將全部的店鋪都放手交給他管。

「去收拾東西。」

月楹問：「去哪裡？」

「太守府。」

他這個失蹤多日的人，也該出現了。

當天晚上，嚴復就收到了找到蕭沂的消息。

蕭沂左手綁著繃帶，一副受了重傷的模樣。蕭澄見狀。「不言，可算是找到你啦！」

嚴復也道：「世子爺，您可讓卑職好找，差點翻遍了臨陵江下游。」

「嚴太守辛苦。」

蕭澄與蕭沂在嚴復面前表演了一齣兄弟情深，月楹看他們演得認真，忍住抽搐的嘴角。

一進門，兩人便恢復了神色。蕭沂問道：「殿下這裡如何？」

蕭澄笑道：「收穫頗豐，我知道他們貪，沒想到這麼貪。怪道五哥與九哥花錢如流水也沒有手頭緊的時候，原來有這麼個生錢的福地。」

「對他們是福地，對百姓卻是煉獄。」

說起這個，蕭澄臉色冷下來。「大雍就是被這幫趴在百姓身上吸血的水蛭給吸食空了，這幫人，一個也別想逃！」

蕭沂平安回來，嚴復再沒有理由阻攔蕭澄查案，送往京城的信也都沒有回音，他知道，自己這是被放棄了。求人不如求己，蕭澄與蕭沂一個皇子、一個世子，只要他能抱上一條大腿，他便有機會保住命。

討好上司的方式無非那幾種，酒色財氣。蕭沂好酒，嚴復便送上兩罈珍貴的好酒，還有，兩個嬌滴滴的美人。

月楹與這兩個美人大眼瞪小眼地坐了快一下午了，心中暗罵蕭沂許久。幾個時辰前，蕭沂說交給她一個任務，讓她解決這兩個女子。

「怎麼解決？」

「妳看著辦，不然就讓夏風去。」

夏風說她最擅長殺人，為了讓世上少兩條亡魂，月楹還是覺得自己去。

兩位姑娘一聽說她是蕭沂身邊的大丫鬟，便使出渾身解數讓她說說蕭沂的喜好。

兩位姑娘一個姓施，一個姓舒，一溫婉、一活潑，倒是相得益彰。

「世子平日喜歡吃什麼？」

月楹回答。「蟹粉酥。」其實是她比較喜歡吃，蕭沂對食物還真沒什麼特別喜歡的東西，基本是廚房送什麼他就吃什麼。

「琴棋書畫，世子喜歡哪個？」

這個她知道。「世子喜歡下棋！」

施惜柔聞言高興起來，舒眉欣有些不悅。「別以為棋下得好就能得世子青睞！」

施惜柔笑道：「吃不到葡萄別說葡萄酸。」

月楹與她們聊了一下午，大概明白了這兩人的身分和關係。她們的父親都是太守手底下的官員，見有攀龍附鳳的機會便把女兒送來，這兩姑娘從小便認識，說是冤家也不為過。

嚴太守不只給蕭沂送了兩個，給蕭澄同樣也送去了。

不過送去的當日就被蕭澄給退回去了，嚴太守發了好大一通火，連帶著那兩個姑娘的父親也被降職。

所以，施、舒二位姑娘見到月楹時便向她賣了好大一通慘，兩人跪下哭得梨花帶雨，只求不要當夜將她們送回。兩人對世子並無覬覦之心，只是想讓父親能夠保住官職。

月楹見她們也是身不由己，就安排了兩間偏房讓她們去住。

豈料第二日，施惜柔一早便端著棋盤等在蕭沂房門口，蕭沂開門出來，她盈盈拜見。

「世子安好，可願手談一局？」

月楹聽見動靜探頭看。

蕭沂挑眉道：「這就是妳說的解決？」昨夜，月楹信誓旦旦地說她已經搞定了那兩位姑娘。

月楹也有些生氣，怪自己不該輕信於人。「奴婢知罪。」

蕭沂看她表情不似作偽，轉頭對姓施的道：「妳想與我對弈？」

施惜柔巧笑嫣然。「聽聞世子乃大雍國手，奴家從小下棋，自想討教一番。」

「和本世子下棋，妳還不夠格，先贏了她再說。」蕭沂指向月楹。

施惜柔不屑。「贏了月楹姑娘，世子便會與我對弈嗎？」

蕭沂笑起來。「是。」

「好，那您等著。」施惜柔信心滿滿。一個丫鬟而已，能有多高超的棋藝，打敗她還不是隨隨便便的事情。

蕭沂煮了壺茶在亭前看她們對弈。開局之際，舒眉欣也來了，便坐下一起看。

施惜柔在蕭沂面前，極盡優雅。「月楹姑娘先請吧。」

月楹本因為被欺騙心情就不好，看見她這副做作的姿態心情就更不美妙了。願意裝大方是吧，那就裝唄！沒和她客氣，開手下在天元。

施惜柔偷笑。「月楹姑娘是不是落錯了子？」

月楹勾唇笑。「沒錯，施姑娘繼續吧。」

施惜柔更加篤定月楹是個不怎麼會下棋的，偷偷瞄了眼蕭沂，心中不免浮想聯翩起來。

蕭沂定然知道月楹的水準，還讓自己與她下棋，是否不好意思直接答應，拐著彎暗示她。

施惜柔越想越覺得有可能，更是不住地向蕭沂遞送秋波。

夏風侍立一旁，心中暗嘆，這姑娘的眼睛大概保不住了！

「惜柔，妳要輸了呀！」舒眉欣幸災樂禍。

不過一刻鐘時間，施惜柔臉上笑容已經消失殆盡，只餘滿頭大汗，心中充滿了不解。這怎麼可能，才五十子不到她便要輸了？這怎麼可能？她的棋藝即便在整個兩淮，也是數一數二的。

她拿著棋子久久不動作，月楹無聊地雙指挾著棋子，有一下、沒一下地敲擊著棋盤。「想好了嗎？」

蕭沂遞過來一杯茶。「潤潤嗓子。」

月楹本不想要，看見對面的施惜柔，還是接過來了，喝了一口，評價道：「沒有上次好喝。」

蕭沂嘴角含笑。「這裡茶葉不好，先湊合著，回去再給妳煮好的，可好？」

他語氣寵溺，這麼明顯的區別對待，施惜柔與舒眉欣都看出了不對。

這哪是主子對丫鬟該有的態度，分明是……施惜柔與舒眉欣對視一眼，不約而同想到了一種可能。眼前這位大丫鬟，不是普通丫鬟，而是世子的房裡人。

兩人這才反應過來昨天自己有多愚蠢，竟然向她請教如何討好蕭沂，怪不得昨天月楹明顯對她們愛理不理，原來有這層關係在。她們相當於要與月楹搶寵愛，那人家能樂意嗎？

施惜柔不願認輸，卻也不得不承認與月楹之間的差距，還不如儘早認輸，在蕭沂面前搏一個好印象。「惜柔技不如人。」

但碰上蕭沂，她的心機終究是枉費。

蕭沂見好戲散場，也沒了多待的心思，留下月楹獨自面對二女，還非常貼心地把夏風留給了她。

蕭沂有正事，施惜柔與舒眉欣不好打擾，只得纏著月楹。

「月楹姑娘，之前是我們有眼不識泰山，還望妳勿怪。」

這兩姑娘倒是能屈能伸，月楹也沒想為難她們。「有攀高枝的心思很正常，只是妳們不該騙我。」

她們若直截了當地表示自己想接近蕭沂，她也會幫忙的，至於蕭沂拒不拒絕，那便是他的事情了。

「是是是，我們錯了，不該騙月楹姑娘。姑娘午後若無事，不如去奇貨居挑上一件東西，便當作是我給姑娘的賠禮了。」

照現在蕭沂對月楹的寵溺程度來說，討好她絕對錯不了。施惜柔的母親嫁妝豐厚，有不少的家私，出手向來大方。

舒眉欣也不甘示弱。「我也送姑娘一件賠禮。」若能勾搭到蕭沂，這點投入她還是捨得的。

月楹本不想理她們了，但這兩位上趕著送錢，她再拒絕就顯得不識好歹了。

「兩位姑娘如此客氣，倒讓月楹盛情難卻。」

兩人一聽有戲，生怕她反悔，一人挽住月楹一邊的胳膊，半架著就把人帶出了府。夏風不遠不近地跟著。

舒眉欣還不忘恭維。「月楹姑娘，世子真是疼妳，還特地派個女護衛來保護妳，這是有多擔心妳的安危啊！」

月楹心中腹誹，想要可以送給妳。

來到街上，沒走多遠就有幾個乞丐圍過來乞討。「好心的姑娘們，賞些飯吃吧！」

這是個蓬頭垢面的老人帶著個面黃肌瘦的孩子，細胳膊細腿，一看就營養不良。

月楹於心不忍，連夏風都看不下去想要掏銀子，施惜柔卻一把攔住了兩人。「我在太守府門前見過你們不止一回，上次我爹還給了你們幾兩銀子，這麼快就花完了？」

月楹看向老人。像這樣的乞丐，他們自進城中就遇見不少，數量實在太多，她即便有心也無力，還是蕭沂說只要整治了兩淮這幫人，民生自會好起來。

老丈面露尷尬。「大人賜銀，小人感激不盡，只是我們老幼，哪裡護得住那麼多銀子？那錢還沒在我們手裡焐熱，便被強搶了去。」說著，老丈露出被打的傷口來。胳膊上的血痕已經發紫，傷口破了許久，沒有醫治，天氣又炎熱，已經有了腐爛的趨勢。

施惜柔皺著眉轉開頭，舒眉欣也嚇得不敢直視。

一直不開口的孩子忽然倒地，渾身抽搐起來。老丈跪地抱住孩子，神情悲切，卻並不著急，似乎對此場面習以為常。

反倒是月楹身邊的兩個姑娘害怕地躲在她身後。「這……這怎麼回事？」

月楹已經蹲下身去，拔下頭上銀簪，塞進小孩嘴裡，讓他不要咬到舌頭。

「抱著孩子到那個茶棚去。」月楹道。

老丈不敢耽擱，急忙抱著小孩過去。

「夏風，讓店家上一碗加了鹽的茶水。」她吩咐道：「您抓住孩子的手腳，別讓他亂動。」

老丈點頭，月楹拿出金針，刺入足太明、大椎穴、手陽明、足陽明等穴位。孩子的抽搐漸漸緩解，平靜地躺在老丈懷裡。

施惜柔與舒眉欣看得嘖嘖稱奇。「好了！真的好了！」

夏風端著水過來，忿忿道：「這店家真黑，這樣一碗茶要十個銅板。」

老丈對夏風道：「這價不黑，您方才要在茶中加鹽，淮南的鹽價這麼高，大家都不容易。」

月楹餵了些水給那孩子，孩子猶如久旱逢甘霖，大口大口地喝著水，不一會兒就把一整碗全喝完了，喝完舔了舔唇，似意猶未盡。

孩子小鹿般澄澈的大眼睛盯著她，月楹輕聲問：「還想喝？」

小孩怯怯地點頭。

施惜柔豪氣道：「再來三碗，我付錢。」

月楹回頭瞪了她一眼，然後摸了摸小孩的頭。「不能一下子喝太多哦，肚子會撐壞的，先吃點東西。」

小孩乖巧地點頭。

「夏風，妳回府把我的藥箱取來。」

夏風有些猶豫。「世子叫我寸步不離地跟著妳。」

月楹道：「此地離太守府不過幾百丈，妳來回也就幾個瞬息的事情，我也走不了多遠。」

夏風覺得有理，見月楹已經開始清理起了老丈的傷口，便不再糾結，身子一輕，人已在幾十丈開外。

施惜柔與舒眉欣訝然。「這是話本上才有的武林高手吧。」兩人又見月楹專心治傷，幹起了大夫的行當，不禁好奇。

「月楹姑娘還會醫術？」

月楹未抬頭。「皮毛而已。」她摸了下老丈的脈。「您與您孫兒多久未食鹽了？」這小孩明顯是缺鈉，嚴重還會引起腦部損傷。

老丈嘆了聲。「有多久沒嚐到鹽味了？老夫自己都記不清。這孩子前頭還有兩個哥哥，都是因為沒鹽吃沒的。」

施惜柔坐下來道：「這兩年的鹽價，的確上漲得很快。」她家境還算殷實，然加了鹽的菜他們家的下人也是沒什麼資格享用的。富人尚且如此，何況窮人。

舒眉欣沒好意思開口。她平素乖巧又有主意，父親有正事也會找她商量，她知道父親在鹽課上是貪了不少的，這對祖孫落得如此下場，不能不說沒有她家裡的手筆。

這淮南人人都貪，你不貪也會有別人貪，不貪反倒不合群了；上自太守，下至運鹽的兵士，都得了好處，施惜柔的父親也沒有免俗，只是她並不知情而已。

第五十六章

夏風很快回來了，將藥箱放在月楹面前。月楹道：「妳身上匕首借我。」

夏風遞給她，月楹揭開老丈的衣服，撒了些麻沸散上去。「您忍著些。」他手臂有些肉已經腐爛，必須切除。

「妳們最好轉過頭去。」施惜柔與舒眉欣聽話轉頭，夏風幫忙捂住了小孩的眼睛。

月楹下手很快，腐肉被俐落地切除上藥縫合，一氣呵成。

施惜柔沒忍住好奇轉頭來看，被月楹的手法震懾。「人的皮肉，還能和縫衣服一樣縫起來？」

「當然可以。」月楹回答。

舒眉欣被施惜柔說得也好奇起來。她接受能力差一點，只瞥見一片血肉模糊，低著頭若有所思。這位月楹姑娘，醫術好像不錯，她是不是可以……

「好俐落的手法！」

月楹縫合已經到尾聲，這陡然出現的聲音險些讓她手一抖。她察覺有人靠近，縫好最後一針才有些不悅地抬頭。

「治病時，打擾大夫可是大忌。」

「邵某唐突，還望姑娘勿怪。」來人正是邵然。芝林堂淮南的分店才開張不久，需要有他坐鎮，在淮南開店想要安穩，少不得要去太守府拜碼頭。

邵然也是沒想到，竟然在太守府門前再次遇見月楹，而且她治病的手法，他只在醫書上看到過，還不曾見過有人實踐，篤定月楹就是那位對上對聯的姑娘，這一手醫術，不會再有別人了。

月楹低聲道：「老丈，這瓶藥您拿著，每日記得換藥，七日後來找我拆線，我還在這個茶棚等您。」

她用手帕包裹著藥瓶交給老丈，老丈帶著孩子，千恩萬謝地離開了。「姑娘，妳的善心會有好報的。」

月楹笑道：「借您吉言。」

邵然抑制不住內心的激動。「敢問姑娘芳名？」

夏風作為飛羽衛，有著超乎常人的洞察力。邵然的異常舉動，頓時讓她心中警鈴大作——這小子，像是來挖牆角的。

「我姓岳。」月楹對邵然還是印象挺好的，那日那個老漢，他還肯給他減免藥費。

邵然行了個禮。「岳姑娘，姑娘方才用的法子，可是《華佗醫經》上的縫合之法？」

月楹頷首。「正是。」

「妙哉！」邵然誇讚道：「邵某一直想將此法實踐，無奈家父覺得太過不可思議，偶在牛羊身上使用此法，成效卻一直不好，後便熄了這念頭。今見姑娘使此法，屬實訝然。敢問姑娘，此法成功的關鍵為何？」

月楹對於喜歡問問題、有鑽研精神的醫者還是很敬重的，也不吝賜教，認真與邵然探討起了縫合之術。

兩人旁若無人，相談甚歡，邵然還掏出了隨身小冊子記錄下來。

施惜柔有些替蕭沂不值。「月楹姑娘是世子房裡人，是否該與外男保持一點距離？」

月楹沈下臉。「我的事，還輪不到施姑娘來管。」

邵然卻在聽到這句房裡人後，心頭熱情澆滅了大半。他本還想著如果月楹只是個丫鬟，他還能替她贖身，現下卻是不行了。

施惜柔仍不依不饒。討好月楹本來就不怎麼情願，她心想，要是把月楹私會外男的事情告訴蕭沂，月楹必定會失寵，屆時她不就有機會了嗎？

「月楹姑娘，倘若世子知道了這件事，他會如何對妳呢？」

月楹懶得理她。夏風都還在這裡，蕭沂又不是傻子，怎麼會因為這誤會她？

邵然為月楹說話。「這位姑娘，話不能亂說，我與岳姑娘在今日之前只有一面之緣，哪裡來的私會一說。」

施惜柔冷哼一聲。「誰知道你們是不是約好了，只是撞著我們也要出府，才不得不將地點改在了這裡。」

這話就有些無理取鬧了。月楹雙手環抱站起來，她身量比施惜柔略高些，俯視她，隱隱有些壓迫。「行啊，施姑娘儘可去世子面前告狀。」

「妳……妳等著……」施惜柔氣急。見不慣一個丫鬟這麼囂張，好歹她才是正經的小姐，家裡也是僕婢無數的，哪曾受過這閒氣。

舒眉欣扯了扯施惜柔的袖子，想阻止她。「少說兩句。」

施惜柔絲毫不感激，反而瞪她一眼。「妳想要討好人家，還得人家領妳的情！」

施惜柔拍開她的手，小跑著回了太守府。

邵然擔憂道：「岳姑娘，如果需要我向世子解釋，妳儘可去芝林堂尋我。」

月楹道：「不必。」邵然要是真出現，反而說不清。「邵公子來太守府有事吧，還是不耽誤您的事了。」她委婉道。

邵然拱手。「邵某告辭。」

月楹給自己倒了杯茶，不緊不慢地喝著。

舒眉欣道：「惜柔她不懂事，姑娘別與她計較。」

月楹瞇起眼。「昨日不還不對盤嗎？今日就成了好姊妹？」

舒眉欣摸了摸鼻子。糟糕，似乎有些暴露了。

月楹摩挲著茶杯口。「行了，不必找藉口，妳們關係不錯，我早看出來了。」

舒眉欣乾笑。「月楹姑娘看出來了？」

「妳們雖言語間有些不合，身體卻不抗拒對方。」

早上下棋的時候，舒眉欣坐在一側，身體是略微傾向施惜柔的，這不是兩個互相討厭的人會做的動作。要真不對盤，應該如王府裡那對姊妹一樣，恨不得離對方幾百尺遠。

舒眉欣見她看出來了，也不隱瞞。「是，我們各自的父親有些不對盤，但我與惜柔的關係還可以。她心直口快，沒什麼心眼的，姑娘不要介懷。」

月楹抿了口茶。「妳的意思是，妳有心眼嘍？」

「不不，我絕對沒有沾惹世子的想法，我有心上人的，只是父親一直不同意……」

月楹聞到了八卦的味道。「妳的心上人，是個窮小子？」

「不是，他家世與我相當。」

她沈思道：「家世與妳相當，如果他本人沒問題，那便是那家人的問題了。你們父輩有嫌隙？」

「姑娘真聰明。」一猜就中。

月楹忽然有個想法。「不會是施家人吧？」舒眉欣才說兩位父親不合。

舒眉欣默默點頭。「是……惜柔的哥哥。」她開始講他們兩家的故事。「我與東哥哥是青梅竹馬，原本我們兩家的關係是不錯的，直到五年前，家父與惜柔的父親一同外出公幹……具體發生了何事我不清楚，只知道兩人同時遇險，家父沒有及時救施伯父，導致施伯父的左腿落下終身殘疾，從此兩家交惡。」

月楹聽完了始末。「妳對我說出這些，是想讓我替施惜柔的父親治腿？」

舒眉欣忙道：「對，姑娘醫術卓絕，妳有辦法的對不對？」

月楹卻搖了搖頭。「腿傷與旁的病不同，講究一個及時。若是最近受傷的，我還有法子可以救上一救，五年前的傷，恐怕不行。」

「難道就真的一點辦法都沒有了嗎？」舒眉欣蹙眉。

「也不是一點都沒有可能。」月楹賣了個關子。

「那就是有機會！」舒眉欣高興起來。施、舒兩家的癥結在於施父的腿傷，若解決了這個問題，她與東哥哥的婚事便有了可能。

月楹打擊了她一下。「還要見過病人之後方可下結論。」

「月楹姑娘一定可以的。」

月楹輕笑。這姑娘也是個直腸子。「我可沒說要替施大人治病。」

舒眉欣的笑臉瞬間垮下去。「姑娘想要多少診金都可以。」

「我不要銀子，只想要施姑娘過來給我道歉。」

「這好辦！」舒眉欣保證道。

「她心高氣傲，不見得吧？」

舒眉欣篤定。「惜柔孝順，只要姑娘能治好她父親，莫說道歉，就是給妳磕頭都不在話下——糟糕！」她突然叫起來。「世子還沒回府吧？我得去攔著惜柔。」說完便風風火火地跑回了府。
月楹望著她的背影。這兩姑娘要是成了妯娌，日子怕是有得鬧。
卻說蕭沂將將回府，施惜柔就來求見。燕風堵著門不讓進，任憑她喊破了嗓子也不讓她進去。
就在蕭沂耐心告罄想讓燕風把人丟出去時，施惜柔說了一句。「有關月楹姑娘的事情，世子爺沒興趣嗎？」
蕭沂手持摺扇。「說。」
施惜柔清了清嗓子，措辭了一番，正欲開口，遠處傳來舒眉欣的聲音。「惜柔——」
她氣喘吁吁地跑過來，抿唇搖頭。
「眉欣，別阻止我，今天我非讓世子知道那個女人的真面目！」
舒眉欣喘勻了氣，與施惜柔咬了幾句耳朵。
施惜柔的怒氣一下就被平復，露出個笑。「真的？」她無聲問。
舒眉欣鄭重點頭。
蕭沂看不懂她們在打什麼啞謎。「月楹的真面目？什麼面目？」
「嗯……這個……」施惜柔腦子飛快運轉。「月楹姑娘的真面目便是，她太厲害了！她的棋藝超群，比我不知高出多少個層次；而且人生得又美，心地善良，靜雅體嫻，真是世間少有的好女子，世子您可得對她好。」

「妳想說的這就這個？」

「對呀、對呀！」

「出去！」

施惜柔與舒眉欣飛速消失。

第五十七章

「妳真能治我爹的腿？」施惜柔半信半疑。

月楹不緊不慢地翻看著蕭沂送來的醫書。「信不信全憑妳自己。」

施惜柔躊躇了，舒眉欣勸道：「妳還猶豫什麼，不是見過月楹姑娘神乎其技的縫合之術了嗎？」

「縫合與我爹的骨傷又不是一回事……」

舒眉欣急切道：「施伯父的腿看了多少大夫，月楹姑娘是唯一一個說有機會治的，妳怎麼還不抓緊！」

「我……」還不是因為有些拉不下臉，她不能保證真的治好，若道歉了，爹的病沒什麼起色，豈不是白低頭了？

舒眉欣也是了解她。「惜柔，妳想想，是妳的面子重要，還是妳爹的腿重要？」

當然是爹的腿！施惜柔被點醒。「月楹姑娘，之前是我多有得罪，還請恕罪。」

月楹抬眸。「商量好了？」

「還請妳大人不記小人過，救治我爹。」施惜柔彎腰鞠躬，很有誠意。

月楹勾唇，確實是個孝女。「起來吧，帶路。」

施惜柔一喜。「這就帶姑娘去！」

施宅離太守府不遠，雖不是大富大貴，也是座三進的屋子。家中也有僕婢數十，施父還在上值不曾回家，家中只有施母與施青東。

施母是知道女兒被送往太守府的，見她回來，擔憂道：「柔兒，妳被送回來了？這可怎麼好，妳父親那裡，不好交代啊！」

施青東倒是不著急，反而有些喜悅。「回來就回來。我本就不同意送小妹去太守府，柔兒便當沒發生過這事。」

舒眉欣也一併來了，就說明她們是一起被送回來的，那樣正好，他在乎的人都沒有受到傷害。

施惜柔道：「我是自己回來的。爹爹呢？快讓他告假回家，我給他找了個大夫。」

「大夫，在哪兒呢？」施母在她身後找尋著。

月楹站出來。「夫人，我便是施姑娘請來的大夫。」

「妳？」施母完全忽略了她。月楹一副丫鬟打扮，雖然穿得是比一般丫鬟好一些，她也只以為是太守府的丫鬟。

施母拉了女兒的手。「柔兒別拿妳爹開玩笑，妳生他的氣也該消了，這個小姑娘能有什麼高超醫術？」

「娘，她很厲害的！您信我！」施惜柔見她娘不信，又道：「眉欣姊姊也見識過的。」

「是啊，月楹姑娘不會讓您失望的。」舒眉欣附和道。

施青東見心上人與妹妹都這麼說，也跟著勸了句。「娘，不如讓這姑娘試試？」

施母又看了月楹一眼，還是沒下決定。

月楹坦然地接受施母的審視，她早已經習慣了這些質疑。

夏風卻看不下去。「姑娘，咱們走，愛治不治！」是她們請人來的，又把人晾在這裡，夏風替月楹委屈。

「我既答應了施姑娘，便要做到。」施母所為，不過因為刻板印象而已，而她要做的，就是扭轉施母這種刻板印象。

那廂舒眉欣與施家兄妹輪番上陣勸慰，施母終於答應試一試，讓人去衙門裡請施父。

施父接到信，以為家中出了什麼事情，匆匆往回趕，連跛腳也顧不上。

「夫人，東兒，這麼急叫我回來做甚？」

施惜柔靠上去。「爹爹，我請了大夫來給您治腿。」

施父卻厲聲質問。「妳怎麼回來了？世子沒看上妳？」

施惜柔縮了縮腦袋，笑意消失了大半。「您提這個幹什麼，現在說的是您的腿，快坐下，讓大夫看看。」

施父不依不饒。「坐什麼坐，妳怎麼這麼沒本事，連世子也勾不住！生妳這個女兒有什麼用！」

施母不悅卻也不敢頂撞丈夫。「你別這麼說柔兒，世子又不是她能左右的。」

施父憤憤。「就是她沒用，人家周典獄的女兒怎麼就勾住了侯爺，現下成了人家的姨娘，整個家族都跟著榮耀？」

「施大人說的是忠毅侯家的那位周姨娘？」夏風開口。忠毅侯做鹽運使的時候，沒少收美人，被帶回京城的寥寥無幾。

「怎麼，姑娘認識？」

夏風撇嘴道：「不認識，只是聽說她得罪了忠毅侯夫人，被發賣到不知道何處了。」妾通買賣，正室夫人想要整治，有得是辦法。

飛羽衛情報網遍布天下，一個忠毅侯府裡的事情，他們了如指掌。

施母雖畏懼丈夫威嚴，到底還是疼女兒的。「你瞧瞧，你瞧瞧，我當初就不同意，你非要把女兒往火坑裡推！難道你也想柔兒落得個被發賣的下場嗎？」

「婦道人家，妳懂什麼！」施父也不是全然不心疼女兒，只是對那潑天富貴捨不得，況且兩淮這幫官員岌岌可危，這次還不知道結果如何，他當然急切地想要抱個粗大腿。

月楹聽著他們越扯越遠，有些沒耐心了，她是來治病的，不是來聽他們家長裡短的。

「我是世子的大丫鬟，您別白費心思了。」

施父正眼瞧她。「什麼叫做白費心思？」

月楹轉了轉眼珠。「世子師從了懷大師，早有出家為僧的打算，對女色不甚上心。」

「竟是這般嗎？」
舒眉欣與施惜柔相顧無言。
施父冷靜下來，長嘆一聲。他還是沒有富貴的命，不能強求。他坐了下來。「姑娘幫忙看看吧？」
月楹蹲下來，摸了一下他的腿骨。「當年接骨的大夫太過保守，您的腿骨頭已經長歪了。」
施惜柔問：「那要如何做？」
「斷骨重接。」
「斷骨?!」眾人皆大駭。「這怎麼行？」好好長著的骨頭要打斷，聞所未聞的治療方法。
月楹拿手帕擦乾淨手。「人的骨頭生長與樹木生長類似，樹種下去的時候長歪了，只能連根拔起重新種。骨頭相連處就如樹的根，只有在根源處下手，才能解決這個問題。斷骨聽上去嚴重，護理得當其實沒什麼。施大人，您的腿，陰風下雨天會痠疼難忍吧？」
施父承認道：「確實如此。淮南多雨，雨季時便難受得緊。」這也是他為什麼一直不同意舒眉欣與施青東的婚事，每每想著原諒舒家，這疼起來的腿便似乎在提醒他們之間的仇怨。
「斷骨重接後，您不僅可以正常行走，連帶著這些毛病也會一併消失。」

「真的嗎？」施父激動站起來。其實他已經習慣跛腿，疼痛才是更難忍的。

「這並不難。」月楹也知道一下子讓他們接受這個辦法不太現實。「你們可以考慮幾日，決定好了再來找我，但記得在我離開淮南前就做決定。」

月楹走得瀟灑，給他們時間考慮，施惜柔與舒眉欣順勢留在施家，沒有再回太守府。她陰差陽錯倒是解決了這兩個麻煩。

蕭沂近來很忙碌，人影幾乎都見不到幾次，然而月楹每次回屋，屋裡的桌子上都會出現些東西，或是幾個麵人，潔白的宣紙與名貴的徽墨，還有猶有餘溫的墨子酥。

夏風欣慰。世子開竅了，懂得討小姑娘歡心啦。

月楹咬了口墨子酥，招呼夏風。「妳也來吃一些。妳嘴裡生了瘡，這有滋肺潤喉的功效。」

「姑娘都知道呀！」

「我是大夫，聽妳嗓音就知道了。」她前幾日就發現夏風有些上火了，以為她會自行吃藥的，但這幾日夏風一直跟在她身邊，也不像吃了藥的模樣。

「這是世子給妳的，我不能吃。」

「給了我的便是我的，妳吃。別把它當吃的，就當我開給妳的藥，姑娘家的嗓子可得好好保護。」她嗓音輕柔，給人如沐春風之感。

夏風的歉意頓時更深，月楹姑娘這麼好，她卻是來困著她的。

她清楚月楹與蕭沂的糾葛，也知道照蕭沂的性子是不會善罷甘休的，但月楹這樣的姑娘囿於王府後宅，她總覺得，不該是這樣的。

是夜，蕭沂回來，手中捧著一束碩大的石榴花。石榴花紅似火，把他俊朗的眉目襯得更加豔。

他眼角微微上翹，像隻勾人的狐。「楹楹，送妳的。」

月楹有一瞬被蠱惑，就想這麼沈溺於他的溫柔中。

「這時節只有石榴花，想吃石榴還得等上好幾月。下次來兩淮，挑在九月末來，便有新鮮的石榴吃。」

月楹接過石榴花。「石榴能止血解酒，石榴花是製胭脂的好材料。」

蕭沂輕笑，臉湊得極近，她幾乎可以看清他的睫羽。「天下的東西，在妳眼裡怕都是藥材。」

月楹往後仰頭，美貌攻擊對她太好用了。「我去把花插上。」轉身之際，她輕撫了下躁動不安的心。

這個時候，可不能亂跳！

月楹心情平復，蕭沂已是自來熟地喝起了茶，完全沒有在別人房間的自覺。

月楹看他面有倦色。「兩淮的事情，什麼時候能解決？」

「妳想回京了？」

她沒有直言。「王妃不是快要臨盆了，您不著急嗎？」

蕭沂凝望她，若有所思。「還需要一些時日，不過快了。」嚴復已經交代得差不多，鹽商中有穆家帶頭，紛紛交出了暗帳，因數目龐大又牽扯了數年，所以一時解決不了。

「母親才七個月，也不急於這一時，陪妳出去遊玩的時間還是有的。」蕭沂眉眼溫柔。「這幾日可以想想去哪兒玩。」

月楹拒絕的話在嘴邊轉了一圈還是沒說出口。「好。」

蕭沂對她乖巧的應答很滿意。「這幾日忙，顧不上妳，妳若閒得慌，讓夏風帶妳到處轉轉，想要什麼，儘管買。」

儼然一個霸道世子。月楹巧笑。「您不怕我敗家？」

「妳能敗什麼家？」

「那可說不定，世子帶的銀子，夠買幾根千年人參啊？」

蕭沂失笑。他怎麼忘了，這丫頭不按常理出牌，別人買衣服、買首飾，她買藥材。

蕭沂輕點了下她的額頭。「少買幾根還是夠的。」

這動作太過曖昧，月楹不著痕跡地往後側身。「天色已晚，世子該回屋了。」

這是在下逐客令。

蕭沂也不著急，他自認為摸清了她幾分性情，對著月楹，得有十二分的耐心，而耐心正是他所有的。

「早些休息。」他軟聲叮囑。

月楹闔門。那束火紅的石榴花太引人注目，她沒來由地煩躁，打定主意明天就把它做成胭脂染料！

第五十八章

施家的人再三思索了幾天，還是答應了月楹的法子，畢竟對施父來說，能正常行走、不再受傷痛折磨，真的太吸引人，甘願讓他冒這個險。

月楹來到施府，除卻施家人與舒眉欣外，她還看見一個意料之外的人。

「邵公子怎會在此？」邵然在太守府門前不奇怪，出現在施家就顯得有些不太對勁了。

邵然解釋道：「施大人的腿，後來都是我們芝林堂的大夫在照看。前幾日，施大人忽然來問斷骨重接這法子可行嗎？我覺得新奇，細問之下才知是岳姑娘提出的法子，便特意請求施大人讓邵某一觀。」

「其實沒什麼好看的。」不是她藏私，斷骨、接骨都是一瞬間的事，觀賞性還不如那日的縫合。

邵然有種難以名狀的失望。

施父一副視死如歸的模樣。「請姑娘動手吧！」

「您咬著這塊白布。」月楹往施父嘴裡塞了一塊軟布，又讓夏風控制住施父，俯身下蹲，捏住施父的腿。「邵公子。」

「啊？」

月楹瞥他一眼。「不是要觀摩嗎？蹲下來看得清楚些。」

邵然聞言又笑起來。「嗯。」

只見月楹一手捏住膝彎，一手抓著腳踝，「喀嚓」一聲，清脆的骨骼錯位聲在靜謐的院子裡顯得格外響亮。

施父難以忍受地發出叫號，被白布吞沒了不少聲音。

月楹眉頭都沒動一下，反手又把腿骨給推了回去，動作行雲流水，就是喘幾口氣的事情。

「夏風，木板，繃帶。」重接腿骨之後還需要靜養三月。

邵然看完全程，算是明白了她說沒什麼好看的是什麼意思。他都沒看清楚她的手法，只知道腿骨斷了，然後又被她接好了。

施惜柔也狐疑。「就這樣？爹爹的腿就能好了？」

月楹手下綁著繃帶。「就這樣。」

「這也太簡單了吧？」她感覺她上也行。

「施姑娘此言差矣。」邵然道：「岳姑娘手上的這兩下功夫，即便是我也做不到。」

邵然的醫術不錯，行醫也是從小就有的經驗，他自問做不到月楹這樣俐落，尤其是她絲毫不被外界所擾，施父的慘叫聲她就如沒聽見般，不得不誇一句剽悍。

月楹纏好了繃帶。「施大人，您試試活動一下，動作不要太大。」

施父動了動腿，兩隻腳底可以同時接觸到地面了，膝蓋某處經常隱隱作痛的地方好似也消失不見。

他是最清楚自己的身體狀況的，眼下雖還不能走，但他有一種強烈的感受，這次一定能治好！

施青東塞了個大紅封過來，月楹捏了捏，有些厚度，即使是十兩一張的銀票，也是不少。

她沒有絲毫負擔地收下銀子，還對施家人道：「後續如果有事，還可以尋我。」

施家人不住地道謝，舒眉欣也對她感激不盡。施父的腿好了，兩家人解開心結只是時間問題。

施青東送月楹與邵然到門口便止步。

月楹正打算離開，邵然叫住她。「岳姑娘，可否與邵某一敘，在下還有些事想請教岳姑娘。」

夏風幽幽道：「邵公子上次還沒問夠嗎？」

「醫道無窮，病患的病情也變化無窮，邵某的問題只會多，不會少，若岳姑娘不得閒，那便算了。」

月楹挺喜歡這種問問題的學生。從前她讀博士班時，幫著導師帶過幾個學弟、學妹，其中有個學妹整個十萬個為什麼，連導師都不耐煩，只有她能受得了，因為在幫助學妹解決問題時，她自己也能從中反思到一些東西。

「邵公子，我可以回答您的問題，但一如您說的，病患各人體質不同，所治的方式也不同，您問不完，我也答不完。世上的病，我沒見過的也有許多，不一定能回答得上來您的問題，屆時您又該去問誰呢？」

邵然想了想，釋然一笑。「是邵某太心急。」

月楹微笑。「邵公子只是急於救人而已，心是好的。有些病沒有良方，只能一遍遍地試錯。」

她侃侃而談，周身似籠罩著一層聖光，邵然一時有些看癡了。

「邵公子，邵公子……」月楹伸手在他眼前揮了揮。「您怎麼了？」

邵然鬼使神差。「世子爺他……對姑娘好嗎？」

「什麼？」話題一下轉得有點突兀。

旁觀者夏風看得清楚，這小子還真是來撬牆角的！

「我家世子對姑娘很好，邵公子歇了念頭。」夏風講話不留情面。

月楹訝然。不會吧，她才與邵然見了幾次，邵然怎麼可能……她下意識否認，但在看見邵然癡癡的目光後，她也迷茫了。

邵然不知怎麼想的，直接挑明。「岳姑娘，有朝一日妳若想離開世子，儘管來芝林堂，我會讓妳如願。」

夏風差點想打人。「你這小子……」

月楹一攔。「我感謝您的好意，世子對我很好。」一個蕭沂還不夠，再來個邵然讓她焦頭爛額嗎？

邵然一介商戶，如何能與蕭沂抗衡，說這話簡直找死。她佩服邵然少年人的勇氣，卻還是太衝動。

她有自己的計劃，萬一蕭沂知道了這事，再派個人來盯著她，那她的計劃不就全泡湯了嗎？

不行，她決計不能讓這樣的事情發生。

「邵公子，我欣賞您的醫術，但您若動了別的念頭，我們以後還是不要再見面了。」月楹故意把話說得重了點，拉著夏風就走。

邵然茫然地遠眺她離去的背影。「還是太衝動……」他後悔，不該那麼早暴露自己的想法。他無數次告誡自己，她是睿王府世子的人，卻還是不可自拔地被她吸引。

他有時甚至在想，為什麼早點遇見她的不是他呢？

「今日之事，妳會告訴世子嗎？」

夏風老實道：「上次我已經瞞了世子，今日那邵然竟妄圖帶走姑娘，茲事體大，我不能不稟告。」

月楹哀聲道：「如果我求妳別說，妳會答應嗎？」

她眼裡泛起晶瑩的淚光。夏風見慣了人的眼淚，看見月楹的淚，卻還是心軟了。「我不主動提，但指揮使問起，我不會瞞他。」

「這樣便足夠了。謝謝妳，夏風。」月楹給了她一個擁抱。「我也不是不讓妳說，只是妳今日也看見了，我拒絕了邵然，妳再說，我怕引起無端的誤會。」

夏風心底湧上來一股暖意，從來沒有人給她一個擁抱。

月楹拍了拍她的後背。「我不是妳的主子，妳儘可以將我當成朋友。」

朋友？加入飛羽衛後，她便只有戰友了，這個詞有些陌生。

夏風倏然笑起來。「姑娘不必討好我，我答應的事情，不會反悔。」夏風退遠了些，倏地一下消失不見，隱匿了身形。

月楹承認自己對夏風的舉動是懷了目的，卻也不是全然是假的。這些日子的相處，她發現夏風是個外表堅強、內心有些柔軟的姑娘，雖然表面與燕風他們稱兄道弟，然也有自己小女人的一面。她總著男裝，也會盯著漂亮的衣裙看。

月楹想，她那時一定是在想像，自己穿上這衣裙是個什麼模樣。

一連平靜地過去數天，兩淮的事情已快落幕。因涉案官員眾多，將兩淮這一干官員全體換掉顯然不現實，所以蕭澄上了道摺子，請求皇帝讓他們將功折罪，除了罪惡滔天的嚴復與前兩任鹽運使之外，其餘人都獲得了大大小小的赦免。

蕭沂發放的一千石平價鹽，帶動了兩淮鹽價的降低，有些不肯降價的，蕭澄也沒手軟，該辦就辦。

穆家是第一家降鹽價的，還得了官府的嘉獎，穆正誠險些笑沒了眼，對「言公子」更是感激不盡。

「這裡的事情到了尾聲，再過幾日就走了，楹楹真不想出去走走？」

月楹擺擺手。「我與施姑娘與舒姑娘約了逛奇貨居。」

「好不容易得閒，妳要陪她們不陪我？」他要是沒記錯，前幾日不還是劍拔弩張的嗎？女人之間的友誼，真是搞不懂。「那我陪妳去？」

月楹不置可否。「您確定要去？那兩位姑娘再纏上來，我可沒辦法再打發她們了。」

蕭沂突然覺得自己也不是沒有別的事情可以做。「妳去吧，玩得開心些，看上什麼東西，讓夏風買就是。」

第五十九章

施惜柔與舒眉欣來太守府接她，出門時還遇見了幾日前治傷的那個老丈。老丈的手已經拆線，可以活動自如，手臂上的傷口恢復得很好，根本瞧不出之前是個那麼可怕的傷口，只有細長的一條疤。

老丈捧著新鮮果子。「貧苦人家沒什麼好送的，姑娘不要嫌棄。」

「您一直守在這兒？」

他這身打扮，太守府的人不會讓他們靠近，老丈也只有用笨辦法。

「等幾日而已。有京裡來的大老爺給我們做主，鹽價降下來了，小老兒家中還有塊薄田，帶著孫兒也能過活。這個還是還給姑娘。」老丈手心躺著一塊銀子。

是那日與藥瓶一塊兒包在手帕裡給他的，他一直不敢動。

月楹推卻。「您孫兒還小，以後要用錢的地方多著呢！這果子我就收下了。」

果子是山間的野脆梨，月楹拿衣襬擦了擦，咬了口。「很甜呢。」

老丈不知道說什麼好，幾欲落淚。「姑娘會有福報的。」

施惜柔有些動容，從懷裡掏了塊銀子。「老人家拿著。」

舒眉欣也緊隨其後。「還有我的。」

這些日子處理官員，她們的父親因為犯錯不多，只罰了幾年的月錢。施惜柔才知道，淮南城裡百姓的慘狀還有她父親的手筆。而她們這些不識人間疾苦的，還心安理得地享受這一切，真是不該。

老丈本是來還銀子，卻被塞了一大把銀子。「這……小老兒……」

施惜柔道：「別再推託了，你趕緊藏好，別被人看見了。我們還有事呢，就不陪你聊了。」

不等老丈反應，她們早已乘上馬車，去往奇貨居。

奇貨居，顧名思義是奇貨可居，店裡的奇珍異寶不少，不只是衣衫首飾，還有古玩字畫、刀槍劍戟。

「夥計，將你這時興的首飾都拿來些，讓本姑娘好好挑一挑。」一進門，施惜柔豪爽開口。

夥計見來了個大主顧，立馬笑臉相迎。「三位姑娘樓上請。」

二樓是供客人休息的地方，可以邊吃小食、邊挑選。幾人上到二樓，迎面正要下來一個人。

「岳大夫？」說話的人語氣帶了不確定。

月楹定睛一看。「穆姑娘。」

面前之人正是大病初癒的穆元敏。她氣色恢復了不少，小臉紅通通的，掛著嬰兒肥，是個小美人胚子。

緋色衣裙為她增色不少，穆元敏走過來，上下打量她。「原來妳著女裝是這個模樣，是個漂亮的小娘子呢！」

「穆姑娘認識月楹姑娘？」淮南城中穆家是有頭有臉的人物，但終究只是商戶；而施家與舒家是官家，幾人說不上熟識，卻也有往來。

不過施惜柔是看不上這樣的商戶女的，她也不喜歡她娘的那些親戚，總覺得一股子銅臭味。

舒眉欣倒是與穆元敏打了個招呼。「穆姑娘。」

穆元敏頷首回應。「正愁不知該如何謝妳，岳大夫隨便挑，今兒我請客。」鹽商巨賈的女兒，財大氣粗。

施惜柔不樂意了。「今兒我作東，穆姑娘改日吧！」

「妳送妳的，我送我的，咱們互不干涉。」穆元敏不肯相讓。

「穆姑娘不知道什麼叫做先來後到嗎？」施惜柔也知道她們送什麼其實沒有衝突，但穆家財大氣粗，穆元敏出手定然比她闊綽，兩相比較，萬一她的禮物被比下去了怎麼辦？

「呵，那便妳先送唄，我又沒攔著妳。」還不是怕送的禮不如她！

眼見兩人要吵起來，月楹從中調和。「兩位姑娘的心意我都知道了，不如這樣，我挑幾樣東西，妳們一人付一半如何？」

「還有我呢！」舒眉欣找存在感。

月楹無奈一笑。「好，一人三分之一。」幾個姑娘搶著給她送禮，還真是人生頭一遭的體驗。

奇貨居的夥計見了這一幕，推銷得更起勁，把什麼好東西都往月楹面前送。

「這件衣裙啊，整個淮南城沒有第二件！姑娘瞧瞧這花色，這做工！」

月楹神色訕訕，搖了搖頭。

「姑娘不喜歡嗎？我覺得還挺好看的。」夏風道。是她穿男裝太久，審美觀已經有問題了嗎？

「妳喜歡？那我買了送妳，橙紅色配妳正好。」月楹越看越覺得合適。「夥計，帶這位姑娘去換上。」

「得。」夥計一招手，圍上來幾個女倌。「姑娘，隨我們來。」

夏風下意識就想拔刀了，只是這些都是嬌滴滴的姑娘，她怕誤傷人。

「別推我呀……那……欸……月楹姑娘幫幫忙呀……」夏風有些手足無措，她堂堂飛羽衛四大飛鴿之一，何曾有過這般尷尬的處境。

月楹噗哧一聲笑出來。「妳就和她們進去吧，我等著妳，不會亂跑的。」

夏風被推搡著進去試衣。

月楹繼續看衣服，來到了一件款式新穎，繡花有些普通的衣服前。

「這件玉榮款式是簡單了些，衣料卻不俗，我們店裡也才得了四件。」

「有四件？」

「是的。」

「這四件我全都要了。」

其餘三女都不解。「買一模一樣的做什麼？」

「我自有妙用。妳們能幫我一個忙嗎？」

月楹開口，她們哪有不應的，而且是件簡單的事。

除了衣服，月楹還相中了幾樣東西，一是一本關於南疆蠱毒的書，此書比蕭沂給的那本更詳細，種類更豐富。二是一個袖箭，袖箭精巧，戴在手腕上也可防身。

挑完東西，夏風也被簇擁著回來了，女倌手巧，還順便給夏風挽了個髻。

「擋著臉做什麼，多好看呀！」月楹笑道。

夏風眉目有些凌厲，這身衣裙穿上身有股別樣的英氣。

「說不上那裡不對，但挺好看。」

「夏姑娘模樣本就不錯，這身襯得人更美了。」

「姊姊穿上這身，颯爽得很。」

夏風被誇獎得不好意思，難得有些羞澀。「這衣衫束手束腳，穿著舞不起來刀，我還是去換了。」

「換什麼，就這件了。」月楹喚來夥計。「這件衣服連帶著方才我挑的東西，結帳。」

除了夏風那件衣服是花蕭沂的錢，其他都是三個姑娘付的。

月楹與夏風滿載而歸。

燕風看見一身裙裝的夏風，驚訝得眼睛都快瞪出來了。「夏哥妳怎麼回事？轉性了？」

然後就被夏風追著暴打。「我本就是個女子！」

偏偏兩人輕功極好，滿院子飛來飛去，不知道的還以為院裡在放風箏呢。

蕭沂淡然看著鬧劇。「夏風，輕點打，別驚擾了旁人。」

「是！」

月楹笑意盈睫。「燕風打不過她嗎？」

「夏風輕功更好些。」他們鬧著玩，不會下重手。

兩人進屋，桌子上堆了些東西，蕭沂問：「今日可有挑著喜歡的？」

月楹點頭。「有的！」說著拿出那本蠱書來。「這上面都是北疆文字，還需要世子幫忙。」

「要我幫忙？」蕭沂眉梢一挑，眼底染上笑意。

「您不願幫這個忙嗎？」

「要人幫忙，不是這個態度吧？嗯？」他語調上揚，像極了誘惑人走上歪門邪道的風流公子。

月楹思索一瞬，語氣軟了些，抓著他的衣袖，甕聲甕氣道：「世子，求求您了。」她眨巴著大眼，不懂就問：「是這樣嗎？」

蕭沂強忍著把人摟入懷的衝動。「自己想。」

月楹咬了下嘴唇。還不夠？撒嬌不是她的強項呀！要怎麼辦？蕭沂也太難哄了吧！

「還沒想好？」蕭沂作勢要走。

「其他不會。」她好似真的要放棄。

蕭沂演到一半沒人搭理他了，也不是真的想走，身後人卻一點沒有叫住他的意思。

「您慢走，我再想想其他辦法。」

蕭沂止住腳步，反手扣住她的後腦，薄唇貼了上來。他的唇有些微涼，倏地炙熱起來，繼而變得滾燙。

他的吻沒有章法，只是輕輕在她唇周啃噬，一下又一下，卻不撬開她的唇齒，撩得人心癢癢。

一吻畢，蕭沂抵著她的額頭。「要這樣。」

他溫熱的鼻息就在咫尺間，月楹推開他，臉頰肉眼可見地紅起來，把那本醫書塞到他懷裡，連人帶書推出了房門。

「明日我要譯本！」語氣有難掩的羞憤。

蕭沂低低地笑了起來，舔舐了下唇畔，似在回味。「好。」

他心滿意足地離開。

月楹聽見他離開的腳步聲後，臉上恢復平靜，拿出一張羊皮卷地圖來。她在奇貨居最後買的東西就是這個，淮南城景觀的地圖，與輿圖雖有些差別，但大路大致是相同的。

她規劃了下路線，離淮南城最近的是淮北城，往上就是青城，青城經由水路、陸路都可以很快到達。但她一個沒有路引的，走陸路怕是不好走，只能是水路。水路排查沒有那麼嚴格，她只要混進客船裡便可以北上去青城。

只要有錢，搭船不是問題，問題是時間，她要趕在蕭沂離開前一天走。就怕那日沒有要去往青城的客船，這並不是月楹能掌握的消息。

月楹只能做兩套方案，若沒有客船再轉陸路，或是在城中潛藏幾日。她選定幾個藏身地點，都是偏僻的山村。

這一次，她能不能逃脫呢？月楹沒有把握，只能走一步、看一步。

第二天一早，蕭沂就把譯本一部分給了她。月楹翻看著譯本。「果然比之前那本更豐富。蟲蟲多種多樣，竟還有針對老人、小孩和孕婦之類的蟲。」

蕭沂淡笑。「昨日的事，楹楹不吃虧吧。」

月楹裝作沒聽見，蕭沂權當她還在害羞。「剩下的還要些時日。」他揉了揉痠疼的眼。

「很辛苦吧？」月楹看見了他眼裡的血絲。

蕭沂笑笑。「拿了報酬，應該的。」

活該！

蕭沂明顯感受到她的態度緩和了些，有些動作也不會抗拒，他小心翼翼地試探，生怕將她推得更遠。

蕭沂道：「還有件事要告訴妳。」

「什麼事？」

「喜寶已經回家了。」

「真的？」月楹一喜。「你怎麼把她送回去的？」

蕭沂簡單說了下原委。他讓人提醒呂秋陽，釧寶雖為假，但她算是最後一個見過呂秋雙的人，問問她說不定會有線索。

呂秋陽抱著死馬當活馬醫的心態找到釧寶，釧寶順勢將喜寶的事情說出來。

呂秋陽不會放過一絲可能，立馬帶喜寶去見董氏。許是母女天性，董氏一見到喜寶的那張臉便抱著她號哭。「我的雙雙回來了！」

再由呂府滴血認親，以及冬日會過敏這些小細節也都對得上，終於確定了喜寶的身分。

月楹聽到一半。「就這麼簡單？沒有十一殿下的參與？」

「楹楹為什麼覺得會有？」

「這不是給十一殿下拉好感的好機會嗎？你會放過？」

蕭沂捉住她的手親了下手背。「楹楹真聰明。」

喜寶能認祖歸宗的關鍵在於釧寶，釧寶厥功至偉，連帶著之前冒充的事情也一筆勾銷。然而將她留在京城的人也是極其重要的，若是當初釧寶出府後離開了京城，呂家豈不是再一次大海撈針。

蕭沂將此事移花接木到了蕭澄身上，只說是蕭澄當初救下了釧寶，怕把人安排在府裡引起兩位皇兄的猜忌，這才把人安置在睿王府。

「咦，這怎麼聽著像是搶了我的功勞？」

蕭沂抿唇笑。「是妳的。」

「怎麼感覺有點虧？」

「改明兒去找蕭澄，好好敲他一筆。」

月楹嗔笑。「你這敲竹槓的習慣哪裡來的？」上次對商胥之也是這樣，坑起來毫不手軟。

蕭沂把玩著她的髮絲。「唯熟練爾，妳不用不好意思。」

「我才不會不好意思，該不好意思的是你！」臉皮是真厚，蕭沂無賴起來，她是真扛不住。

蕭沂緊了緊手臂，溫言道：「是。」他抱著懷裡人，卻覺得有些不真實。近來的發展有些太順利，看上去似乎是他一點一點貼近她的心扉，實則他觸到的是遮掩了一層的她。

他們之間，彷彿有堵看不見的牆阻隔著。

感受到腰上的力道，月楹問：「怎麼了？」

「沒事。」蕭沂摸了摸她的髮頂。應該是他想多了吧？她的一切都在他眼皮子底下，最近也沒有什麼奇怪舉動，夏風也沒有回稟，是他多慮了。

「五日後啟程回京，記得收拾好東西。」他暖聲叮嚀。

第六十章

回京城前一天，月楹帶著夏風出門。

蕭沂問：「今日還要出去？」

「施大人的腿不知恢復得如何了，走之前想再去看一次。」

蕭沂沒有懷疑。「早些回來。」

月楹走到門口，回身望了一眼。蕭沂長身玉立，天之驕子，想必過不了多久就會忘卻她。

她來到施家。施父的腿骨長得很好。「再將養幾月就好了。」

「多謝岳姑娘，走之前還特意來看我。」施父感激。「柔兒，送送岳姑娘。」

施惜柔送月楹出府。「今日一別，不知何年何月才能再見。」

「有緣自會相逢，施姑娘不要忘記我的囑咐。」

施惜柔道：「放心吧，不會忘的。」

月楹與施惜柔告別，並沒有立刻回府，而是到了街上。

「姑娘還有什麼想買的嗎？」夏風問。

「不是，是有些渴了，想喝杯茶。那兒有個茶樓不錯，我們去坐坐。」月楹指著前面的三層茶樓。

她們來到雅間。她要了兩盞茶水，在等待的過程中，外頭有叫賣聲傳來。「墨子酥，剛出爐的墨子酥。」

月楹探頭往下看，喃喃道：「明露與喜寶定然喜歡這個，該買些的。」

「姑娘別急，我現在下去買，也來得及。」

「那就拜託妳了。」

夏風轉身下樓，與上樓送茶的小二錯身，一路奔到賣墨子酥的小販面前。

「姑娘，您要多少？」

夏風斟酌了下。「兩包足夠。」

小販給她打包，但剛出爐的墨子酥有些軟又燙，小販的速度便慢了些。

夏風往月楹所在的窗口看了眼，眼睛突然睜大——怎麼會沒有人？

這個角度，絕對是看得見的。

不好！她是故意的！夏風腳步輕點，直接從街上飛身進了二樓雅間。

小販在她身後喊：「姑娘，您的點心！」

夏風進來得太急，落地時還撞到了桌子，桌子被她撞得一歪，茶水濺出了大半。

換了個位置坐的月楹。「妳……練輕功？」

夏風一臉尷尬。「不是……我就是……」她嘴笨，解釋不清。

底下的小販還在不依不饒，追到茶樓下。「姑娘，您的點心！」

夏風轉身跳下樓，拿了墨子酥倏地又飛身上去。「月楹姑娘，趁熱吃些。」

這一上一下宛如雜技，底下人都看呆了，仰著頭往上瞧。

月楹看她動作如此迅速。「妳以為我要跑？」

「不不……不是……我……」她沒有想好理由。

月楹釋然一笑。「坐下喝口茶，別緊張，我又沒怪妳。」

夏風心虛坐下，往肚子裡灌了兩口茶，掩飾心情。

月楹問：「我若跑了，妳會受到什麼懲罰？」

「飛羽衛規矩，沒有完成任務者，笞二十。」

「不是普通的鞭笞吧？」

「嗯。」那是帶著倒刺、手腕粗的一條鞭子，挨上二十鞭，不死也要去半條命。夏風沒有說得很清楚，月楹也可以想像。

她斂去眸中神色。「我終究要對不起妳的。」

「姑娘說什麼？」夏風說完，便覺自己的腦袋越來越暈，身子一動都不能動。

她被下藥了！

在失去意識的最後一刻，她聽見月楹說：「對不起。」

夏風是被燕風叫醒的。

「夏風，夏風，醒醒……」燕風使勁搖晃著她。

夏風迷迷糊糊睜開眼睛，視線觸及那月白袍子，一個激靈，瞬間清醒。

她半跪在地。「指揮使，屬下失職！」

屋子蔓延著冷意，夏風的話，擊碎了蕭沂最後的幻想。

他本還擔心這麼晚還不回來，是不是出了什麼意外，心焦地找尋她們。卻在茶樓只發現被迷暈的夏風，旁邊還有一瓶傷藥。

她考慮得真周到，知道他會懲罰夏風，所以提前準備了傷藥嗎？

蕭沂遍尋茶樓，還試圖找理由以為月楹是被什麼壞人擄走的，可誰會大費周章擄走一個丫鬟？

除了她自己。

「月楹呢？」蕭沂質問聲冰冷至極。

夏風沈默不語。

「我問妳，月楹呢？」

夏風依舊沒有說話。

一道凌厲的掌風襲來，夏風喉頭湧上來一股腥甜。

蕭沂倏然間自嘲地笑起來。「我怪妳有什麼用……她演技這麼好，連我都看不破，更何況是妳。」
燕風竟然從蕭沂的語調中聽出了一絲悲傷。一邊是主子，一邊是兄弟，他也不知該如何勸慰。
「世子，現在追，還來得及。」
「往哪裡追，怎麼追，你知道她走了哪一條路嗎？」淮南不比京城，他沒有那麼多兵力可以調動。
「這……」燕風拍了下夏風。「妳跟隨月楹姑娘這麼久，總知道她接觸了哪些人吧？」
夏風道：「除了施、舒二位姑娘，就只有芝林堂少主人邵然了。」
「妳們後來還見過邵然？」蕭沂皺起眉。
「是，而且他還表露過想帶姑娘走。」
蕭沂臉上一凜。「為何不早說？」
「我……」夏風支支吾吾。
蕭沂大概猜到。「是她不讓妳說。」
夏風默認。
「妳們遇見邵然是什麼時候？」
夏風說了時間，蕭沂苦笑。「那麼久了，她從來都在謀劃……帶人去芝林堂！施家與舒家也別放過！」

蕭沂夤夜到了芝林堂，剛打算歇息的邵然被不速之客出門。

蕭沂目光如鷹隼。「月楹人呢？」

邵然一臉茫然。「世子什麼意思？帶人擅闖我芝林堂？」

「別廢話，本座再問一遍，月楹呢？」

邵然冷哼一聲。「邵某聽不懂世子在說什麼。」他腦袋飛速運轉，能夠猜測是月楹姑娘不見了。可世子懷疑是他帶走了月楹姑娘？為什麼他會這麼懷疑？

蕭沂率先來找他，便說明他的嫌疑最大，如果是這樣，至少可以確定月楹姑娘不是落在歹人手裡，而且極大可能是她自己走的。

邵然拒不合作的態度反而讓蕭沂誤會他知道點什麼。「邵公子，不說實話，可是要吃苦頭的。」

蕭沂周身似籠罩了一股陰鬱之氣，與平素裡見過的模樣完全不同，眼神是刺骨的寒冷。

「世子難道想濫用私刑？」

蕭沂笑起來，笑意並不達眼底。「邵公子說對了。」他一擺手，邵然雙手被反剪。

蕭沂眼神鎖定他，猶如幽暗處的蛇吐著蛇信。「聽聞行醫之人的手最為重要，邵公子的手，你是想要，還是不想要了呢？」

燕風已經抽出刀，將邵然的手按在了案桌上。

邵然冷汗出遍全身，聲音發顫。「蕭沂，你眼中還有王法嗎？」他們這些皇室子弟，從來都視人命如螻蟻。

「最後問你一遍，月楹在哪裡？」

邵然一扭頭。

蕭沂也沒了耐心。「砍。」

燕風正要手起刀落，外頭派去施、舒兩家的人前來回稟。

「未時時分，舒家與施家同時有一輛馬車出了城，一輛往東城門出去，一輛往西城門出去了。」

「兵分兩路，務必要把人找到！」

蕭沂頃刻間想明白了。邵然只是疑兵，施家與舒家才是真正的目標。

她還真有本事，短短幾日時間，就有這麼多人幫她。

蕭沂的人來得快、去得也快，邵然看著空蕩蕩的屋子，彷彿剛才差點被砍手只是一場夢。

第六十一章

夜初靜，僻靜的鄉村已關了門戶，點起一盞夜間的油燈。

老丈給月楹端來一碗熱湯麵。「姑娘趁熱吃吧。」

月楹笑盈盈接過。「多謝老丈。」溫熱的湯麵下肚，被乾糧擠壓的胃部帶來的不適緩解許多。

小孩還沒睡著，非要擠到月楹懷裡，舉著自己視若珍寶的糖果。「姊姊，吃。」

「好。」她笑著。

「小老兒家中沒多餘的褥子，去隔壁王婆家借了床舊的，姑娘莫要嫌棄。」

「怎會？」

她安排好了一切，拜託了施、舒二位姑娘，也去了碼頭。客船遠比她想像得難混進去，到了夜間，碼頭更是全面封鎖。她知道蕭沂已經得知了自己逃離的消息，她將身上的衣裙與船上人交換後，啟用第二個方案。

找個偏遠的村子躲起來。許是她運氣不錯，甫一進村，就遇上了她救治過的老丈。

老丈拿她們給的銀子置辦了間屋子，老丈還有力氣，能種得動地，靠著打理田地也能過活。

「老丈不問問我為何大半夜出現在這小山村裡？」

「姑娘想說自然會說。」老丈笑道：「小老兒有個娘舅，活到八十才去世，就是因為他不管閒事。」

月楹也笑起來。「您收留我，已經管了閒事，我也許會給您帶來麻煩。」

「小老兒不過收留了個過路人而已，能有什麼麻煩。」

月楹無聲微笑，輕拍著小豆子的背，孩子已經在她懷裡睡著。明日就是蕭沂離開兩淮的日子，她不確定他會不會按照原計劃離開？

假使沒有，她要在這裡躲到何時？

「老丈，您明日能幫我一個忙嗎？」

「姑娘妳說。」

「施家與舒家的馬車都追回來了，是空馬車，裡面都有一件白色衣裙。」燕風呈上東西。

夏風認出來。「這是姑娘在奇貨居買的，只是我不知她買了好幾件。」想來是她去換衣服時買的。

「奇貨居……」蕭沂口中喃喃唸著這幾個字。

「碼頭搜仔細點，她沒有路引，陸路出城門很困難。一旦發現有可疑之人，立即扣押。」

那日去穆家，他見過她扮男裝的功力，喬裝改扮對她來說輕而易舉。

他有種強烈的直覺，月楹還藏在城裡。只是偌大一個淮南城，找個人，無異於大海撈針。

「世子，明日還要啟程回京嗎？」

目前的這個情況，想在明日之前找到月楹，基本不可能。

蕭沂眸光陰沈。「要。」她挑在這一天，就是在賭她在他心中的分量，能不能因為這件事改變行程。

他當然不能讓她失望，當然要按照原計劃離開。

月已偏西，蕭沂閉著眼睛假寐。

「指揮使，碼頭那邊有消息了。」

蕭沂猛然睜開眼。「帶進來。」

很快，兩個被捂住嘴的姑娘被帶進來，哭得梨花帶雨。

兩個姑娘望著為首戴著面具的男子。「你……你們是誰，想做什麼？」她坐船坐得好好的，船莫名其妙被攔下，然後就來到這裡。

蕭沂看見她們身上一模一樣的衣裙，問道：「妳們的衣裙哪裡來的？」

他身上的迫人氣勢讓她們下意識回答。「是個姑娘與我換的。」
「我也一樣。」
燕風拿出月楹的畫像。「是她嗎？」
兩個姑娘點頭如搗蒜。「是，就是她！」
「換了衣裙之後呢，那姑娘往哪兒去了？」
「我不知道，我只是瞧著料子好看……我不知道那姑娘去哪兒了……」
兩個姑娘此時全都萬分懊悔，不該貪一時便宜，就讓自己落入了險境。
蕭沂又問了幾個問題之後便放她們走。兩個姑娘一個上淮北城，一個下青城，又是月楹拋出來的煙霧彈。
送走這兩位無辜的姑娘，施惜柔與舒眉欣被帶到了。兩人手牽著手，不明白蕭沂怎麼就突然變了想法，想要帶她們走。
舒眉欣一點都不想去京城，施惜柔也在聽說了周家那位的下場之後打消了念頭。
蕭沂負手而立。「妳們幫了月楹什麼忙？」
兩人對視一眼，面露疑惑。
蕭沂的心沈下去。這兩個估計也不知道什麼。
施惜柔道：「月楹姑娘讓我雇一輛馬車和一個姑娘，穿上上次她在奇貨居買的衣裙，往城東走。」

「我也一樣，不過是往城西。」

舒眉欣敏銳察覺到了不對。「月楹姑娘呢？她怎麼不在？」

夏風的柳葉刀出鞘。「不該問的別問。」

兩人戰戰兢兢，靠得更近了些。「不問、不問。」

蕭沂道：「除此之外，沒有別的？」

「沒有。」施惜柔脫口道。

舒眉欣捏了捏自己的掌心，眼神躲閃了下。「沒有。」

蕭沂並沒看見舒眉欣的神色變化，只叫人把她們兩個送回家。

夏風問：「不盯著她們嗎？」

「不必，月楹不會再找她們了。」他已經開始找她，她再找她們，會給她們帶來麻煩。

月楹深知這一點，絕不會回頭。

蕭沂總覺得自己忽略了什麼。據那之前兩位姑娘所說，月楹在離開茶樓後不久就到了碼頭，只靠走路，不可能有那樣的速度。施、舒二人沒有再幫她辦別的事，就說明不是她們送月楹到了碼頭。

是她自己臨時雇了車，還是說還有什麼人在幫她？

蕭沂捏了捏眉心。她才到淮南不過一月，便有這麼多人幫她的忙。每個人做得都不多，卻成了她離開的關鍵，這便是得道多助嗎？

微風過，一陣翻書聲起，蕭沂抬眸，看見翻譯到一半的醫書被吹起幾頁，上面筆跡清晰的字，現在顯得尤為可笑。

他在盡心盡力給她翻譯醫書時，她卻在逃離他的路上。或許這本醫書，也只是她為了逃離拖住他的道具罷了。

他心口驀地一緊，舌尖感受到了些許鐵鏽味。再睜眼時，黑曜石般的瞳孔更加幽深。

次日，欽差的船隊開拔時聲勢浩大，蕭澄解決了淮南的鹽價問題，深得民心，百姓在兩岸夾道相送。更甚者跪地拜謝，高聲相送。兩岸人熙熙攘攘，摩肩接踵。

蕭澄說著早已打好的腹稿，威望越重，兩淮的人幾乎都知道有個十一皇子蕭澄為民請命。

蕭沂站在甲板上，身後是燕風。「發現人了嗎？」

「不曾。」岸上到處都是喬裝的飛羽衛。

蕭沂閉了閉眼。「回京。」

老丈挑著擔子回家，有鄰里見了他打招呼。「今兒這麼早回家，趕著回來陪外甥女？」大家都知道，昨夜老丈家來了投奔的外甥女。

「街上人都去碼頭看熱鬧，不好賣，早些回家陪小豆子。」老丈笑嘻嘻的。

寒暄兩句，老丈進屋。院子裡，月楹陪著小豆子玩藤球。

小豆子玩得不亦樂乎。「姊姊，再拋高點！」

老丈抱起小傢伙。「你進屋去，姊姊累了要休息，小豆子去搬條凳子來。」

小豆子邁著小短腿跑進屋。

月楹擦了擦汗。「小豆子精神頭真好，陪他玩我都有些吃不消。」

「小孩子嘛，正是愛鬧騰的時候。」老丈說起正事。「姑娘，船隊走了。我看著他們沒影了，才回來的。」

「走了好。」

她說不出心裡是何感受。蕭沂會輕易離開嗎？事情朝著她預料的情況發展，她為何還有些心慌呢？

她得再避幾日，等事情風頭過去，再離開不遲。

「老丈，我可能還需要再叨擾幾日。」

老丈一擺手。「這有什麼，姑娘儘管住著，妳還能幫我看著小豆子。」

小豆子搬著小板凳出來，聽到他的名字，笑咪咪地仰頭。「姊姊，過來坐。」

月楹問：「老丈，我路引與官籍都丟了，要怎麼才能補呢？」

老丈撓撓頭。「路引倒是無妨，只是沒有官籍有些麻煩。」

「能不能想想法子？」

「法子也不是沒有。村頭住著的老羅家，他兒子是衙門裡頭管戶籍的，只是要委屈姑娘，說是小老兒的外甥女。前兩年死的人多，使夠了銀子，官府不會細查的。」

月楹一喜。「那便拜託老丈幫我走一趟了，銀子不是問題，多謝。」

「謝什麼，等羅家小子下衙，我替妳去問問。」

月楹安心了些。

老丈進去做午飯，她摸著小豆子的頭。「小豆子，以後記著要叫姨母。姨母教你寫字如何？」

「好呀、好呀。」

月楹坐在小板凳上，拿著一截樹枝在泥地上寫了幾個字，先從最簡單的教起。她三字經背不下來，《本草綱目》倒是熟記於心，教小豆子一些藥名與辨認藥材的法子，山裡人家總是用得到的。

小豆子很機靈，學起來也很快，睡覺時嘴裡都唸叨著藥名。「甘草，人參……」

月楹替他掖好被角，老丈就回來了，臉上帶著喜色。「姑娘，事情成了。」

「大概要幾日才能拿到？」

「約莫五日吧。」

五日，時間還是太長。月楹道：「能不能再快一些，我可以再加銀子！」

「姑娘，不是小老兒不幫妳，但這戶籍補辦總是要走流程的呀，再往上就要驚動大老爺，就不只這麼點銀子了。」

驚動更高層的官員肯定不行，月楹只能按下心中急躁，安慰自己蕭沂已經離開。

一連兩日，她都在家陪小豆子玩，教他識字。不過孩子還小，在家裡待不住，也喜歡去外頭找小夥伴玩，順便和他們炫耀自己新學會的字，背藥名順口溜。

「我姨母可厲害了，懂許多許多的藥材！她還會治病呢！」

「我才不信，村裡只有唐大夫才會看病。」小夥伴記得母親的話，會看病可難了，唐大夫可是他們村裡的貴人，隔壁村都沒有大夫呢！

小豆子眼瞪得渾圓。「哼，我姨母就是會！」

「你個撒謊精！」

小豆子氣鼓鼓。「不信我帶你去我家看看！」

「我才不去，你個撒謊精！」

小豆子都快被氣哭，嘴巴一癟，眼淚就快流下來。「我姨母就是會嘛……」

「你姨母真的會看病？」

聲音從頭頂傳來，小豆子使勁仰頭才看見人臉，心想，這叔叔好高啊！

「對呀，爺爺說，姨母扎幾針就把我救回來了。」

「瞎說，村裡只有唐大夫一個大夫。」夥伴不依不饒。

小豆子一扠腰。「我姨母也是大夫，她三日前才到我家，村裡人還不知道而已！」

男子看他脖子仰得吃力，蹲下來與他平視。「你姨母是三日前才來的？」
「對呀。」
男人勾唇一笑。「能不能帶叔叔去見你姨母？」
「為什麼呀，叔叔你生病了嗎？」
「是，我生病了。」只有她能治的病。
男人正是還未離開的蕭沂。
小豆子領頭在前面走著，想著只要姨母治好了叔叔的病，那大家就不會說他撒謊精了。
小孩子單純，笑逐顏開地叫門。「姨母，我回來了！」
「怎麼這麼早就回來了，粥還沒——」月楹生了個火爐。昨晚不知怎麼聊到了八寶粥，這小子就非要吃，月楹被他磨得沒法，答應了今天給他做。
她剩下的半句話噎在嗓子裡，手中的瓷羹落在地上。
清脆的一聲響，瓷羹碎成幾瓣，一如那日的花瓶。
「楹楹，妳讓我好找。」
月楹怔在原地，久久不能回神，一時間惱怒、心酸、怨懟全部在心頭翻湧，第一個念頭是再逃。
她拔腿便跑，跑進屋子裡將門關上。
他終究是找到了她。這一次，她逃了三天，還是低估了蕭沂的能力。

「楹楹，開門。」

不能開！

他的聲音猶如惡鬼低語。月楹緊緊地抵著門，彷彿門口有什麼洪水猛獸。

只要她一開門，便會被一口吞噬。

小豆子不知道為什麼，只當她在與他玩捉迷藏。「姨母，快開門呀，這個叔叔找妳治病。」

小豆子，小豆子還在外面！

月楹腿一軟，身子順著門板滑落。她坐在地上，真切感到了再無處可逃。

月楹重整心情，打開了門，拍拍他的小腦瓜。「你先去吳嬸家玩一會兒，晚間我……爺爺會去接你的。」

小傢伙懂事地點點頭。「好。」

看著小豆子進了吳嬸家的門，小豆子身上的東西掉了，他沒發覺，月楹快奔幾步想去撿起來。

手腕猛地被攥住。

「還想跑？楹楹，妳一點也不聽話。」

月楹腦中的那根弦，啪的一下斷了，淒聲道：「聽話？我為何要聽話？我是人，不是世子你的寵物。我的命運該掌握在自己手裡，我只須聽我自己的話，你沒有資格要求我！」

蕭沂手臂禁錮住她的腰，似在對她說，又似在自言自語。「沒關係，妳會聽話的。」

我會，馴服妳的。

除了了懷大師，蕭沂還有一個師父，那便是飛羽衛的前任統領。他不知道那人的真實身分，只知道是個武功極高的人，他教他制衡之道，與飛羽司中的強硬手段，包括收服人心，以及如何對待不聽話的手下。

「你是誰？放開我外甥女！」老丈挑著扁擔回來，看見月楹被制住，立刻抽出扁擔，氣勢洶洶。

蕭沂低聲道：「楹楹應該不希望，有人因妳而死吧？」

月楹感覺脖頸後一片涼意。現在的蕭沂，很危險！

「您快放下東西，他……他是我家裡人，來接我回去的。」

老丈聞言，眼裡的敵意少了些。「真的？」

「真的。」月楹隱下心中苦澀，笑道：「我這就要回家了。舅舅，您和小豆子，要照顧好自己呀。」

「這麼突然，我給妳裝些山果，路上吃……」老丈捧著果子進門想找塊布包起來，再出門時，院裡已經空無一人。

第六十二章

月楹最終還是沒能給小豆子做完八寶粥。

蕭沂沒收了她的藥箱與金針。

她苦苦掙扎，卻還是徒勞。「蕭沂，這是我的東西！」

「楹楹，妳拿著這些，太危險了。」

她隨時能製迷藥，夏風這樣的高手都沒有察覺，這讓蕭沂不得不小心。月楹若是未馴化的野貓，金針與藥就是她的利爪，野貓沒了利爪，就再也厲害不起來。

假以時日，野貓會失去野性，成為一隻溫順的家貓。馴化需要耐心，而他有這個耐心。

送給她醫書，每日送的那些小禮物，都是沒有用的，她不會記得好，她從來只想著逃。

既然如此，那便什麼都不需要做了，只須在他身邊安靜待著就好。

「你打算將我軟禁一輩子嗎？蕭沂，我還會逃的，上次我逃了三個時辰，這次我逃了三天。如果有機會，我還會逃，會逃走三個月，三年，三十年！」月楹深感絕望，身上的血似乎都在沸騰，她知道這樣只是無能狂怒。「睿王府不是我的歸處，我要自由！我是你的丫鬟，可我也是人啊！」

蕭沂不會有一絲愧疚，甚至還會把她看得更緊，但她不喊出來，她會憋壞。

「沒關係，不論妳跑到哪裡，我都會把妳帶回來。」蕭沂平靜道。
蕭沂也不介意她跑幾次，回了京城那便是他的天下，他可以把她的逃跑當作小情趣。
蕭沂抓了她的手，左右端詳。「才出去幾日，手就多了這麼些傷口，楹楹，妳受傷，我會心疼的。」
月楹有些毛骨悚然。蕭沂的狀態，不能說是不正常，更甚者是恐怖。
「我沒事。」她縮回手，不過砍柴燒火時不小心破了幾個口子。
蕭沂卻鄭重其事。「不，要好好養著才好。燕風，拿藥箱來。」
蕭沂開始給她認真仔細地上藥，細細消毒，月楹不止一次想要掙脫，都被他拉了回來。
「楹楹，聽話。」
月楹麻木地被他拉著手，蕭沂把紗布包成自己想要的樣子，滿意地笑起來。「這樣才好。」
「我想休息。」
「好。」蕭沂走到門口。「等會兒就吃飯了，有人會給妳送飯的。」
月楹心頭的異樣感越來越強烈。蕭沂他到底怎麼了？
過了一會兒，燕風來給她送飯。
她問：「夏風去哪兒了？」
燕風對月楹有怨，沒好氣道：「她在養傷。」

飛羽衛的鞭笞可不是開玩笑的，夏風被打沒了半條命，她卻不生氣。聽說了月楹被抓回來後，她還有些失望。

「能帶我去看看她嗎？」月楹一臉擔憂。她不想牽連旁人的，只是為了逃，她沒辦法顧及到全部的人。

「妳問世子，我沒這個權力。」

月楹還問：「你們是怎麼知道我在那村子裡的？」

「我們不知道。我們這幾日沒日沒夜地搜遍了數十個村落。」燕風其實是佩服她的。

「若非世子想起穆家姑娘，恐怕還要花上更久的時間。」

月楹逃跑的馬車是穆元敏幫忙的，她讓舒眉欣約穆元敏在奇貨居見面，得到了穆元敏的協助。

「姑娘買的景觀圖與輿圖還是有很大區別的，上面地點少，世子說妳不會往人多的地方去，是以景觀圖所標出的小山村，是最好的選擇。」

結合從穆家得到的線索，他們還是很難確定月楹的藏身之處，符合條件的山村起碼有數百個。

山村閉塞，鮮有人至，反而幫了他們的忙，有什麼生人入村，問上一、兩個人也就清楚了，這大大縮短了他們的時間。

月楹一口一口往自己嘴裡塞著飯。她不能回京，回京就更沒有逃跑的機會了，跳水能逃走嗎？她計算著逃脫的機會，如果跳水，該從哪裡跳……

「楹楹。」

蕭沂一聲低吟，她胸口猛然一緊，瑟縮了下身子。「有事？」

蕭沂微笑著，眼裡是冷漠與疏離。「妳不必這麼緊張。」

蕭沂讓人再鋪一床被褥，月楹意識到他想做什麼。「蕭沂，你要留宿？」

「世子……」

蕭沂忽略了她的問題。「楹楹，喚我不言。」不要叫名字，顯得太冷硬。

「叫不言。」世子太生疏。

月楹忽覺自己已經看不懂蕭沂了，或是她從來都不懂他。「不言。」

「嗯，什麼事？」

「你要睡在這裡？」

「有什麼問題嗎？」他自然走到榻邊，伸手撫摸著她的鬢髮。「放心，妳不願意的情況下，我不會動妳。」

月楹倒不是怕這個。蕭沂真想做什麼，她也反抗不了，只是她覺得，眼前的蕭沂不論是說話還是行事，都不是她所熟知的，顯得異常偏執。

月楹握住他手腕把脈，大吃一驚。怎會這樣？

「蕭沂……」

「是不言。」他執著地糾正她。
「不言，你生病了。」
「我生病了？」蕭沂皺了下眉。「這幾日沒睡好，似乎是有些頭疼，休息幾日就好了。」
「你……躺下休息吧。」月楹還想再把一下他脖頸處的脈。
蕭沂輕笑。「楹楹還是心疼我的。」他脫鞋上床，不想靠著枕頭睡，反而躺在她的腿上。
「你睡枕頭上去。」
「不，這裡更好。」他找了個舒服的姿勢躺下，慢慢合上眼眸。
月楹輕輕地揉按著他的太陽穴，試圖讓他快速入睡。
蕭沂呼吸漸漸平穩，她將手指按上他的脖頸處。
真的有些不對。他脈象有些亂，肺有血瘀，瘀滯不通，氣行不暢，以至於亂心煩神。他並無外傷，想來是因為肝火大動，俗稱的氣吐血。
蕭沂睡相很安穩，月楹腿有些麻，小心翼翼地將他腦袋挪到軟枕上去。
他似有所覺，腦袋剛碰到枕頭就醒了。
「我睡了多久？」語氣帶著剛睡醒的惺忪。
月楹捶著自己發麻的腿。「半個時辰。」

為了自己的人身安全，她覺得還是給他開點藥。「你肺有瘀血，儘早治療為好。」腦中似乎也有，但她還不能確定。

蕭沂眼中泛起寒光。「楹楹還會關心我嗎？」

「我關心每一個病人。」

蕭沂微怔。「我知道了，會記得吃藥的。」

尋常的對話語氣，月楹乘機道：「能讓我去看看夏風嗎？」

「怪道對我輕聲細語，原來是有條件。」蕭沂開始陰陽怪氣。

「她因我而受傷，於情於理我都該去看看。」

蕭沂道：「她不在船上，我讓她把傷養好再回京。」

月楹不再多問。蕭沂翻了個身繼續睡，右手握著她的左手手腕，摸到了一顆顆小圓珠子。

她一直戴著這串小葉紫檀的佛珠，小葉紫檀的清香如絲如縷，鑽進他的鼻腔，聞著安心的味道，他不知何時就這麼睡著了。

接連幾日，蕭沂都是這樣，兩人蓋著棉被純睡覺。

他睡覺時很規矩，躺著時是什麼姿勢，起來時就還是什麼姿勢，連衣服褶子都不變。

蕭沂也說到做到，將月楹盯得死緊，甚至她解手時都讓侍女跟著，月楹連跳江的機會都沒找到。

眼見到了京城，她徹底沒機會了，悶悶不樂地回到了王府。

明露歡歡喜喜出來接她。「月楹，玩得開心嗎？給我帶東西了嗎？」

月楹將一個大包袱甩給她。「都是妳的。」

明露欣慰道：「沒有白對妳好。」她一邊拆著東西，一邊告訴她。「世子應該已經告訴妳了吧，喜寶回家了，她真的是呂家七娘！」

「嗯，我知道了。」

「喜寶，不對，應該是呂姑娘，她知道妳要回來，說要回來看妳，怕是馬上到了。」

月楹不詫異。喜寶重情，即便正確做法是拋棄做過丫鬟的過往。她知道她想離開這裡，

喜寶在睿王府做過丫鬟這事對外是瞞住的，她一個未出閣的姑娘，只能打著拜訪蕭汐的理由來見她。

沒過多久，蕭汐屋裡的金寶來請她過去。

喜寶來，是想帶她走。

與喜寶一起到的還有董氏。喜寶深知自己嘴笨，一個人來肯定帶不走月楹，便求了董夫人一起過來。

董夫人自喜寶回家，神智漸漸恢復到了從前，如今已經能出門見客了。

「月楹姊姊，我好想妳。」喜寶一見人就熱絡地撲進月楹的懷裡。

「多大了，還像個孩子。」月楹摸摸她的腦袋。

「是妳？」董夫人認出這是那日後花園內的姑娘。「我的病，是否也是妳治的？」她那日迷迷糊糊的，依稀聽見了劉太醫與一個女子在對話。

董夫人對人的聲音很敏感，幾乎是過耳不忘，而且她床頭的藥膏與喜寶在用的是一樣的，這也佐證了她的想法。

「是奴婢，救人不過醫者本職。」

董夫人笑道：「妳既救了我，便是我的恩人，哪裡用得著自稱奴婢。我們母女倆都該謝謝妳才是。」她本還擔心喜寶讓她贖的是個不好的，如今見了月楹疑惑全消，恨不得將人立即帶走才好。

「妳贖身的事情，不必擔心，我會去與睿王妃商量。」

月楹心底吐槽，睿王妃可能管不到她，不過還是抱有一絲希望。「多謝您了。」又問了喜寶近來可好，回到新家可適應等等的問題，倒比董夫人更像個母親。

董夫人的辦事效率很快，睿王妃當日就把蕭沂叫了過去。

「人家開這個口，我總不好不給面子。」畢竟是兒子的人，她還是要徵得他的同意。

蕭沂淡淡道：「若是她自己不肯走呢？」

「月楹不願走嗎？」上次轟轟烈烈的逃跑，她可還沒忘記。

「您儘管叫她過來問問。」

睿王妃狐疑，還是讓水儀去叫人。

月楹到了蒺藜院，蕭沂只道：「容兒子與她說句話。」

睿王妃眼神閃了閃。「說吧。」

蕭沂湊近月楹的耳朵，只說了一句話。

月楹眼睛倏地瞪大，眼中滿是不甘與憤怒。

「兒子說完了，娘您問吧！」

睿王妃問道：「今兒董夫人來尋我要給妳贖身，雖是件小事，到底要問過妳的意見。」

月楹咬牙道：「奴婢還想再伺候王妃與世子，奴婢不願贖身，您替我回絕了董夫人吧。」

「確定？」睿王妃又問了一遍。

「奴婢確定。」

月楹深吸一口氣，好不容易才沒有在睿王妃面前罵人。

「好的，我會轉告董夫人的。」

她告了聲退，腳步不停地回了浮槎院，狂奔了一會兒後才覺心情好了不少。院子裡的梧桐樹成了出氣筒，她使勁踹了幾腳，梧桐葉零星掉了幾片下來。

「該死的蕭沂！」

「背後罵人可不好。」蕭沂悄然出現。「罵人要當面罵才爽。」

「罵你還多費口水，你不配！」她這一聲吼的聲音有些大。

浮槎院的人都探頭出來瞧，尤其明露簡直被嚇傻了。月楹她……她怎麼敢罵世子呀！

正當大家都等著蕭沂把人拖出去，蕭沂卻笑起來。「罵爽了嗎？不夠妳再罵會兒。」

浮槎院眾人下巴差點掉了。

月楹轉身回房，氣呼呼地關上門。

蕭沂太了解她，他知道她最不願做什麼，他就拿這個威脅她。

蕭沂方才在她耳邊說的是，如果她答應贖身，他就告訴董夫人他已經將她收房。

一個被收了房的丫鬟，董夫人於情於理都帶不走。這樣一來，睿王妃也會知曉，她就算是在王妃面前過了明路的通房。

她怎麼可能答應！真過了明路，盯著她的人只會更多。

明露悄悄靠近，驚奇地看著她。「月楹，妳太厲害了，罵了世子，竟然還能活著！世子也太寵妳了，就是你們這相處方式太與眾不同了一點。」

被她這麼一打岔，月楹氣笑。「是與眾不同。」

董夫人得知消息後自然是不信的，非要當面聽到月楹親口說才好，月楹只好又說了一遍。董夫人嘆了聲。「妳既不願走，那便遂了妳的願。如果哪天想走了，儘管來找我。」

董夫人遺憾地離開，月楹悵然。

睿王妃看出她眼中的失落。「是不言逼妳的。」

知子莫若母，蕭沂那日的舉動是明晃晃的威脅。

「是，您能幫幫奴婢嗎？」月楹試圖打感情牌。

睿王妃搖頭。她虧欠蕭沂太多，從小讓他受了許多的苦，又因為是皇室子，被賦予飛羽衛的重任。這些本都不該他來承受，莫說蕭沂只想要個丫鬟，即便身分再高貴一些，她也是不會攔的。

睿王妃也不知該如何勸，月楹與當年的她很像，不屈服於自己的命運，她當年猶要逃，又怎麼好勸月楹留下來。

睿王攬著她。「兒孫自有兒孫福。莫要忘了，不言出生後，了懷大師便斷言，他這一生情路坎坷。」

睿王妃打了個哈欠。「是啊，情路坎坷。」竟是應在這個姑娘身上嗎？

她又打了個哈欠，眼皮已然是閉上了。

睿王道：「程兒，妳今日似乎極容易睏倦？」

回答他的是睿王妃綿長的呼吸聲。

又睡著了？睿王皺眉。

第六十三章

「爹，您怎麼有空來？」蕭沂難得在他院子裡發現他爹的蹤跡。往常這個時候，他爹都是在他娘身邊寸步不離的。

睿王背著手。「你娘還睡著呢。」

蕭沂看了眼已經日上三竿的太陽。「還睡著？」

「是呀，近來每每都是睡到這個時辰，更有甚者睡到午時才起。」

「娘有孕在身，嗜睡一些也是正常。」

睿王點點頭。「確實是正常現象。我也問過太醫，太醫說無妨，只是為父的心裡，總是隱隱有些擔憂。」

「爹是想？」

「我聽聞你有個貼身丫鬟，醫術不錯？」

「您是說月楹？」

「對，讓她暗中給你娘看看。若是無事自然最好，若是有事，也先別驚動她，我怕……怕她動了胎氣。」

蕭沂了然。

月楹正無聊地自己與自己對弈，睿王將此事一說，她道：「王妃的表現確實不正常。」孕婦是嗜睡，但也不會這麼嗜睡。「王妃現在還睡著嗎？」

「還沒醒。」

「趁她睡著，現在過去看看。」還是把到脈才能確認，不過她昨日看王妃的臉色，不像是有疾病。

蒺藜院，水儀正打算叫睿王妃起來，卻被趕來的睿王制止。

「水儀，妳先出去。」

水儀望了眼父子二人與跟在他們身後的月楹，斂去眸中神色，低頭退下。

月楹躡手躡腳進去，手指按在睿王妃脈門。她睡得很沈，根本沒有發現有人進來了。

月楹感受這脈象，眉頭蹙起。

「怎麼，有何不對？」蕭沂無聲問。

月楹做了個手勢，示意去外面說。

「到底怎麼了？」睿王也追問。

她沈吟片刻。「世子，您還記得瓊樓的那個花魁嗎？」

「什麼，不言你去青樓了？」

蕭沂沒理他爹。「記得。她是北疆人無疑，順著她這條線，我們還挖出了許多隱藏在其他地方的北疆人。」

睿王才反應過來，兒子去瓊樓是為抓人，不是尋歡。
「王妃與那花魁的脈象很像。」
「楹楹的意思是，娘體內有蠱蟲？」
「絕不可能！」睿王信誓旦旦。「程兒這幾月一步都沒有踏出過府門，我時常在她身邊，又有暗衛保護，沒有人有機會對她下手。」
「王爺，您先別著急，下蠱之法多種多樣，有些蠱種起來很難，有些卻很簡單，只要放在飲食中或是接觸到皮膚，種蠱都能成功。」
「程兒入口的東西也嚴格把控，我與她吃住都在一起，為何我沒有事？」
月楹道：「有些蠱，要對特殊的人群才能發揮作用。我曾在書中看到過，有一種蠱專門針對大月分孕婦，此蠱種下之後，孕婦與常人無異，只是特別嗜睡。而腹中的胎兒會漸漸開始吸食母親的精氣，在生產那日，會讓母親油盡燈枯。被種下這種蠱的孕婦，不是在生產當日而亡，就是在生產後幾日內無聲死去。」
這種蠱叫做噬母蠱，是北疆極其殘忍的一種蠱。這種蠱剛發明出來是為了去母留子用的，保證生出來的孩子能有好的營養，但後來發現，使用過這種蠱生出來的孩子，幾乎都長不大；即使長大了也會出現各種毛病，是以這種蠱在北疆也被禁用。
「而且，您怎麼確定您沒有中蠱？或許您已經中過蠱了，只是對您無效。」沒有懷孕的人或是男子中了此蠱，蠱蟲會在三日內死去。

她這麼一說，睿王也不確定了，伸出手來。「也給我看看吧。」
「是。」月楹照做。
少頃，她確定地道：「您也中蠱了。」
「我也中蠱了？不是說噬母蠱只對孕婦有用嗎？」
「那是因為您中的不是噬母蠱，而是癡情蠱。」
「癡情蠱又是什麼東西？」睿王都快被繞暈了，一下子怎麼跑出這麼多種蠱蟲來。
月楹也很意外。短時間內，睿王府的王爺、王妃都被下蠱，而且還是北疆禁術。
「您最近可接觸過什麼女人？」癡情蠱顧名思義是令人癡情的蠱，體內有子蠱的人，會無可救藥愛上身懷母蠱的人，最有可能的便是睿王惹來的風流債。
「女子？這是絕對沒有的，這麼些年，我眼裡、心裡都只有程兒一個，我對她的心意，天地可鑑。」
「真的沒有嗎？多年前有沒有呢？」
不論是癡情蠱還是噬母蠱，煉蠱的過程都極其困難，遠非一朝一夕可以煉成；即便是煉成了，效果如何也是不確定的。下蠱之人，顯然蓄謀已久。
「多年前的事情哪裡還記得清，別人要喜歡我，我又管不住，我只喜歡程兒。」
無時無刻都對老婆表白的男人真的稀有。月楹看看睿王，再看看蕭沂，輕搖了搖頭。父子兩個的差距，怎麼就這麼大呢？

「楹楹，妳有辦法解蠱嗎？」蕭沂問。

「王妃的沒有辦法，除非找到母蠱，至於王爺的嘛……我只能控制住蠱蟲，讓王爺的心智清醒。」

月楹感受得到，癡情蠱的蠱蟲比噬母蠱的弱很多，許是蠱蟲品質問題。

「好，那即刻便開始吧！」睿王道。

月楹朝蕭沂一攤手。

「什麼？」

「我的金針。」她丟給他一個眼刀。

蕭沂乾笑一下。「稍等。」

她指尖敲著桌面，等待蕭沂把金針拿來之時，忽然聞到一股香味。她尋找著香味來源，最終定在睿王腰間的香囊上。

香囊的針腳蹩腳得與她差不多，裡面塞著的香料都漏出來了一些。

「這個香囊是誰給您做的？」

睿王低頭，臉上浮現笑意。「是汐兒送的。」

蕭汐做成這樣，那就一點也不奇怪了。

「能給我看看嗎？」

睿王取下。「給妳。有什麼問題嗎？」

來。

「現在還不能確定。」月楹拿來剪子，剪開縫合處，香囊裡面的東西噼哩啪啦地掉下來。

月楹撥開那些普通的安神藥材，在一堆乾材中找到了幾朵可疑的乾花。這幾朵看不出原本模樣的乾花，她只用手碾了幾下，香味便壓不住了。

「好香，這是什麼花？」睿王忍不住嘆道。

月楹神情嚴肅起來，遠離了些。「依蘭提花，有奇香，是癡情蠱最喜歡的味道。這香囊應該就是您中蠱的原因。」

幾人視線都聚焦在這只香囊上。事情當然不會是蕭汐做的，她極有可能是被利用了。

「不可打草驚蛇。」月楹道：「若下蠱之人得知消息，毀了母蠱，那就真的一點辦法都沒有了。」

「爹，楹楹說得對，眼下最好的法子，就是先讓楹楹幫您穩住體內的蠱蟲，再由這只香囊下手。」

睿王覺得有理。「那便動手吧。」

月楹準備好金針。「我不擅蠱，您可能會有危險。」

睿王是沙場征戰過的漢子，哪裡會畏懼這些，大方道：「妳儘管動手，出了事與妳無關。」一想到自己可能會因為這個蠱蟲控制，愛上別的女人，睿王便覺得噁心。

若讓他知道是誰幹的，定饒不了她！

月楹點點頭，將剛才挑出的依蘭提花放進香爐裡。「世子，屏住呼吸。」

依蘭提花具有強烈的催情效果，是癡情蠱最喜歡的味道，月楹自己也屏氣凝神，封住睿王周身大穴。

睿王動彈不得，因為吸入了依蘭提花的香氣，渾身躁熱起來，臉漸漸變得紅潤，頭上開始發汗，體內的躁意直衝出體外。睿王一聲悶哼，覺得左臂有些刺痛。

月楹察覺他的視線，撩起睿王外袍。「找到了。」

只見睿王的左臂鼓起了一個黃豆大小的鼓包。那鼓包似是活的，在皮膚底下遊動，不斷鼓起又被皮膚的韌性攔下，想鑽出皮膚卻沒有辦法。

月楹立即在這鼓包周圍下針，將蠱蟲困於這一方天地，又以特殊針法使其安眠。依蘭提花燃燒殆盡時，她恰好收針。

「奴婢已經封住了蠱蟲，牠不會在您的身體裡作祟了。」幸好發現得早，蠱蟲已經快到肩頭，若是鑽進睿王的腦子裡，那可就糟了。

蕭沂問：「爹感覺如何？」

「無事，只是手臂有些痠麻而已，使不上力氣。」

「這是封蠱後的後遺症，休息幾日便沒事了。」

蕭沂又問：「楹楹，妳方才是能將蠱蟲取出的吧？」

「是，但蠱蟲一旦離體便會立即死亡，母蠱會感受到子蠱的死亡。」

「娘體內的無法封住嗎？」

月楹抿唇，輕搖頭。「王妃的情況與王爺不同。她中蠱的時間更長，且王妃懷有身孕，我若貿然施針，怕驚擾她，屆時她若早產，我便真的沒有法子了。」

所以現下的當務之急是找出下蠱之人，只要找到母蠱，一切麻煩都可迎刃而解。而要找到這幕後之人，首先要找的便是蕭汐。

「要告知小郡主嗎？」

「不，先瞞著她。她心思單純，知道爹娘都有事，肯定會露出馬腳，還是暗中試探為好。」

月楹去找蕭汐閒聊，蕭汐多少知道點她與蕭沂的事，雖不同意大哥的做法，卻也左右不了蕭沂，只能勸她想開些。

月楹漫不經心地提起。「那日我瞧見王爺身上有個香囊，是您送給他的吧？」

「是呀，爹為了娘，眼下都青黑了不少，我聽聞清風送爽這方子不錯，便配了一個給爹送去。」

月楹看過那裡面的藥材，除了依蘭提花，其餘確實是「清風送爽」沒錯。

「小郡主不擅女工，怎會想到給王爺送香囊？」她不著痕跡地將話題引到這上面。

蕭汐絲毫不覺有異。「那日我路過後花園，見四表姊在花園採花回去釀曬，細問之下才知是為了做子孫福袋送與我娘。我想著這些年也沒有親手給爹娘送過什麼東西，便也想送個香囊。」

「白四小姐？」月楹訝然。

「對呀。怎麼，有問題嗎？」

問題大了，兩位表小姐不作妖，她都快忘記了府裡還有這兩人，且她即便懷疑白婧瑤，也不會懷疑白婧璇。

第六十四章

「白婧璇？是她？」蕭沂不算詫異，只說奇怪，這麼做對她有什麼好處？但凡一個人想害人，必然是有利可圖，白婧璇一直沒有暴露出什麼野心來，即使她的目的是嫁給蕭沂，那也不會是透過傷害睿王妃來達到目的。

月楹垂眸。「你別忘了，睿王也中招了，中的還是癡情蠱。」

「妳的意思是她想除掉娘，然後控制爹自己當睿王妃？她當我是死的嗎？」

月楹輕笑。「她既然有辦法讓王妃與王爺都中蠱，再給你下一點不也很簡單？」

蕭沂瞇起眼。「楹楹覺得給我下蠱很簡單？」

嗯，有點難度。

「至少在外人看來很簡單。」她聳肩。「也許是因為我們去兩淮之前，那個蠱師還沒有將癡情蠱煉出來，她又等不及……」

她說過這種蠱很難煉，幾十年可能才成功一次。

「不，正是因為蠱蟲難得，他們更不會因為等不及而匆匆將蠱下給父親。」

這話也有道理。月楹輕咬唇瓣，陷入沈思。「如果是這樣，那他們一開始的目標就是王爺。」

蕭沂順手給她倒了一杯茶，問道：「我與父親，楹楹覺得白婧璇會選誰呢？」

月楹喝了一口茶水。「什麼意思？」

「或者我換一種問法，假如妳是白婧璇，是想嫁給我還是父親？」

「我選王爺！」

蕭沂無語。「我問的是白婧璇。」

好吧，即使月楹不願意承認，即使王爺看上去還很年輕，但畢竟人到中年，白婧璇一個妙齡女子，蕭沂這個更年輕又深得聖寵的自然更吸引人。

「白婧璇應該會選你。」

「是了，所以對父親下蠱，不是白婧璇的想法，而是那個幕後之人。」

月楹將茶水一飲而盡。「幕後之人大概還是王爺的紅顏帳。」白婧璇不會蠱術，蠱術都是要從小修煉的。

「只能從白婧璇下手。」

「要快，王妃隨時都有可能生產。」睿王妃已經有七個月的身孕了，隨便出一點什麼意外都有可能導致她生產。而幕後之人肯定也希望她快些生產，可能還會動手。

「如果白婧璇不與那人聯繫呢？」

蕭沂思索道：「打草驚蛇不行，敲山震虎還是必要的。」

「怎麼敲？」

蕭沂眼神漸漸變得銳利。

次日一早，月楹被大張旗鼓地調往睿王妃身邊，說是蕭沂擔心母親的安全，特意將一個會醫術的丫鬟放在王妃身邊。

「王妃，白家兩位表小姐來給您請安了。」水儀道。

睿王妃按了按太陽穴。「讓她們進來吧。」

月楹見水儀出去傳話，問道：「奴婢給您請個平安脈吧，這是世子吩咐的。」

睿王妃笑起來。「不言有心了。」兒子孝順，她自然開心。

月楹成功在白婧璇進來的那一刻，讓她看到自己在給睿王妃把脈。

「見過姑母。」兩位表小姐行禮。

睿王妃一擺手，臉上倦容難掩。「坐下吧。」

白婧瑤見月楹在把脈，熱切關心道：「姑母，您不舒服嗎？」

「不是，只是不言不放心罷了。」

睿王妃話音剛落，月楹輕呼。「咦——」

睿王妃看向她。「怎麼了？」

「您的脈象，似乎有些不對。」

「怎麼個不對法？」

「我怎麼摸到了兩條活脈？」

「兩條活脈？」眾人不懂醫術，也不知一條活脈與兩條活脈有什麼差距。

白婧璇聞言，卻是心頭一顫，忙道：「姑母如今有孕，不正該是兩條活脈嗎？」

月楹見她上鉤，故意道：「不，王妃腹中的胎兒只有七個月，一般來說，要到九月之後才可能有這麼強勁的脈。」

「月楹姑娘確定嗎？是不是看錯了？」

白婧璇輕聲疑問，月楹順勢下坡，猶豫了一瞬。「這……也許是奴婢太緊張王妃了。」說完又開始把脈。

這次沒有疑問，月楹笑道：「是奴婢感覺錯了，真是該打。」

水儀站出來道：「月楹，妳也太不仔細了，妳這樣，對得起世子的囑託嗎？」

月楹沒想到水儀會這麼疾言厲色，權當她關心王妃。「水儀姊姊教訓得是。」

白婧瑤受過月楹恩惠，也幫她說話道：「月楹姑娘的醫術我們都是見過的，想必是才從兩淮回來，還有些疲累。」

「誤診可大可小，這是沒出事，若真出了事……」白婧璇話說一半，引人遐想。

「好了，不就是疏忽了一下，小事而已，下次注意些就行。」睿王妃說了句公道話，她看向白婧璇。「婧璇，平日妳是最體恤下人的，怎麼今日也不依不饒了起來？」

兒子喜歡的人，睿王妃當然是要護著的。

白婧璇摳了下手心，面不改色道：「姪女也只是關心姑母身子。」

見睿王妃指責白婧璇，白婧瑤扇火道：「月楹姑娘可是表哥特意撥來照顧姑母的，她的醫術表哥都肯定了，四妹是懷疑表哥用人的能力嗎？」

白婧瑤找白婧璇的碴不是一天、兩天了，白婧璇多數時候都是被動承受的那一方，今日也不例外，被白婧瑤懟了也不說話，只是眼神透著些楚楚可憐。

睿王妃最不喜歡她這副惺惺作態的樣子，明明可以憑自己的本事不受欺負，偏等著別人給她做主。

這樣的人，即便給她做主，自己立不起來又有什麼用，沒有人能幫人一輩子的。

「妳們退下吧，我要休息。」睿王妃下了逐客令。

白婧璇早不想待了。她必須要通知那人這個消息，月楹的本事還真說不準能看出些什麼來，若真被發現，那可就大大不妙了。

晚間，一個人影從角門溜了出去，乘著夜色來到一家紅門大戶的後門，將紙條放進了後門牆角那塊鬆動的磚石內。

「姑娘，消息已經送過去了。」

「送到便好。」白婧璇也是戰戰兢兢等消息。她做這一切，已經是豁出了全部，不能讓此事出一丁點的差錯，否則她會陷入萬劫不復之地。

她們全然不知道，此時她們的一舉一動已經被人所洞察。

「白四小姐身邊的丫鬟，去了寧安伯府。」

「寧安伯府？白氏？」

蕭沂幾乎都快忘記自己這個姨媽了。自老寧安伯去世，白氏一直深居簡出，不曾與人深交，與他們睿王府更是沒有往來。

蕭沂大抵知道些往事。這位白姨媽與自己的母親似乎是不合的，只是母親不願提起白家往事，他便也對這段往事知之甚少。他沒有對寧安伯府過多關注，現在想來，的確有很多不合理的地方。

譬如白青卉到了寧安伯身邊，原本的寧安伯夫人便開始重病不起，任誰也不會覺得這是個巧合吧？在寧安伯死後，新任的寧安伯竟然沒有對這個繼母做出任何的處置，反而對她極其尊重，比親生母親還要好。

「白氏的身後應該有一個蠱師。」月楹道。

「寧安伯被蠱控制了？」

「應該是這樣的，否則解釋不通。」如果寧安伯是中了蠱，那一切都合理起來。而且，恐怕老寧安伯的死，也與白氏有點關係。

蕭沂找到父親，告訴他白氏就是幕後之人。白氏與白婧璇同為白家人，她作為姨媽，送點東西給兩位姪女再正常不過，誰會知道這東西裡會藏了害人性命的蠱蟲呢？

「白青卉？是她？這麼多年，她竟然還沒有放棄嗎？」月楹豎起耳朵，感覺老一輩的感情糾葛，似乎也挺複雜的。她拿了盤點心糕點，準備聽故事。

蕭沂無奈一笑。「爹，您仔細講講當年的事吧。」

睿王長嘆一聲。「當年……」

當年，白家從眾多女眷中挑出了白青程與白青卉兩個容貌才情都出眾的女兒，給當時的寧安伯送去。白青程在送往京城時逃了，而眾人只知白青程逃了，其實白青卉也是一併逃了的。不過白青卉比白青程多了個心眼，叫自己的丫鬟穿著自己衣服代替了她。

白青卉與白青程兩個獨身姑娘，沒做什麼充足的準備，一出門便被騙光了銀子，幸好遇上了當時微服在外的睿王。

彼時睿王被皇帝奪了兵權，無處施展抱負，白青程善解人意又活潑可愛，兩人很快墜入愛河。

然而白青卉也對這個救人的男子一見鍾情，只是睿王眼裡心裡只有白青程，甚至對她提出可以兩女共侍一夫的提議也視而不見。

白青卉一氣之下，將兩人的下落通知了寧安伯，寧安伯立即派人來抓。

「白青卉那時只以為我是個無權無勢的富家公子，只要程兒被寧安伯帶回去，我就沒辦法了。」

出乎白青卉意料的是，救人者竟然是當今皇帝的堂弟，寧安伯也得賣他一個好。

「我與你娘成婚後，她也有過糾纏，只是都被我擋了回去。後來她進了寧安伯府，我們之間就再無聯繫。時隔多年，她到底圖什麼？」

月楹咬了口餅，視線落在蕭沂身上。「您在她最危難的時刻幫了她，就如同一個她得不到的珍寶。對於偏執的人來說，得不到的東西，即便謀劃上十幾年，只要有機會，她便會動手。」

蕭沂聽出她在指桑罵槐。「楹楹，我與她不同。」

「對我來說，你們是一種人。」月楹一針見血。

「楹楹，妳不能——」

睿王不耐煩地打斷他們。「你們的事情以後再說，先把程兒的蠱給我解了。」什麼時候不能談情說愛，非得這時候，這幫年輕人，真是沒有他們當年乾脆。

月楹手托著臉。「這事我們沒辦法，恐怕還得您來解決。」

「需要我怎麼做？」

月楹狡黠一笑。「您知道美男計嗎？」

「不會是……」

「沒錯，就是您想的那樣。寧安伯夫人既然對您下了癡情蠱，那母蠱多半在她身上，而她還不知道子蠱已經被我封住，您儘可以裝作被她迷惑，乘機套出噬母蠱的母蠱所在。」

睿王無奈。這都什麼事！

蕭沂忍俊不禁。「為了娘，您就忍忍吧！」要他爹這麼大把年紀去使美男計，確實有點難為他了。

睿王頓了頓，把心一橫。「為了程兒，也只能這麼做了。」

月楹心裡給他點讚，瞬間覺得睿王的形象高大不少，比他兒子強一萬倍！

「可是要如何接近白青卉呢？」

她道：「這您不用擔心，只要您出門，她會找機會來接近您的。」

白青卉應該也想試試癡情蠱的威力，只不過睿王不出府，她也不能貿然進來，應該一直沒有機會實驗。

「白青卉狡猾，恐怕不會那麼容易說出母蠱所在。」

「我有辦法。」她可以臨時製作一隻假蠱蟲出來。人找不到的東西，蠱可以。假蠱蟲與母蠱蟲在一定距離內可以互相感應，從而找到母蠱所在。

但這方法有一個弊端，就是她不能確定找到的蠱蟲，是不是就是要找的噬母蠱的蠱蟲，只能判斷這人身上有沒有蠱，而且還有距離限制。

月楹有些懊惱。「要是能找到一個精通蠱術之人就好了。」她的辦法局限還是太多。

「宮中的太醫沒有擅蠱的。」

她忽然想起一個人。「或許有一個人可以。」

「誰？」

「芝林堂少主人，邵然。」她與他探討過醫術，言語間發現他對蠱術頗有所得。

「那快去請人來吧。」睿王迫不及待，全然沒有注意到兒子的臉色已經很難看。事關睿王妃，蕭沂即便不喜邵然，也不會在此刻意氣用事。

「找邵然可以，別透露是睿王府的事。」

「為什麼？」月楹不解。

蕭沂道：「之前，我險些砍下他的手。」

「什麼?!」月楹是真的被嚇到，很快又反應過來。邵然被砍手之事估計與她逃跑之事有莫大關聯。

「蕭沂，你真是病得不輕！」怎麼可以這麼不分黑白就去砍人家的手。月楹氣極，也不管睿王在場，自顧自跑回了浮槎院。

睿王不怪月楹無禮，反而埋怨起兒子來。「還愣著做什麼，快去哄哄。你腦袋是木頭做的嗎？要是耽擱了你娘的事，看我怎麼教訓你！」

蕭沂突然感覺自己不是親生的。

第六十五章

月楹回屋就插上了門栓，任憑蕭沂怎麼敲門也不出來。

「楹楹，妳開門。」

敲了許久還是無果。

明露貓著身子出現。她不過披件衣服出來上個茅房，怎麼就回不了房了呢？夜間涼風一吹，還有些冷，她抖了抖身子。

蕭沂見狀。「楹楹，明露還在外面，妳捨得她挨凍？」

月楹還是開了門，看見蕭沂得意洋洋的臉，一陣不爽。就知道拿她的心軟說事！

明露裹緊自己，側身鑽進屋，一頭鑽進被子，她什麼都聽不見。

蕭沂也沒辜負明露創造的機會，乘機將人打橫抱起回自己的屋子。

月楹掙扎著。「蕭沂，你放我下來！」

「妳可以喊得再大聲些，我不介意院裡所有人出來看。」

月楹惱火更甚，一口咬在他的肩頭，使勁了全身的力氣。

蕭沂任憑她咬，一路抱著回房，丟上了榻。「輕些咬，仔細牙疼。」

月楹鬆口，呸了兩聲。這人皮肉真硬，咬得她牙發瘮。

「可出氣了？」

「沒有！」

蕭沂扯下自己的腰帶，露出精壯的上半身來，右肩上鮮紅的牙印正往外流著血，足見她的用力。

「你做什麼？」月楹往後退了退。

蕭沂把光潔的手臂送到她面前。「接著咬。」

自虐狂又上線了。月楹推開他。「我對你的肉沒興趣，你自己記得吃藥。」是不是上次氣吐血傷到腦子還沒好，不應該啊，這都過了十幾天了。

「不生氣了？」

他總是避重就輕。月楹質問。「蕭沂，我們之間的事，我不希望牽扯到旁人。」

「叫不言，妳又忘了。」

又開始不正常了。月楹順著他。「不言，邵然是無辜的。」要不是這人脈象沒什麼問題，她真要懷疑他也被下蠱了。

蕭沂欺身上前，輕咬了下她的唇瓣。「我不想在妳口中，再聽見他的名字。」

「可是……邵然他……」

蕭沂又吻上來。月楹捂住嘴，還有完沒完，能不能正常交談了？

「行，我不說，我寫！」非得逼她大半夜練毛筆字嗎？

蕭沂眉眼含笑，又在她唇上輕啄一口。

「我沒提，你怎麼還親？」

「楹楹真乖，獎勵妳的。」

獎勵他個頭！

月楹思索了下要不要甩他一巴掌，還是算了，打他手疼，不值得！

蕭沂將人緊緊扣在懷裡。「楹楹，我那時都急瘋了。妳跑得無影無蹤，卻然又說過要帶走妳的話，我自然以為……」

「那你就砍人家的手？」

蕭沂不屑道：「他若真帶走了妳，砍手已經是仁慈。」

「你不能這樣草菅人命。」他手握權力，便可以隨意處置人了嗎？月楹討厭他這種高高在上的心態。

蕭沂笑起來。「好呀，楹楹管著我就是了。」

蕭沂是刀，她便是封住他嗜殺的刀鞘。

「你……」一點也不講道理。

蕭沂忽然捂著腦袋。「楹楹，我頭疼。」

月楹腹誹道：「哪裡？」她之前就發覺有些不對，後來給蕭沂開了藥，他也平靜下來，她還以為事情已經解決，現在看來並沒有。

月楹再次檢查他的狀況，手指久久不能從他的脈上移開。「不言，你的腦中長了個東西。」

半個月前還不是很明顯，現在再看，他腦中的東西已經壓迫到神經，長大不少。

「是嗎？會死嗎？」他語氣漫不經心。

「不一定，但會有其他的症狀，比如頭疼、失明，還有許多我預料不到的問題。」她確定不了蕭沂腦中的東西到底有多大，也不能確定是良性還是惡性。

「很難治嗎？」

「不亞於王妃的蠱蟲。」

「我的病，拖著不管會怎樣？」

目前那個東西還在長大，月楹不確定它還會不會長得更大。「儘早治療為好。」

「要怎樣治？開顱嗎？」

「你知道開顱？」

蕭沂神色凝重。「昔年高祖皇帝得遇一神醫，以開顱之法治好皇帝最寵愛的貴妃的頭痛之症，貴妃臥床三月，疼痛全消。」

這裡還有人能做開顱手術？月楹對那位穿越的先賢越來越好奇了。

「爹娘都出了事，我不想臥床。」

她能理解他的想法。「或許不需要開顱，只喝藥輔以金針之術，可以使你腦內的囊腫消除。」

蕭沂掀起眼皮。「楹楹不會是想拿到金針與藥箱，故意誆騙我吧？」

「你是這樣想的？」月楹眼中小火苗開始燃燒，一腳把蕭沂踹下了床，她整理了一下衣服站起來。「好心當成驢肝肺。」死了算了！

蕭沂反手抱住人。「別走，是我亂說話，不該對妳的醫德有懷疑。楹楹想怎樣就怎樣，我配合妳就是。」

他親暱地蹭了一下她的頸窩，像隻撒嬌賣萌的大狗。

月楹推開他的腦袋。「能認錯勉強原諒你，記得聽醫囑。」

蕭沂眉眼帶笑，貼著她的臉頰摩挲。「好。」

蕭沂的話反而提醒了她，只要金針到了手裡，少了一根、兩根，想怎麼辦，就看她的本事了。

「邵然那邊，我讓夏風陪妳去。」

被打岔這麼久，月楹都快忘了他們爭執的源頭是邵然。事關王爺、王妃的性命，無論蕭沂做了什麼，王爺、王妃不該被牽連。

「你不許胡亂吃醋。」

「只要邵然安分些，不說什麼要帶走妳的話，我不會如何。」

月楹摁了摁眉心。其實說到底，邵然的災禍都是她帶來的，只要她遠離邵然，他根本不會出事。

可她心底又有些不服，蕭沂憑什麼干涉她的交友，她憑什麼要按照蕭沂的安排生活？在沒有能力與蕭沂抗衡之前，她只能忍。

明露見月楹回來，意外道：「世子沒有留妳嗎？」

月楹道：「今天不想理他。」無理取鬧的男人真的很煩。

這霸氣的言論直接讓明露雙手抓住月楹的手。血氣方剛，世子竟然也忍得住。「月楹，妳也太厲害了！要不努努力做世子妃？」

月楹要是成世子妃，她就輕鬆了。明露是真怕蕭沂娶回來一個類似白婧瑤的夫人。

月楹無語。呸，努什麼力，她不想嫁蕭沂。

夏日炎炎，悶熱得厲害。睿王妃的肚子越發大了，事情不能再拖。

夏風養好了傷，月楹關心道：「真沒事了？」

「沒事，習武之人，傷慣了。」

月楹垂下眼瞼。「妳別怪我，我——」

「我沒怪姑娘。」夏風打斷她道：「姑娘儘管去做想做的事情。」

「妳認同我？」

「我覺得姑娘很勇敢。」她這樣的人，一出生就被定好了命運，她也習慣了不去抗爭，認為做暗衛就是使命。可忽然月楹跳出來，讓她看見了不一樣的可能。

她有時候也會想，不做飛羽衛，自己是否也能像尋常女子一樣，著裙裝，戴黃花？

兩人閒聊著，說話間已到了芝林堂。她們打聽過了，邵然前幾日已經回京。

「岳姑娘？」邵然見到月楹十分詫異。「妳不是……」

「我回到王府了。」月楹語氣輕鬆，卻是掩不住的失落。

邵然示意裡面說話。「為什麼，是蕭世子找到妳了嗎？」

顯而易見，是的。

月楹向他恭敬鞠躬。「邵公子，我為他的魯莽向您道歉。」邵然總歸是因她受了驚嚇，這聲道歉他該受的。

邵然冷哼了聲。「不見得吧，蕭世子下令時，清醒得很。」他緊盯夏風。他記得那日這個女人也在場。

夏風上前一步。「邵公子若還有氣，您儘管砍我幾刀出氣。」她抽出柳葉刀，一副負荊請罪的模樣。

邵然一個文弱公子，哪裡見過這架勢。「快收起來，蕭世子做下的事，何故由你們屬下承擔。」讓他對一個姑娘下手，他也不忍心。

月楹道：「邵公子，今日來，是有一件事情想請您幫忙。」

「何事？」

「您知道北疆有一種噬母蠱嗎？」

邵然蹙眉。「那不是北疆禁術嗎？」

「是，我在一位孕婦身上發現了噬母蠱，需要將母蠱引出來。」

「噬母蠱重現？」邵然訝然。噬母蠱已經在二十年前消失，不想多年後在京城又出現。

「岳姑娘是想做假蠱蟲？」

他一猜就猜到了月楹的想法。

「是，但我對蠱術所知，皆來源於書本，實在不確定自己動手做出的蠱蟲會是何種模樣。前幾次與公子談話，您似乎對蠱術頗有所得？」

「算不上有所得，只是年少時去過北疆，在那裡待過幾個月，在製假蠱蟲這方面，邵某還是能幫得上忙。」害人的蠱術一直為他們這些正派醫道的人所不齒，邵然作為大夫，自然不希望這種害人的蠱再次出現。

月楹笑起來。「如此甚好。不知幾日能好？」

「三日足夠。」

「那便多謝邵公子了。」

「不必，鏟奸除惡對於我們正統學醫之人，義不容辭。」

所謂製作假蠱蟲，便是先找一隻蠱蟲，以速成之法將此蠱催熟，這樣製作出來的蠱蟲看上去與有效用的蠱蟲差不多，可其實沒有效果，唯一具有的功能是可以感受到母蠱。

邵然對噬母蠱的製作略知一二，這樣做出來的假蠱蟲便會精準感受到噬母蠱的母蠱。但距離還是有限制的，需要在十丈之內才能生效。

月楹趁這幾日做了一隻癡情蠱的假蠱出來。癡情蠱的製作在那本奇貨居買的書中，有詳細記載，她仔細看過那本書，噬母蠱的製作過程其實也有，但記載關鍵幾步的那一頁不知被誰撕走了。邵然所知，剛好填補了這一塊的空缺。

三日之後，兩隻假蠱蟲都準備妥當。

「引魚的餌有了，可釣魚的鉤呢？」睿王還是覺得計劃不夠完善，他一個愛妻如命的，若無事出府反而反常。

蕭沂朗聲道：「這簡單，我即刻修書一封給師父，他會放出消息在三日後講經。」

「了懷大師講經？那可是十年難遇的盛事啊！」上一次了懷大師講經，那場面空前絕後。

「師父早有打算，不過是將時間提前幾日而已。」

了懷大師講經一位難求，是京中眾人搶破了頭都想去的，不為別的，只為沾一沾了懷大師的福運。他已年過百歲，仍舊身子硬朗，而且往年聽過他講經之人，不是平步青雲就是順遂一生，即便是犯了大錯，也能保全一條性命。

「這動靜會不會太大？」

「就是要大一些才好，如此一來，白青卉就不會起疑心。」一個能做到寧安伯夫人的女人，其心性與縝密，不可小覷。

接下來的事情如蕭沂所料，此消息一出，京中頓時沸騰起來，顯得所有的事情都不那麼重要。

以寧安伯府的地位是收不到名帖的，但蕭沂請君入甕加上白青卉胸有成竹，這名帖神不知、鬼不覺地送到了白青卉手中，她還以為是自己魅力不減。

萬事俱備，只欠東風。

第六十六章

三日後，月楹與蕭沂躲進事先準備好的禪房。睿王稍等一會兒會過來休息，不出意外，白青卉定會找機會過來。

月楹與蕭沂躲在一個櫃子裡，櫃子裡空間不算小，但塞了兩個人難免有些局促，又是這麼熱的天氣，不一會兒，櫃子裡便熱得厲害。

蕭沂還非要貼上來，月楹覺得他就是故意的。「你就不能不跟來嗎？」

「不行，我得盯著，萬一爹沒把持住，可是會傷了娘的心的。」

「你就這麼不信任自己的爹？」睿王怎麼看也比他可信多了，月楹才不信這些冠冕堂皇的理由。

「以防萬一。」

月楹哂笑。「哈哈，我等會兒要和王爺告狀，你不信他。」

蕭沂睇她一眼。「楹楹，我勸妳最好不要這樣做。」

「你奈我何？」

蕭沂大掌貼上她的腰，眼神逐漸曖昧。月楹嚥了口口水，拍掉他的手，本就躁熱的臉更加發燙得厲害。「蕭沂，你安分點……」

蕭沂一把捂上她的嘴，攬住她的腰。月楹後背貼在他胸前。「噓，有人來了。」

月楹其實沒聽到什麼，但蕭沂習武之人，聽力比她敏銳多了。片刻，她便聽見了清晰的腳步聲。

「是這間嗎？」

「應該沒錯，睿王府家僕進出過這間禪房。睿王府只有王爺出來了，不會有別人。」

「很好。」

門口的守衛得了口信，極容易就被引開，一個婦人乘機進入房間。

櫃子上開了兩個小洞，透過小洞能清晰看清外面的情形。

來人正是白青卉。她顯然是精心打扮過的，旁人來禮佛都是素雅裝扮，偏她穿得花枝招展，身上香粉濃郁。月楹差點沒打噴嚏。

而且她還發現，白青卉的打扮像極了睿王妃。

她剛一進來，月楹手中的癡情蠱子蠱便不安分地想往外面爬。

「癡情蠱母蠱就在她身上。」

蕭沂攥緊拳。月楹撫上他手背，示意他冷靜。「噬母蠱還沒有動靜，不可。」

睿王恰在此時過來，屋裡的白青卉躲在門後。

聽過了懷大師講經之人，還需要更換衣冠，以楊柳枝拋灑露水，是為滌塵。睿王解下外袍掛在衣架上，拿起一旁的楊柳枝便打算開始。

白青卉緩緩從門後走出，柔聲喚道：「六郎……」

睿王序齒為六，這也是專屬於睿王妃的稱呼。

本是背對著她的睿王身子明顯一僵，眼中慢慢失神，他緩緩轉身。「是程兒嗎？」

白青卉暗自咬牙，警告自己不許生氣。那人說過，癡情蠱還未煉成，不能完全將睿王所愛之人變成她，只能讓自己在他眼裡，變成他最愛的人。

可白青卉怎會甘心？白青程已經霸占了他那麼多年，她往後也要作為她的影子嗎？她已經當夠她的影子了！

「不，六郎，我是卉兒啊！哥哥，你不記得我了嗎？」她掐著嗓子，似想恢復當年的動聽嗓音，然表現出來的只是矯揉造作。

月楹聽得起了一身的雞皮疙瘩，連櫃子裡的悶熱都消散不少。

「王爺演技不錯啊！」

「妳沒看見我爹抽搐的嘴角嗎？」

睿王此時也不知該怎麼演，是該順著她說還是怎樣？櫃子裡的人也沒個提示，睿王只好自己硬著頭皮演下去。「卉兒，妳來了。」

白青卉眼眶一酸。「六郎，你在叫我嗎？」

「傻丫頭，我不是在喚妳，是在喚誰呢？」睿王眼神極盡溫柔。

白青卉眼眶含淚。她從未見到過六郎用這種眼神望著她，從來，他都只是含情脈脈地看著白青程，他的眼裡，終於有她了。

白青卉一頭扎進睿王的懷裡。「六郎，對，我是卉兒。」她喜極而泣，這麼多年，總算沒有白費，她吃的那些苦，都不算什麼了。

蕭沂的擔心顯然是多餘的，睿王要有多大的忍耐力才能忍住不把這女人推開。

「我爹真能忍。」

月楹比了個大拇指。給王爺點讚！犧牲色相，不容易！

外面的調情還在繼續，月楹驀地有種在看八點檔的錯覺。如果身邊人不是蕭沂，外面人不是睿王，她估計會看得很開心，現在這樣，總有種帶著兒子捉老子姦的錯覺。

外面的睿王顯然快演不下去了，開始抱著頭喊疼。

「啊——我的頭——疼——」

白青卉趕忙關心道：「六郎，你怎麼了？」

睿王的眼神開始不斷變換，一時清明，一時糊塗。「卉兒……寧安伯夫人，妳怎會在此？」

白青卉瞬間明白這是癡情蠱帶來的後遺症。「六郎，你別急……我、我去叫人……」

睿王狀似瘋癲，彷彿真的頭疼欲裂，桌子上的東西全被他砸碎。「疼……」

睿王使勁敲了幾下自己腦袋，兩眼一翻，暈倒在榻邊，不省人事。

白青卉嚇壞了，推搡了他幾下。「六郎、六郎……」喊了兩聲沒有回應，她暗叫不好，匆匆出門。

定是那蠱蟲反噬，她得趕快去找那人才行，六郎可不能出事！

躲了許久的月楹與蕭沂終於有時間出來喘口氣，睿王也在此時抬頭。

他分外不爽。「你們就這麼乾看著？」

月楹憋笑。「王爺莫生氣，非是我們不願幫忙，只是噬母蠱的母蠱還未出現。」

「不在她身上？」睿王嫌棄地看了看身上的衣物，想著回去定要好好洗個澡。

「她身上只有癡情蠱母蠱。」其實這個結果也在她預料之內，噬母蠱的母蠱一般不會種進人體之內。種母蠱的方式遠比子蠱複雜，而噬母蠱的子蠱在孕婦死亡後也會死亡，週期最多也就兩個月，沒有必要將母蠱種進體內。

「那怎麼辦？」睿王焦急起來。

蕭沂冷靜道：「爹別著急，她不是去找人了嗎？興許找來的就是那位蠱師。」

他話音剛落，外頭傳來步履匆匆。

蕭沂立馬帶著月楹躲進櫃子，睿王恢復原來的狀態。

「你快瞧瞧，六郎突然就這樣了，是不是癡情蠱出了什麼問題？」

「我看看。」

月楹看清了外面的人，是個僕婦打扮的女人，身上有一股難聞的腥味。很淡，但她聞得出來，可以肯定，這女人就是蠱師。

依木娜指尖輕點，眉頭緊鎖。「他脈象平穩，並無異常，只是……奇怪，為何我感受不到子蠱的存在？」

「會不會是癡情蠱還未煉成的副作用？」

依木娜沒好氣地白她一眼。「我早說過癡情蠱還未煉成，妳不信，非要用，妳看看，現在出事了吧！」

聽聲音，依木娜是個中年女子，應該與白青卉年紀差不多，似乎也不是完全聽令於白青卉。

「那他要何時才能醒？」

「我怎麼知道，我又不是大夫。」依木娜擅蠱卻不擅醫，任何她沒有見過的症狀都不知道如何處理。

白青卉惱了。「妳不是蠱師嗎？連這個都不知道？」

依木娜火氣也上來了。「我還沒計較妳偷蠱私用之事，妳倒教訓起我來了。」她不過是昔年受過白青卉的恩惠，這麼多年，該報的恩也報完了，她不覺得虧欠白青卉什麼。

白青卉冷笑。「沒有我的血，妳的蠱能煉成嗎？別說得都是妳一人的功勞！」

但凡煉禁術都需要以血為引，而對血的挑選也是極為嚴苛，白青卉恰好就是符合這標準的人，北疆人一般稱這種人為蠱奴。

「要不是為了我的血，妳肯待在我身邊這麼多年？」

兩人有掐起來的架勢，睿王不想聽她們的廢話了，作勢要醒。

依木娜看了眼睿王。「快走，癡情蠱沒作用的情況下，他是清醒的。」

白青卉不想暴露，再不甘願也只能先離開。

屋內恢復寂靜，月楹與蕭沂再次現身。

睿王問：「如何？」

月楹道：「母蠱不在她身上。」

「不在她身上，那會在哪裡？」

「那蠱師住在寧安伯府，母蠱多半被她藏在寧安伯府隱密的地方。」

如此，便只好夜探寧安伯府。

月楹穿著夜行衣，死死抱著蕭沂的腰。沒辦法，因為她現在在空中，耳畔是掠過的樹梢。

假子蠱的使用只有她能操作，蕭沂不得已只能將她帶上。

「別亂跑。」

她又不是傻的，能亂跑到哪裡去。「先去寧安伯夫人的房間看看吧！」月楹建議道。

蠱師的存在是個秘密，一般安排這種秘密之人，會將人安排在離自己最近的地方，由那婦人的打扮也能看出她日常會扮作僕婦。

快靠近寧安伯夫人的房間時，蕭沂忽然停了下來。「那蠱師不在屋裡。」

「你怎麼確定？」

蕭沂神色有些不自然。「那屋裡只有一男一女。」

「屋裡又沒點燈，你怎知沒有旁人？」

蕭沂垂眸，眼含笑意，溫熱的鼻息噴灑在月楹耳後。月楹只覺有什麼粗糙的東西掃過自己的耳後，微風過，有絲絲涼意。

他、他……竟然……月楹意識到蕭沂做了什麼之後，臉發燙得厲害。

蕭沂笑得像隻饜足的貓。早就想這麼做了，她耳後的那顆紅痣太惹眼。

「他們現在在做比這親密百倍的事情。」

月楹霎時懂了。「換個地方吧。」

他們往偏僻一點的下人房去找。路上，她八卦道：「老寧安伯死了這麼多年，寧安伯夫人房裡的會是誰啊？」

「誰不在房裡，多半就是誰。」蕭沂記得，路過寧安伯房間時，他並未察覺到房裡有人。

這……不合情又很合理。

蕭沂帶著她走遍寧安侯府的每一個角落，終於在一處看起來荒廢了很久的院子找到一些痕跡。

首先引起月楹注意的，還是那股難聞的腥味，那是蠱蟲獨有的味道。越靠近廢院，那股難聞的味道就越重。

突然，她手中的假子蠱有了動靜。「就在這裡。」

廢院裡很安靜，伸手不見五指，前行只能靠著一點點的月光。

「那女人應該不在，我沒有聽見人的呼吸聲。」

月楹放鬆下來。「趕緊找東西吧。」

她不浪費時間，點燃火摺子。兩人尋到一個暗門，打開後是一個密室，密室裡滿滿當當地都是煉製蠱蟲的罐子、放血的器皿、煉蠱的工具。

假子蠱與母蠱靠得越近，反應就會越強烈。

月楹依照指示，發現了個帶鎖的箱子。「在裡面。」

「讓開。」蕭沂將她護在身後，隨後一刀劈開鎖，鎖應聲斷裂，箱子裡面也是個蠱蟲罐子。

月楹眼睛亮起來。「就是牠。」

她伸手拿起，不料一隻黑蟲從罐底飛出。蕭沂大掌一攔，小黑蟲便鑽進蕭沂的體內消失不見。

「蕭沂——」月楹驚呼出聲，抓住他的手。

蕭沂的右掌剎那間如被灼燒般疼痛，月楹迅速用金針封住他右手大穴。

「誰？」外頭忽然出現聲音。

不好，那女人回來了。

依木娜才進院門便發現不對，有人動了她的蠱。她來到暗門前，果真看見有兩人在密室。「你們是誰？」

月楹雖及時封住他穴道，但蠱蟲已經影響到蕭沂的神志，他昏昏沈沈，眼皮重得睜不開。

依木娜還在質問。「他中了我的黑心蠱，活不了了。妳若告訴我你們來的目的，我興許能讓他死得痛快些。」

月楹沈聲，目光淩厲。「誰先死，還不一定呢！」

依木娜只覺一道寒芒閃過，她肩頭中了一支袖箭，眼前一陣陣發黑……

睿王府，蕭沂面色發黑。

蕭沂在倒地的最後一刻，告訴了她，他身上有飛羽信。

月楹放出飛羽信，飛羽衛的人很快趕到現場，將他們兩人及依木娜帶回王府。

月楹秀眉緊皺。黑心蠱太厲害了，她已經封住了穴位，黑心蠱卻還是順著皮膚鑽進了蕭沂的腦中。

下一步，就是啃噬他的腦子。

「月楹姑娘，指揮使什麼時候能醒？」

燕風與夏風都很著急。蕭沂受傷次數不多，像這般昏迷不醒更是從來都沒有的。

「我沒辦法。」黑心蠱是害人的蠱，這種蠱沒有母蠱，一鑽入人體，就只能等死，等蠱蠱將宿主的腦子全部啃噬完。

要是能把他腦子裡那個瘤啃了就好了。

「對呀！」月楹一拍膝蓋。「有辦法了！」

「什麼辦法？」

月楹道：「以毒攻毒。」不過她還需要找那女人要點東西。

陰冷潮濕，這是依木娜醒來時的感受。

肩膀上的疼痛昭示著她受過傷的事實。她在一個牢房裡，三面圍牆，只有臉面對的方向有個小窗。

「誰……你們到底是誰？」依木娜歇斯底里地大喊著。

她身上的蠱蟲全部都消失不見，沒了蠱蟲，她也只能任人宰割罷了。

「害人的人，不知自己害的是誰嗎？」鐵門被打開。

外面強烈的光透進來，依木娜才意識到，現在已經是白日了。

強烈的光刺得她睜不開眼。有人來拿噬母蠱的母蠱，便說明睿王妃身上的噬母蠱已經被發現。

月楹背著手走進來。「一個大夫，能解蠱的大夫。」

依木娜嗤笑一聲。「噬母蠱興許有辦法可解，但黑心蠱沒有母蠱，無藥可解。」

她沒有看清中蠱人的模樣，但能猜得到那人身分不簡單。

「真的無藥可解嗎？妳製黑心蠱，就不怕誤傷自己？黑心蠱可是不認主的。」

依木娜避開她的視線。「沒有。」

「看來是有的了。黑心蠱是沒有母蠱，但蠱引呢？」

依木娜聞言，眼中迸發出陰狠。「妳怎麼知道！」這不可能會有人知道，除非是……

「妳也是北疆人？」

「也？」月楹搖頭。「我不是。」隨即她拿出了那本在奇貨居買的蠱書。

蠱書古樸，書封上的花紋神秘而又大氣，她之前只當是個好看的圖騰，一直沒有注意。

依木娜卻像是見到了鬼一般，心神俱震。「這本書，怎會在妳手裡？」

第六十七章

月楹看向激動的依木娜。「妳是桐木族人？」

「不，我不是，二十年前我就不是了。」依木娜露出苦笑。「他們都怨我偷學了禁術，可我贏了不是嗎？我為桐木人贏得了久違的勝利。」

「用不光彩的方法贏得鬥蠱，算什麼勝利。」

月楹找邵然補了北疆的資料，得知北疆有種自古以來就有的比賽。北疆幾乎人人煉蠱，不同的族群會比賽蠱蟲的本事，贏的族群會贏得極大的聲望，受益無窮。

「哼，一群老古板，明明有著最精湛的蠱術，卻棄之不用！」

那年，依木娜只有十六歲，桐木族已經連輸十年，族中已經快斷糧了。北疆人不擅農桑，糧食多從大雍購買，而收入來源就是賣蠱。

好的蠱蟲，能幫助治療一些疾病，驅逐田間害蟲，但治蠱的族群數百，大雍人當然只會買精品，鬥蠱大會就是大雍挑選賣家的途徑。

桐木族百年傳承，然而這一輩的年輕人裡面，蠱術出眾之人寥寥，很快便淹沒於眾人中。

桐木族的長老愁眉不展，有一次在長老的會議中，有人提出。「不如用那本蠱書……」

「不可！」大長老嚴詞拒絕。

「只是拿去比試，又不是販售，無妨的。」

「不可開這個口，那些害人的蠱一旦重現，會有無數人遭殃的。」必會被心術不正之人所利用。

依木娜無意中聽見了這話，彼時，她的小妹已經因為無糧餓了好多日，下一次鬥蠱大會就在眼前，族中有必勝的法子為何不用？

依木娜是年輕一輩中對煉蠱最有天賦的，她在族中行走便捷，很快便發現了那本蠱書所在。

因為時間，依木娜只撕下了噬母蠱的那一頁，也正是因為這一頁，她透過書中的辦法，讓自己原本的蠱蟲變強。

幾日後的鬥蠱大會中，依木娜果然勝利，族群的蠱蟲生意一下子好了起來。

大長老卻突然找她談話。「依木娜，妳偷學禁術，按族規是要除族的！」

十六歲的依木娜不懂。「大長老，我贏了，族裡有糧食了，為什麼?!」

「依木娜，認錯！」大長老苦口婆心。

「不，我沒錯！」依木娜不理解，明明是她救了族人，卻要認錯？

她被除族，流落大雍後被白青卉所救，同時也發現，她是個絕佳的蠱奴。

「錯的是他們，迂腐！」即使事隔二十年，依木娜依舊不覺自己有錯。

月楹悵然。依木娜當年的決定不能說完全錯，只是方法不對。

「妳知道這本書為何到了我手中嗎？」

依木娜也想知道。

月楹繼續道：「妳那次雖然勝了鬥蠱，卻暴露了桐木族擁有禁書的秘密，被有心人挑起了族群間的爭鬥。桐木族死傷慘重，最終滅族。十年前北疆割地，桐木族所在土地成了大雍國土，這本蠱書，也隨之流落到了大雍。」

這些往事都是邵然告訴她的，邵然到過桐木族，在那裡殘存的桐木族人和他講述了這個故事。

「什麼？桐木族滅族？」依木娜目眥盡裂。「不可能！」

「有什麼不可能的，桐木族早在十八年前就已覆滅。」

月楹的話化作綿綿細針，扎進依木娜的心口。

依木娜的眼淚大顆大顆滑落。「怎麼可能……」她還想著煉出了噬母蠱重回桐木族，讓大長老看看她是對的。

依木娜忽然大笑起來。自己這麼多年的執念，真是太可笑了。族群已滅，她又是在執著什麼？她犧牲自己的血肉，又有什麼用？

依木娜先是大笑，隨後號哭起來，漸漸哭沒了力氣。她本就因為常年煉蠱，模樣已經有所變化，不過四十歲的婦人，蒼老得像六十歲。

月楹看準時機。「蠱引呢？」

「在我住的地方，書櫃後有一個暗格，蠱引就在裡面。」依木娜心如死灰。桐木族沒了，她做什麼都沒有意義了。

什麼黑心蠱，什麼噬母蠱，通通都不重要了。

「多謝。」有了蠱引，就能救蕭沂。

依木娜道：「即便有蠱引，妳也沒辦法將黑心蠱取出。黑心蠱最喜腦髓，蠱引的誘惑比不上腦髓。」

「這就不勞妳操心了，怎樣做，是我的事情。」

「妳是醫者？」

「是，救人的醫者。」月楹堅定道。

救人的醫者？救人……依木娜怔怔的，腦中忽然響起大長老多年前的話音來。

「大長老，我們為什麼要煉蠱啊？」

「依木娜，我們蠱師煉蠱是為救人。」

黑心蠱的蠱引一取來，燕風急切道：「姑娘，快救世子吧。」

蕭沂的臉色越來越差，他快瞞不住其他人了。

她道：「我會救活他的。」

如果蕭沂沒有擋那一下，現在躺在這裡的就是她。雖然她嘴上總說要讓蕭沂自生自滅，但當他毫無生氣地躺在面前時，她心裡還是不是滋味。

月楹燃起香。其實她要做的事，也並無十分大的把握。

對著昏迷不醒的蕭沂，她輕笑。「你要是醒著，應該會輕描淡寫地讓我動手吧？」

蕭沂總是不把自己的命當回事，似乎死了也無妨。月楹不懂他，他家庭幸福，有父有母，祖父、祖母俱在，還有活潑可愛的妹妹，是什麼讓他如此漠視生命呢？

蠱引被月楹放在一個筆洗裡，周圍是鮮紅血液，是白青卉的血。蠱引吸飽了血液，變成一個血紅的球狀物，散發出一股強烈的腥味來。這種味道，對人來說難以忍受，卻是蠱蟲的最愛。

黑心蠱聞到味道，開始想往外鑽，但腦髓的香味也很勾人，蕭沂腦後的鼓包一時有、一時無。

黑心蠱在猶豫。

月楹將燃香拿近，黑心蠱躁動起來，開始在蕭沂腦部爬行。忽然牠聞到了極其香甜的味道，誘惑又危險，然而還是忍受不住這誘惑，一口咬下去。

看著美味的東西，吃進口中卻未必好吃，但黑心蠱吃了一口，卻對這種味道癡迷，啃噬完了一圈，香味不再，腦髓的味道變得異常噁心，反而外頭有著甜香。

牠聞著味道，從耳道急切鑽出。

月楹等待許久，終於看到那漆黑的小蟲。黑心蠱開心地爬了進去，渾然不知那筆洗就是葬身地。

「吃得很飽呢！多謝啦！」月楹吹滅迷香，雲淡風輕的表情下是背後的一身冷汗。

「姑娘，這是成功了嗎？」燕風與夏風一同陪她等著。

月楹揩去額邊的汗，點點頭，喜悅之情溢於言表。「是。」

「姑娘，妳快去休息吧，這兒我們來守著就行。」

月楹今日在拿到母蠱之後，解了睿王妃與睿王身上的蠱，又馬不停蹄地給蕭沂醫治，一日三場高強度的救治，眼裡盡是疲倦。

她搖頭。「不行，雖然成功，他卻還沒有度過危險期。」就如剛動過手術一般，過了觀察期才算真正的無事。

這迷香是特製的，能迷惑人的行為，只是不知對蠱蟲有沒有用。現在看來是有用的，黑心蠱進入蕭沂的腦中，反將他的腦瘤啃噬乾淨。

月楹看著在筆洗中翻了肚皮的蠱蟲。利用得當，害人的蠱蟲也能救人。她忽然也想養兩隻蠱蟲玩玩了。

夜黑如墨，月楹時不時探探蕭沂的額頭，一直沒有發燒的跡象。她鬆了口氣，趴在床沿，沈沈睡去。

蕭沂臉上黑氣盡消，第二日清晨就醒了過來。

他睜開眼，神色清明，感覺似乎與從前不一樣了，又說不出所以然來。床榻邊，月楹側身躺著，因為姿勢不舒服的緣故，輕皺著眉頭。

守了一夜嗎？她眼底有些青黑，髮髻也亂糟糟的，掩不住的疲態。

蕭沂眼底溫柔，撩開她臉上的髮絲，輕柔地理順。旁人家姑娘都對打扮自己興致勃勃，偏她素面朝天，衣衫更是來回就那麼幾套。

蕭沂還記得初見她時，這丫頭一點也不顯眼，瘦小的身子看著沒肉，皮膚也粗糙不堪。他只覺得這丫頭聰明，容貌如何不甚在意。

何時她成了這般模樣呢？水嫩嫩的小臉不提，眉目比那時精緻不止一倍，粉唇嬌嫩，讓人忍不住想採擷。一頭烏髮濃密，聽明露那丫頭唸叨是用了什麼洗頭膏，蕭沂拈起一縷在指尖把玩。

「嗯……」睡夢中的月楹發出了一點動靜。

蕭沂忽然起了逗弄的心思，以髮尾去戳她面頰。

面上發癢，月楹抬手去撓。哪裡來的蚊子，真惱人！她一巴掌拍了上去。

清脆的巴掌聲在寂靜的晨間顯得格外清楚。

燕風與夏風聽見動靜進來一看，發現月楹姑娘的手不知為何就碰到了世子的臉，世子一臉無奈。

燕風與夏風繼續裝瞎。剛才一定是他們聽錯了，大白天怎麼會有巴掌聲。

月楹尷尬挪開手。「你……沒事吧？」他也算剛經歷過一場腦部手術，她這麼拍一巴掌，不會腦震盪出什麼事吧？

蕭沂呆愣著一動不動。

她真焦急起來，抱著他的腦袋左看右看。「你說話呀，是不是腦袋疼？你聽得見我說話嗎？」月楹急得眼淚都快掉下來。「你說句話……」

「我沒事。楹楹，我沒事。」蕭沂將人緊緊擁入懷，手臂箍住她的腰。

「沒事你不早說！」月楹掙扎著從他懷裡出來，眼淚再也憋不住。「你嚇我很好玩嗎？」

「我沒嚇妳，楹楹，妳別哭啊。」他是真的被一巴掌打得有點發懵，沒反應過來而已。

月楹豆大的淚珠直往下掉，別看她昨日一點沒發作，其實心裡沒什麼底，不確定依木娜會不會交出蠱引，不確定蠱蟲會不會被迷香迷惑，也不確定他能不能醒。

睿王與睿王妃已經被她救了回來，她要是沒救回蕭沂，該怎麼和他們交代？

月楹的心裡壓力太大，只是一直死扛著，扛到蕭沂無事，她才敢放鬆。

她是真的被嚇到了，費了那麼大心力救回來的人，若真被她一巴掌拍出好歹來，她會崩潰的。

「楹楹，我錯了，我沒嚇妳。」蕭沂手足無措。月楹面對他時，生氣有，開心有，苦惱也有，只不過她與他作對得再厲害，也不曾哭過。

蕭沂慌了，極盡溫柔地哄著，甚至試圖接住她的淚水，有些後悔，沒事逗弄她做什麼？

「是我錯了，不該嚇妳。」眼見她的淚還是止不住，蕭沂只好順著她說。

「你承認了，就是在嚇我！」月楹也想忍住淚，可是就是忍不住，她撐了太久，需要一個發洩口。

蕭沂不幸成為了一個垃圾桶。

她的無理取鬧，蕭沂也耐心哄著。「楹楹要打我一頓嗎？咬我也行。」

「你身上那麼硬，沒興趣！」月楹抽泣了一會兒，心情平復了一些。

蕭沂把她的臉掰過來，輕吻去她眼下的淚珠，語氣溫柔地要命。「不哭了，好不好，嗯？」

門外，夏風被燕風死死攔住。「夏哥，妳消停點！世子的事情我們管不了，妳上次還沒被打夠嗎？」

「世子也不能欺負人，月楹姑娘剛救了他，他怎麼能這麼欺負她？」夏風怒不可遏。即便有再次被罰的風險，她也要救人。

房門猛地被打開，燕風拉著夏風兩人一起摔了進來。四人大眼瞪小眼，場面有一瞬間的尷尬。

月楹一下子連哭也忘了。「你們……有事？」

「沒事沒事，這門栓壞了，得找人來修。」夏風將燕風踹到一旁，一溜煙跑了。

剛才的畫面是她能看的嗎？溜了溜了。

第六十八章

被他們這麼一打岔，月楹止住了哭。情緒一斷，就很難再接著哭，她拉過蕭沂的衣袖，擦了把臉。

哭出來，心情暢快不少。

月楹眼眶紅紅，睫毛被淚水浸染，根根分明。鼻頭微紅，一雙杏眸因為哭過，更顯水光瀲灩。她還在生氣，小嘴微微噘著，表達著她的不滿。

蕭沂一陣口乾舌燥，扣住她的下巴，雙唇貼了上去，依舊是毫無章法的啃噬。

也許是上次摸索了點門道出來，他得寸進尺，試圖撬開她的牙關，無奈小丫頭一點也不配合。舌尖感受到了她齒間的硬，不甘示弱，想要再寸進幾分。

月楹不肯了，重重地咬了他一口。

剛嚇唬完就來占便宜！

蕭沂吃痛，鬆開她的唇，不怒反笑，掐住她的下巴。她不得不微微抬著頭。「從前倒是沒發現，妳還有兩顆小虎牙。」

月楹磨了磨牙齒，掙開他的手。「正常人都有。」

「別人的虎牙可咬不到我。」蕭沂輕笑。她方才的模樣，像極了一隻才長出乳牙的小老虎，沒有攻擊性，妄圖以發狠來嚇退別人，殊不知在蕭沂的眼裡，她這示威的舉動，可愛得要命。

「爹娘沒事了吧？」

「沒事了，王妃知道了她中蠱的事情。」解蠱的時候，她必須告知當事人才能操作。睿王妃先是埋怨了兒子、丈夫一通，說他們怎麼連這事都瞞著她，隨即又生起白青卉的氣來。她不去計較當年的事，白青卉倒是惦記起睿王了。

「白青卉呢？」

「關在王府的暗室中。」白青卉體內的母蠱要取出來，月楹就讓夏風順便把她也綁來了。

蕭沂望著懷中人，認真道：「楹楹，妳又救了我一次，還有我爹娘。我真不知如何感謝妳，唯有——」

「把以身相許給我憋回去！」月楹打斷他。

蕭沂低低地笑了起來。「原來楹楹想要我以身相許啊？我本想給妳銀票的。」

這男人慣會耍心眼！他就是在調侃她，什麼銀子，他根本不會給的。月楹整理了下衣服。「哼，王爺、王妃已經給了我賞賜。」

王爺、王妃可大方多了，實打實的銀子，一千兩的銀票已經塞進了她的荷包。

「他們……遲早該給妳的。」蕭沂的手往被子下放了放。

為什麼總覺得他話裡有話？

月楹回房，摸了摸袖中。嗯？怎麼什麼都沒有？她明明藏了根金針的。

月楹回憶了一下剛才的動作，應該是在親吻的時候被蕭沂拿走了。

她重重拍了下桌子，桌上的茶水都在震動。剛治好他就翻臉不認人了，還是昏迷著好！

睿王妃的蠱解了之後，幾月前的記憶翻湧上來。「當時我求的籤文，說我會遇見貴人，逢凶化吉，贈我八字：心懷坦白，言行正派。心懷坦白，言行正派，不正是正大光明嗎？十五月圓，正大光明，指的就是月楹！」睿王妃一點即通。

睿王見她激動。「妳小心些，肚子裡還有孩子呢！」

睿王妃摸著肚子。「肚子裡這孩子還多虧了月楹，您說咱們認她做個乾女兒如何？」睿王妃想著給月楹提一提身分，至少讓她脫了奴籍。

「程兒，妳是不是忘了，認了月楹做乾女兒，不言怎麼辦？」

「忘了這事。不言到底怎麼回事，人在他房裡，他就準備讓人家丫頭這樣不明不白地跟著他？」她一時高興，還真忘了。

睿王瞧著蕭沂這狀態，與他當年差不多，估計是人家姑娘不同意。

睿王妃恨鐵不成鋼起來。「人都在他房裡了，他還搞不定，我這當娘的也沒法幫他。」

他們自是不知兩個小輩之間的糾葛，只以為因著身分問題，其實是兩情相悅的，蕭沂不敢提，月楹也不敢問。

「是怕我們介意她的出身嗎？不行，我得說他兩句去。」

「欸，孩子間的感情問題，是他們自己的事，咱們越摻和越亂，且讓他們折騰吧！」還有得折騰呢，了懷大師的判詞不會有錯。

睿王妃還是覺得太委屈月楹，藉著給蕭沂送東西的藉口，往他房裡送了許多女兒家用的衣裳、首飾，勢必要讓月楹受的委屈從物質統統補回來。

一連幾天，月楹被禮物淹沒。各種金銀珠寶擺在她面前，月楹承認有那麼一點點心動，尤其是好看的衣服和首飾，姑娘家所求也就這些了，王妃真是太懂女人了！

救她的人睿王妃會感激，害她的人她也不會放過。

白青卉與白婧璇，這對不知何時勾搭在一起的姑姪，她一個都不會放過。

依木娜招出來的事情不少，老寧安伯與前寧安伯夫人的死都與白青卉脫不了干係。

寧安伯中的迷魂蠱並不難解，解蠱後，寧安伯神志恢復，想起白青卉所作所為，與自己被控制後做下的噁心事，險些沒氣瘋。睿王妃便將白青卉丟給寧安伯自己處置。

落在寧安伯手裡，白青卉的下場只會更慘。

很快，白青卉被指控殺人罪名，有依木娜作證，她想抵賴也無從辯駁。手染兩條人命，白青卉的下場不會好到哪裡去。

白婧璇聽說了白青卉已被處置，哭求睿王與睿王妃放過她。「姑母，姪女、姪女只是一時糊塗……我不想害您的，是她逼我！」

睿王妃瞟她一眼，演技還不如她年輕時候呢。「一時糊塗？我看妳野心大得很！」能被白青卉蠱惑，證明她本就心術不正。「妳自以為聰明，卻是在找死！人可以蠢，但不能自作聰明。」

睿王妃已經從白青卉口中得知了她們合作的經過。白青卉早就看出白婧璇這個姪女不甘心被嫁出去，只能在睿王妃面前裝乖。白青卉哄騙她，睿王妃不會給她找一個好婆家的，睿王妃憎恨白家人，對白家的姑娘也不喜。

白婧璇想到睿王妃的態度，對此深信不疑。

白青卉告訴她癡情蠱的作用，說只要幫她控制了睿王，那她很快就會成為新的睿王妃，屆時她會讓蕭沂娶了白婧璇，畢竟父母之命，蕭沂即便不願也不能違抗。

「姑母，是我輕信了她！」

「蠢貨！當父王、母妃都沒了不成，再不濟還有聖上，我若身死，六郎再娶，這麼奇怪的事情難道會沒有人調查？妳們這些見不得光的手段，瞞得了誰？」

白青卉得逞了這麼多年，只是因為沒有人在意她。一隻陰溝裡的臭蟲長大了，竟然以為自己能夠翻天。

睿王妃都不屑於罵她們，當即修書一封送往白家，以極嚴厲的語氣說明了這件事。白婧璇她不想處置，處置起來會髒了她的手。

發生了這樣的事情，白家人也深感沒臉，派人將白婧瑤與白婧璇都接了回去。

正憧憬著自己能嫁入王府的白婧瑤完全不知發生了何事，就被送回了寧遠，還鬧了好一通不肯走，最後睿王發話，白婧瑤才消停，乖乖回家。

白婧瑤走了，明露是最開心的，終於不用面對那惱人的狗皮膏藥了！

「太好了！王爺、王妃真是明智！」明露感嘆道。

月楹可惜道：「該賣她兩盒雪膚膏再讓她走的。」

「王妃送妳這麼多珠寶還不夠嗎？」

「誰嫌錢多啊？」其實是因為不是自己掙的，花起來有點沒底氣。

明露道：「說得也對，月楹妳的醫術，去宮中做個太醫也綽綽有餘。」她沒有瞞著明露給王妃解蠱的事情，這事也瞞不住。

「太醫可比咱們月例高，不過也不好，伴君如伴虎，前幾日有個太醫還被問斬了呢！」

月楹問道：「哪個太醫，出了什麼事？」

「妳竟不知嗎？外頭都傳瘋了。」這事情滿京城的人都在討論。「陛下染了藥癮！」

月楹暗道不好。「妳怎麼知道的？」這事是絕密，只有劉太醫、蕭沂還有皇帝的幾個近身侍從知道。如果全京城的人都知道了，那洩漏消息的不就是……

「那太醫也是不知輕重，隨意將這事說了出去，惹得陛下震怒，落得那般下場。進了飛羽衛詔獄的人，還沒有能完好出來的。」

「不可能！」劉太醫不可能會那麼做！他不是不知輕重的人。

「月楹，妳怎麼了？難道妳認識那太醫嗎？」月楹這麼激動，明露覺得奇怪。

月楹也沒瞞她。「上次去木蘭圍場，遇見過一個太醫，照顧我許多，不知是不是他？」

「不一定是妳認識的那位太醫，妳別擔心。」具體是誰明露也不清楚，只知道有這麼個人。

月楹知道就是劉太醫。皇帝中藥癮之事，只有他們幾人知道，不會有別人。外面早就傳開了，王府裡不可能一點風聲都沒有，除非……除非是有人故意不讓她知道。

「明露姊姊，妳方才說是飛羽衛處置了那個太醫？」

「是呀，陛下親自下令的事情，一般都是飛羽衛的人去做。」

是蕭沂故意不告訴她的！

「飛羽衛便如此不分青紅皂白嗎？」月楹厲聲道。

「噓——」明露捂住她的嘴。「小聲點。飛羽衛不過依命令行事，陛下的命令又豈是他們可以違抗，況且這都是司空見慣的事情了。」

飛羽衛有先斬後奏之權，許多事情都可以擅自處置。

月楹的心跌到谷底。這麼說來，劉太醫真的沒救了嗎？她呆愣愣地坐在床沿，一時間，心情有些複雜。

明露叫她也沒反應，她有些慌，跑出去找蕭沂。找不到蕭沂，找到夏風或者燕風也是好的，但沒有一個人在府裡。

明露再次回房時，月楹已經恢復了常態，只是眼中有些掩不住的悲傷，人也一下子落寞下來，似乎缺少了生氣。

接近亥時，蕭沂終於回府，明露立即將月楹的不對勁告知蕭沂。

「月楹怎麼了？」

「奴婢也不知怎麼回事，說完那個太醫的事情，她便悶悶不樂的。」

「太醫？妳將太醫的事情告訴她了？我不是下過命令不許任何人提起嗎？」

「您什麼時候下的令？奴婢不知啊！」明露一臉無辜。

蕭沂回憶了下，下命令的時候明露還真不在。他抿抿唇，這下麻煩了。

不過這事情也瞞不住，她早晚得知道。

蕭沂也沒想好怎麼和她解釋。他來到廂房，月楹看見他，一下子站起來。「劉太醫的事情究竟是怎麼回事？怎麼就走漏了消息，劉太醫怎麼可能會犯這麼低級的錯誤？」

蕭沂扣住她的肩。「楹楹，妳先別激動，我慢慢告訴妳。」

月楹坐下來。「你說。」

「消息確實不是劉太醫洩漏的，是西戎人。」蕭沂坐在她身旁。「在陛下眼裡，他染了藥癮之事只有我們幾人知道，此事一洩漏，劉太醫就有最大嫌疑。」

畢竟太醫院本就不乾淨，劉太醫說不定也是西戎奸細，皇帝多疑，寧可錯殺、不可放過。

等蕭沂知道這事情的時候，已經有些晚了，劉太醫已被帶進了詔獄。

「後經查實，是明婕妤將陛下的病情通知了外頭的西戎人，意在擾亂民心。」皇帝染上藥癮，這是抹黑他的好機會，西戎人可以拿此大做文章。

月楹聽明白了，說話都在發顫。「所以，劉太醫成了陛下龍威下的犧牲品？」

「楹楹，陛下是不會認錯的。」

即使皇帝知道自己錯了，也會將錯就錯，何況只是死了一個微不足道的太醫。

月楹第一次面對皇權的壓力。從前只是聽說，並沒有這般真切的感受，等到自己身邊的人真的死去，她才驚覺，這裡是視人命如草芥的古代。

皇帝想要一個人的性命，易如反掌。

第六十九章

月楹覺得自己身上彷彿壓了一座大山，一座名為命運的大山，很沈很沈，壓得她喘不過氣來。她神色痛苦地捂著臉。

「不言，放我走吧……」

她真的怕，怕自己成為鬥爭中無謂的犧牲品。她可以死，但不想這樣死得可笑，她不過是想安穩度日。

後人提起劉太醫會怎麼說？左不過嘆一句，那個倒楣的太醫。

「劉太醫在太醫院勞心勞力這麼多年，如今這個下場，陛下所為，不怕令人心寒嗎？」

「楹楹，妳言過了。」蕭沂生怕她再說出什麼驚駭的話來。「妄議陛下，是死罪。這話在我面前說說也就罷了，在外人面前，不能提起一個字。」

當今皇帝的脾氣，蕭沂比誰都清楚。

月楹望著他。「你明明知道他是無辜的，可還是殺了他，午夜夢迴之時，你不怕劉太醫的冤魂來找你索命嗎？」

「我不怕。我這條命，他想要，拿去便是。」這些年來手上的冤魂，又何止劉太醫一條。他不喜歡這樣的殺戮，只是毫無辦法，他是飛羽衛指揮使，皇帝的命令，無論對錯，他只要執行就好。
剛開始的那幾天，他每日都會唸上幾個時辰佛經才能平復心底的嗜血。
「不言，你放我走好嗎？我不想成為下一個劉太醫……」她語氣難得放軟。
小姑娘柔柔地求他，卻是為了離開他。
蕭沂拉著她的手腕將人鎖進懷抱。「楹楹，妳與劉太醫不同，妳不會是下一個他。有我在，我會保護妳的。」
蕭沂的身分，注定他這一生不會平凡。他身處皇權中心，蕭澄顯然是繼位者，而蕭沂是最有力的輔臣，未來前途不可限量，這也注定他們會分道揚鑣。
「楹楹，別怕，也別離開我。」
蕭沂的雙臂如鐵鉗一般，讓她一動也不能動。
月楹掙扎無果，狠下心道：「蕭沂，你沒有自由，便來剝奪我的自由嗎？」
她忽覺手臂一鬆，隨後整個身子被轉過去，面對著他。她絲毫不懼，索性再添一把火，只要他厭棄了她，她便有機會離開。
「你看似掌握了許多人的生死，卻也只能躲在那面具之下，永遠見不得光！蕭沂，你好可憐，你與我是一樣的，我受制於你，你受制於皇帝。」月楹越說越暢快，後面說的話幾乎已經不受大腦控制了，怎麼爽、怎麼說。
可憐？他可憐嗎？蕭沂在心底反問自己。

也許一開始知道自己被選中時，是有些可憐，後來……有些事，總需要有人去做。

皇帝需要一把刀，他便當皇帝的刀，能護家人一世無虞，這很值得。

蕭沂臉上無甚表情。月楹直白地說出了他一直避而不談的事情，他掐住她的下巴，是真的有些惱了。

有些話，他心底認同，卻不允許別人說出來。「楹楹說得很對，但至少，我能掌控妳的自由。」

蕭沂說完便攥住她的雙唇，強勢地掠奪著她的呼吸，又凶又狠，不復往日溫柔，似想將她拆吃入腹。

他挑逗著她的唇舌，毫不費力地撬開她的齒關，吻得越發重。

月楹被他又急又凶的進攻憋得腿軟，差點一口氣沒上來，等她氣喘吁吁之時，蕭沂終於放過她。

「楹楹，乖，我會安排好一切。」

月楹耳邊嗡嗡，聽不清他在說什麼，只知道自己一定要想辦法再逃。

她也想過求助別人，可有能力幫她的，多少與蕭沂沾親帶故，她能靠的只有自己。

「王妃又給妳送東西啊？」明露看著新送來擺滿了一床的綾羅綢緞，眼底都是羨慕。

月楹笑道：「明露姊姊喜歡什麼，自己挑就是。」

「我才不會跟妳客氣。」

這麼些料子，月楹就算每天換一身衣服，也得好幾月才能穿完。

水儀捧著幾個禮盒到了門口，禮盒疊得高，有些遮擋住視線。「明露，搭把手。」

明露晃著腦袋過去。「這麼多東西，不知道分批拿嗎？萬一摔了這些金的玉的，妳擔待得起嗎？」

水儀將東西都放在桌上，反唇道：「又不是給妳的，月楹都還沒說話呢！」

「呵，還知道是王妃給我們月楹的啊，妳這架勢，我還當都是妳的東西！」明露不甘示弱。

她們倆見面就掐，月楹已經習慣，從中調和道：「兩位姊姊，好了，消消氣。」

她打開了一個禮盒，給她們一人挑了一支。「王妃賞賜太多，我就是有十個腦袋都不夠插的。這兩支簪，姊姊們就收下，權當給我個面子，和氣生財，莫要再吵了。」

明露對她笑，瞥了眼水儀。「我不與她計較。」

「哼，我不與妳計較才是。」水儀將宮花收好，笑咪咪地對月楹道：「多謝月楹妹妹了。」

外頭有人叫明露處理事情，明露正好不想與水儀待在一處，愉快出房。

水儀讓月楹清點好了送到的東西。「數目對上就好。」

月楹送水儀到院門口。水儀走出幾步，像是想起來什麼似的，又折返回來。「差點忘了，王妃讓妳去後花園等她，她有些事要交代。」

「去後花園嗎？」王妃不是幾乎不出蒺藜院嗎？睿王妃月分大了，隨時都有可能臨盆，王府住進來了好幾個產婆做好充足準備。

水儀點點頭。「是，我們一起過去吧。」

月楹不疑有他。生產前，多走動走動不是壞事。「好，水儀姊姊請……」

夏日炎熱，花園裡香氣迷人，同時也引來了許多蜂蟲蝶蟻，大家都不願意往花多的地方走。

「王妃在花房嗎？」

「是，前幾日蘭桂坊送來幾盆茶花，顏色煞是好看，王妃喜歡得緊，每日都要來看上兩回。」

花房是用玻璃搭成的小屋，這時代的種花匠發現了用玻璃能保溫的方法，應用到了種花中。

日暮西沈，玻璃房中還是很熱，月楹等了一會兒，已是大汗淋漓。「王妃何時來？」

水儀擦了擦汗，也有些疑惑。「不知啊，興許是王妃今日覺得疲累，就不來了。」懷孕的人一天一個想法，這不稀奇。

等了許久，月楹有些餓了，午食本就沒吃飽，想著再等等，可在這花房，難不成摘花吃嗎？她還沒到那個境界。

月楹捂了捂肚子，水儀瞥了她一眼。「餓了？」

「有點。」月楹不好意思笑笑。

水儀從懷裡掏出了個小油紙包，推到她面前，微笑道：「吃吧，早上拿的山楂糕。」

山楂糕香氣撲鼻，月楹沒有遲疑地打開，甜甜地笑。「多謝。」

她拆開油紙包，水儀笑咪咪地注視著。深紅色的山楂糕很好看，外頭還有一層薄薄的糖粒。

月楹眉梢一挑。「看著真好吃。」她拿起一塊，黏在上面的糖粒便紛紛掉落下來，她捻了捻，送入口中。

水儀見她將完整的一塊吃完，唇角微勾，站起來。「王妃這麼久不來，妳在這裡稍等，我去看看是怎麼回事。」

月楹咬著山楂糕，點點頭道：「好。」

水儀出了花房，卻並未去蒺藜院，而是去了隔壁，打開了角門。不一會兒，一個男子的身影出現，徑直往花房走去。

水儀眼底漆黑一片，泛著陰毒的光。月楹，別怪我，誰讓妳得了世子的寵呢？

月楹左等右等，不見水儀也不見王妃，想著索性去蒺藜院問問。

她站起來，忽然眼前一晃，腦袋的眩暈感越來越重。她重新坐下休息，眼皮子就如掛了千斤重的鐵塊般，睜也睜不開。

這藥比她想像得厲害。月楹用指甲掐了掐掌心。手中的山楂糕還剩一半，她收好剩下的。

她站起來，腳下有些虛浮，趺趺撞撞地出去。打開花房門，抬起眼的瞬間，她費力撐開眼皮。有人正往這裡來，看身形只能依稀辨認出來是個男子。

蕭汾哼著小調，也不知梅雪那個丫頭為何要將地點定在這裡，不過偶爾玩一點小情趣，他也樂得奉陪。

梅雪是蒺藜院的一個三等丫鬟，人長得有幾分姿色，幹活卻不甚麻利，都把心思花在了怎麼打扮、怎麼勾引主子身上了。

睿王不會正眼瞧她，又連浮槎院的邊都摸不到，蕭汾偶然來幾次王府，也看出了這丫鬟的心思，勾勾手指，這丫鬟就上鉤了。

蕭汾對梅雪還有那麼點新鮮勁兒，但最近這丫頭心思大了，竟問起什麼時候收她做通房。蕭汾當然不會輕易答應，讓睿王妃知道了自己動了她院子裡的丫鬟，他指不定被教訓成什麼樣呢！

一個丫鬟而已，他不過玩玩。

蕭汾發現了走得東倒西歪的月楹。小姑娘皮膚白皙，眉目靈秀，一雙杏眼微微瞇著，透著迷濛的誘惑，腰肢纖不盈握，身形曼妙。

「喲，哪裡來的小美人！」月楹與剛入府時的面黃肌瘦相去甚遠，蕭汾早已忘記了這是他大哥身邊的丫鬟。

沒等到梅雪，遇見這小美人也不錯。蕭汾不會多想，舔了舔唇，想要享受這天賜的豔福。「這是怎麼了？不舒服嗎？」一把抓住她的手腕，攬著人就想往懷裡帶。「公子帶妳回房休息。」

月楹側身一躲，背靠假山。「二公子，我是世子房裡的丫鬟，請您自重！」

「大哥的丫鬟？」蕭汾以為她在扯謊，笑得陰惻惻，油膩的嘴臉貼過去。「好啊，妳跟了我，我便向大哥要了妳做通房。好妹妹，快讓公子疼妳！」蕭汾色慾熏心，哪管月楹說什麼，不管不顧地將人壓在假山上。

「蕭汾，你放手！」月楹不住地掙扎，袖箭射出，使勁踹向他下面。

蕭汾靈活躲開袖箭，腿一彎，月楹踢到了他膝蓋，蕭汾吃痛，對她強烈的反抗表示不滿，眼神陰狠起來，掐著她的脖子，力道大得幾乎能讓人窒息。「給臉不要臉，能伺候本公子是妳的福氣！」

月楹感覺胸腔裡的空氣漸漸減少，雙手指甲摳挖著蕭汾的手，指甲劃破了他的手，留下一道血痕。蕭汾下意識縮手，月楹背靠著假山，無力地滑坐在地。

「嘶——」蕭汾惡狠狠地盯著她。「還是個烈性子，本公子就喜歡烈性子。」

月楹摸了摸脖子，這麼重的力道，應該有掌印吧？

她忽然笑起來，差不多了。

「怎麼，願意伺候本公子了？」蕭汾看她笑，這笑透著些詭異，他沒來由地心裡有些發毛。

月楹食指彎成圈，一聲鳥哨劃破天際。

「你想得美……」她藉助著假山重新站起來。

「連站都站不穩，還是來本公子懷裡吧。」蕭沂淫笑著靠近。

月楹倏然拔下髮間的銀簪。蕭汾淺笑。「快放下妳手裡的簪子，妳傷不了我。」

月楹睨他一眼，笑起來。「我知道。」隨後，沒有猶豫地將髮簪插進了自己的大腿。

劇烈的疼痛讓她保持清醒，大腿頓時血流不止。

「妳瘋了！」

「我沒瘋，不過你馬上就要出事了。」月楹冷汗涔涔，疼得牙齒都在打顫。

眼皮越來越重，她的視線又模糊起來。

蕭汾邪笑，正欲一親芳澤時，腦後被重重一劈，無聲地倒了下去。

「姑娘，我來遲了！」

看見那一抹熟悉的橙色，月楹終於安心閉上眼睛，眼前一黑，什麼也不知道了。

那一聲鳥哨，是蕭沂教她召喚飛羽衛的法子。

夏風被嚇了一大跳。月楹暈倒在她的懷裡，衣衫凌亂，脖子上紅腫的掌印，大腿上鮮血直流。

她無比懊悔，怎麼就不能再快一些，讓姑娘吃了好大的苦，卻怎麼也想不到，在王府裡，她竟會傷成這樣。

她猛踢了兩腳躺在地上的蕭汾，可還是不能解氣，恨不得抽出柳葉刀來殺了他才好。

蕭沂得知消息匆匆從飛羽司回來，看見的是暗自垂淚的明露與夏風，月楹慘白著一張臉躺在床上，了無生氣。

月楹脖子上的紅印異常刺眼，也刺痛了蕭沂的心。他心一緊，眼尾微紅，想要掀開她身上蓋的錦被檢查是否還有受傷。

明露攔住了他的動作。「您輕些，月楹大腿上還有傷。」

「到底怎麼回事，怎麼會遇上蕭汾？」蕭沂一開口，聲音啞得不像話。

天知道夏風告訴他這個消息的時候他有多擔心，回來的路上，他無數次想著這只是她想嚇他，並不是真的。上一次在褚家，她不是還教訓了褚家那位一頓嗎？

可當事實擺在眼前，總是與他對著幹的小姑娘，虛弱地躺在他面前，像尊易碎的琉璃娃娃。蕭沂開始自責。

這是在王府中，是他的地盤，他前幾日剛剛承諾會永遠保護她，這麼快就食言了。

「姑娘吹哨，屬下才過去的。大夫說，姑娘是誤食了蒙汗藥。」夏風取出從月楹身上發現的油紙包。「蒙汗藥就在這山楂糕上。」

「山楂糕？」蕭沂沈吟片刻。「蕭汾在哪裡？」

「已經押在暗室之中。」

「帶路！」

第七十章

近來王府的暗室很熱鬧，剛走了個依木娜，又進來了一個蕭汾。

蕭汾醒來後，不知自己身在何地。「這裡是什麼地方……你們是誰……敢綁架本公子，知道本公子是誰嗎？本公子是——」

「該死的人！」蕭沂面色陰沈，清冷的眸子裡面滿是怒火。

「大、大哥……你怎麼會、會在這兒？」這裡不是歹人的大本營嗎？蕭汾從未見過這樣的蕭沂，身上每一處都體現著暴戾與狠戾。

「這裡是睿王府。」

「王府？王府之中哪來的……暗室？」他怎麼從來不知有這麼個地方。

蕭沂的耐心告罄，抖開拿來的軟鞭，毫不留情地朝蕭汾抽了過去。

「啊——」蕭汾疼得在地上打滾。這一鞭，讓他皮開肉綻，鞭子上鮮血淋漓。

蕭汾面色扭曲。「蕭沂你瘋了嗎？你打我？」

「你不該動我的人。」蕭沂不由分說又是一鞭。

蕭汾叫得更加慘烈，心中後悔不已。那丫頭說的是真的！她真是蕭沂的丫鬟！

「蕭沂，不過是一個丫鬟而已，你為了個丫鬟打我?!」

蕭沂面無表情，再打一鞭。「她不是丫鬟。」

三條血痕，觸目驚心，蕭汾幾乎疼得快要昏過去。他想著暈了，蕭沂是不是就不會再打，但結果是被蕭沂用一盆冷水潑醒。

冷水裡面加了大量的鹽，鹽水浸入傷口，更是折磨人的痛，傷口火辣辣的，立刻發紅、發腫，蕭汾想暈都暈不了。

蕭汾覺得自己會活活疼死，開始求饒。「大哥……別打了……我錯了……你……你饒了我吧……」

蕭沂冷眼看著這個像狗一樣蜷縮在地上的人，真希望腳下的人不姓蕭。

蕭汾手上都是血，費力地爬過去想抓住蕭沂的靴子。蕭沂踢開他的手。「滾！」

「世子，月楹姑娘醒了！」

夏風話音剛落，眼前的月白身影已經消失。

月楹醒來時，夜已經很深，明露手抵著腦袋睡在床沿，守了她半夜，屋子裡燈火通明。

月楹想喝口水，仰坐起來，不小心牽扯到大腿上的傷口。「嗯……」

明露瞬間驚醒，欣喜地抱住她。「月楹，妳終於醒了！」

「我又不是死了，當然會醒。」

「呸呸呸，什麼死不死的！」明露都快哭出來。「妳嚇死我了，怎麼運氣就那麼不好，遇上二公子了！」

月楹抿唇道：「我不是運氣不好，是被人設計的。」

「什麼意思？誰設計妳？」明露神情嚴肅。

「是水儀。」

「水儀?!」明露驚訝地張嘴。

「水儀？」蕭沂一陣風似的飄進來，聽見這句，他腦中出現了一個人臉，不引人注目，又有些熟悉。水儀是母親身邊的大丫鬟，平素不顯山、不露水，沒道理會做這樣的事。

明露讓了位置出來，蕭沂坐在床上。「那山楂糕是水儀給妳的？」

月楹扭頭，不想和他說話。看見蕭沂，她就想起蕭汾那張噁心的嘴臉，如果不是他不放她走，她會有今日的難嗎？

蕭沂知道她心裡在怨他。「明露，妳出去。」

「明露姊姊別走。」

「出去！」蕭沂呵斥道。

明露被蕭沂的嚴肅刺到，不情不願地離開。

「竟連看也不願看我了嗎？楹楹。」蕭沂語氣是前所未有的低聲下氣。

月楹仍是扭著頭不說話。

兩廂沈默良久，蕭沂想要張口，卻怕說錯了什麼又刺激到她。

直到低低的抽泣聲傳來，蕭沂強硬地把她的臉轉過來，看見的是淚流滿面的一張臉。

小姑娘閉著嘴，雙眼通紅，努力不想哭，眼淚卻不爭氣地掉下來，倔強又脆弱。蕭沂心疼得一塌糊塗。

「楹楹，妳哭出來，哭出來會好受些，不要這樣……」蕭沂抹去她的淚水。

月楹帶著哭腔開口。「我差一點就……差一點……」她使勁捶著蕭沂。「你知不知道……」

「我知道。」蕭沂應著。

「蕭沂，你為什麼要拿走我的金針，為什麼要拿走我的藥！我本可以自保的！」月楹恨不能對他拳打腳踢。

蕭沂啞然，是他親手折斷了她的羽翼，她所承受的傷害都是來源於他。

「蕭沂，放我走吧……」月楹哭累了，下巴懶懶地靠在他的肩上。

她再次說出了這句話，可他依然……不願放手。

「楹楹，妳打我罵我，都可以，但放妳走，不行。」

「蕭沂，你混蛋！」月楹歇斯底里。

「妳有些激動了，先好好休息，今日的事情我會給妳一個交代的。」蕭沂在她眉心落下一吻。

蕭沂出房門之際，轉頭看見她在床上暗自垂淚，終究還是不忍。「妳的金針和藥箱，稍後我讓夏風給妳拿來。」

王府裡這麼多暗衛看著，她手裡即便有這些東西，也翻不出花來。如果她能高興一點，那就給她吧。

月楹賭的就是他的心軟。

蕭沂一出門，她就擦了眼淚。裝可憐也是個技術活，雖然受了點傷，能拿到金針和藥箱就達到了目的。

山楂糕裡的蒙汗藥，她怎麼會聞不出來？

水儀這個人，從之前那一次搜房時，她便覺得有些怪怪的。那日只要水儀咬死不搜房，王妃定會護著她，可她卻主動站出來讓寇氏搜，表面是證明自己的清白，其實目的是將罪名安到她的身上。

她們兩人之間，月楹的嫌疑是比較大的。月楹細想後，越來越覺得水儀突然走開，就是故意留她一人在房中。

只不過後來與水儀沒什麼接觸，她便沒有去計較這件事。

這次的事情是她將計就計，她捻去了一部分蒙汗藥，吃下的那點量，充其量只會頭暈一會兒而已。她並不知道水儀下藥的目的，想看看她接下來想做什麼，看見蕭汾時，便大概想明白了。

事情的源頭估計還在蕭沂身上，水儀想毀掉她的清白，就是想讓蕭沂厭棄她。

水儀喜歡蕭沂。

月楹以前還奇怪，水儀與明露交惡也是因為沒當上蕭沂的大丫鬟，這事情即便她有氣，過去這麼多年，也該翻篇了吧？可如果是喜歡蕭沂這個原因，就很好解釋了。

所以她罵都是蕭沂的錯，其實也沒錯。

月楹看見蕭汾時，就想到了這條計策。蕭汾是被酒色掏空了身子的人，月楹施針依賴手腕力量，力氣其實與他差不多，再加上她知道夏風在府裡，只要她吹了鳥哨，夏風一定會在短時間內趕到。

脖子上的掐痕不過是她故意讓蕭汾留的罷了，只有這樣，蕭沂才會心疼，她才有機會拿到自己想要的東西。

就是這大腿上的傷口有點疼，早知道就不那麼用力了，現在還得把傷養好了再跑。

第七十一章

「什麼?!水儀給月楹下藥，還撞上了蕭汾？」睿王妃挺著大肚子站起來，不明白為何會發生這樣的事情。

水儀是她的大丫鬟，即便是蕭沂要處置人，也須得知會睿王妃一聲。

「是，若非夏風及時趕到，後果不堪設想。」蕭沂已經審問過了蕭汾，知道他去花房是為了與梅雪私會。

而梅雪卻說今日根本沒有約蕭汾會面。梅雪沒膽子撒謊，所以是有人偽造了信件。

「這……為什麼呀？」睿王妃不懷疑事情的真實性，只是水儀在她身邊多年，她實在是想不到她這樣做的理由。

蕭沂垂下眼瞼。「為什麼，也只能問她了。」他也很想知道為什麼。水儀背後捅刀，險些讓他徹底失去月楹。

水儀很快被帶到。她得知月楹獲救時，就已經收拾東西逃走了，不想跑了幾天，還是被抓了回來。

她抱著包袱，被粗暴地拖過來摜在地上。夏風對付起這樣的人最是拿手。

水儀面容憔悴，形容枯槁，夏風將她關在悶熱的房間，一天一夜沒有給她喝水，她渴得厲害，嗓子也疼。

睿王妃一臉遺憾。「水儀，妳何苦要害人？」

「王妃，我……沒有。」她還想狡辯。

蕭沂卻不給她這個機會，眼神冰冷如寒芒。「不是妳，為何要逃？」

他竟然用這種眼神看她……水儀心中如吃了黃連般苦澀。「我只是去外祖家。」

「去外祖家為何不向王妃告假？」

「我……一時情急……」

「還要狡辯嗎？」蕭沂懶得和她多費唇舌。「我問過老管家，妳外祖家根本沒有消息來。還有梅雪已經招了，她說只有妳發現了她與蕭汾的私情。」

水儀嚥了口口水。「說不準是梅雪告訴了別人。」

蕭沂失去耐心。「梅雪不會寫字。」所以她不可能寫字條約蕭汾見面，蒺藜院識字且會寫的本就不多。

水儀再無從辯駁，忽然大笑起來。「是我給她下藥！是我放了蕭汾進來，我就是想毀了她的清白！」讓水儀心裡的防線被擊潰的不是旁的，正是蕭沂冰冷刺骨的視線。

蕭沂對她從來都是溫和寬容，怎麼可能是這樣，這不可能！

睿王妃閉了閉眼。「水儀，妳真是太令我失望了！」

「失望？您對我滿意嗎？您若是喜歡我，為何不讓我去世子房裡伺候？您當時為什麼要選明露？我那麼喜歡世子，那麼努力想去浮槎院……」水儀已在瘋魔邊緣，幾乎是嘶吼著說出這幾句話。

她聲音沙啞得不像樣，忍著劇痛還是要說，楚楚可憐地望著蕭沂，淚眼婆娑。「世子，您的眼裡為何就不能有我呢？」

「妳不配。」蕭沂的語氣沒有一絲溫度，面色肅穆。

水儀聞言，渾身無力地癱軟在地，連說句話的力氣都沒有了。

蕭沂一擺手，夏風將水儀如死狗一般地拖了下去。

睿王妃蹙眉。她從前怎麼就沒看出這丫頭存了這樣的心思，真是識人不清！她有些惱怒，怨自己沒能早些發現豺狼，害了月楹。

「月楹沒事吧？」

「已服了藥，沒事了，就是受了些驚嚇。」蕭沂回道。

睿王妃不放心。「她一個姑娘家，出了這樣的事，你可得好好安慰她。」

「兒子記下了。」

「記下了有什麼用，你與你爹一樣，都是個不會安慰人的。」睿王妃說著就起身。「還是我親自過去看看。」

蕭沂扶著娘親。「您小心身子。」

「我比你……」睿王妃忽地感覺小腹一疼，彷彿有什麼東西往下墜似的，隨後是一陣陣熟悉的疼痛，越來越劇烈。
「娘，怎麼了？」蕭沂發現了睿王妃的變化。
睿王妃捂著肚子。「這孩子……要出來了……」
「穩婆！快！」蕭沂高聲喊著，穩婆們都已在偏房做好準備，一聲令下就衝進了主屋。
睿王剛捧著媳婦愛吃的水晶糕回來，就聽見了白青程的喊痛聲，心裡一慌，丟了水晶糕，直往房間裡衝，然後被蕭沂攔在門外。
「爹，您冷靜些，您現在進去是添亂。」
睿王心急，卻也清楚自己幫不上什麼忙，只是心裡有氣總得找人發，蕭沂不幸成為了出氣筒。「臭小子，你敢教訓起你爹來了！」
老王爺與老王妃得知睿王妃要生了，也匆匆從靜安堂趕來。老王爺聽見兒子在教訓孫子，隔輩親體現出來了，上去朝著兒子腦袋上就是一巴掌。
「兒子都這麼大了，你還毛毛躁躁，等著！」
睿王平白無故挨了老父親一巴掌，捂著腦袋。「爹，我這不是擔心嘛！」
「生孩子有什麼大不了，你媳婦又不是頭一回了，你怎麼回回都像第一次似的。」
睿王咕噥。「話不能這麼說，要是裡頭生孩子的是娘，您指不定比我還要激動呢！」
「兔崽子說什麼呢！」老王爺不知是被戳中心思還是被氣的，追著打了睿王幾下。
「都給我閉嘴！」老王妃龍頭枴往地上一拄。那邊正在吵架的父子，立馬如貓見了老虎般不再多言。「吵吵嚷嚷，煩死個人！不知道的還以為是你們親自生呢，閉上嘴巴給我安靜等著！」

父子倆一動不動似鵪鶉，老王妃拄著枴一步步往裡走去。「我進去看看。」

蕭沂將祖母扶進去。裡頭，睿王妃的痛呼聲不絕於耳，他心頭一緊。都說女人生孩子是跨過鬼門關，他從前沒有見過，現在見到這場景，才知先人所言不虛。

楹楹生孩子也會如母親一般痛苦嗎？他突然有些害怕。

沒過多久，蕭汐也來了，原本外頭只有三個男人乾著急，加上蕭汐就是四個人一塊兒乾著急。

「不好了，胎位不正！」產婆滿手鮮血地出來。「孩子的腳先出來，難產！王爺，老王爺，你們拿個主意，保大還是保小？」

「什麼保大保小，我要大的！」睿王激動道，沒有猶豫。

「不是我們不盡心，實在是王妃本就不是在最佳生產年紀，又胎位不正……」

「只能保一個嗎？」蕭沂插話道。

產婆道：「也不是，只是必要時需要捨棄一個。」主家身分貴重，她們也不敢隨意做決定。

「也就是說，兩個都還有救。」蕭沂還算冷靜。如果真的出事，還沒生下來的孩子當然不如母親重要，但能救兩個都要救。

「如果有人懂轉體之法……」

「什麼轉體之法？」

產婆不知怎麼解釋。「就是讓孩子的胎位正過來。」一般胎位有偏轉，也不會像睿王妃這般嚴重，只需要在外部用力就行。睿王妃這樣的情況，需要有人將手伸入產道裡面。但產婆也只是聽說過這樣的方法，還不曾見過實踐。

「有一個人興許會。」

「誰？」其餘人都燃起一絲希望。

蕭沂運氣，連門都不走，到浮槎院將躺在床上的月楹抱起來，幾個瞬息之間就回來了。

月楹迷迷糊糊。「你做什麼？」

「娘難產，求妳幫忙。」

蕭沂話說得簡潔，月楹身為大夫的使命感又湧上來了，也不顧自己腿上還疼。「具體什麼情況？」

「胎位不正，腳朝下。」

話音剛落，月楹落了地，沒停留就一瘸一拐地進了產房。

睿王妃滿頭大汗，嘴唇發白，正被劇痛折磨。幾個產婆在努力轉正胎位，但似乎沒有效果，急得團團轉。

「王妃，忍著些。」

事情緊急，月楹也顧不得什麼主僕。「給我烈酒。」

產婆們都沒注意什麼時候走進來一個小丫鬟。「別添亂。」

月楹推開正中間的產婆。「我是大夫，聽我的！」

「妳……」產婆惱怒。

「聽她的。」老王妃驀地發話，產婆只好照做。

月楹看向老王妃，老王妃向她頷首，語氣不容置喙。「想做什麼就做！」

月楹得了肯定，點點頭，用烈酒消毒了手，對正在生產的睿王妃道：「王妃，您咬緊軟布，等會兒會很疼。」

睿王妃虛弱地回應她。為了孩子，她能忍。

月楹深吸了口氣，手伸進產道，摸到胎兒的背部，緩緩轉動。

睿王妃險些因為這劇痛昏過去，豆大的汗水滑落。太疼了！

她咬著軟布嗚咽著，淚水不受控制地流出來，身子也開始發顫。

月楹專注手上的動作，似是屏蔽了外界的聲音。她一手按著睿王妃的肚皮，一手撫著胎兒背部，感覺到胎兒正在轉動。

有產婆認了出來。「轉體之法！」想不到這個年輕的姑娘竟然會，王妃有救了！

「成了！」月楹喜上眉梢。她看見了胎兒的頭部。

產婆立即接手。睿王妃快沒力氣了，她們需要趕快。「頭，頭出來了！」

「王妃，再加把勁啊！」

睿王妃已經意識模糊，月楹衝到她的耳邊道：「王妃，您可不能暈啊，留著力氣還要教訓王爺呢！」

有道理！睿王妃最後一使勁，孩子順利從產道脫出。

一聲嘹亮又動聽的孩童啼哭聲響徹蒺藜院，屋裡屋外的人都鬆了一口氣。

「是個小少爺呢！」

產婆將孩子洗乾淨，包好了抱到睿王妃面前。睿王妃洋溢著做母親的喜悅。「臭小子，折磨死我了……」

月楹笑道：「那您打他幾下屁股出氣。」

睿王妃看了看紅通通的、小貓一般大的孩子。「要打也是打他爹。」

「哈哈哈……」眾人都笑起來。

老王妃樂呵呵的。「這孩子生下來就那麼費力，長大指不定多皮呢！」又道：「程兒，妳辛苦了。」

睿王妃搖搖頭，看見孩子的這一刻，只覺再辛苦也是值得的。

「月楹，妳把孩子抱出去給他們看看。」

「我……我抱嗎？」月楹不知所措。她還真沒怎麼抱過孩子，還是剛出生的孩子，軟軟的，總覺得稍微用力，這孩子就碎了。

「是妳救了他，妳當然能抱。」

「抱著吧！」老王妃道。

「那我就……試試。」月楹小心翼翼抱起包被，牢記護著孩子脖頸處托著腦袋。

孩子似察覺了有人在抱他，咂了下嘴，往月楹懷裡拱了拱。

「他很喜歡妳呢。」睿王妃笑道：「快抱出去吧，他們該等急了。」

孩子安安靜靜地睡著，月楹伸出手指戳戳他的小臉，真軟乎。

感受到孩子的鼻息時，她心底漫上來一股奇異的感覺。新生命在自己手中，這種感覺，太奇妙了。

月楹抱著孩子往外去，外頭是焦急等待的爺爺、父親、哥哥、姊姊。

孩子一露面，大家都迅速把月楹包圍。「程兒沒事吧？」

「母子平安。」月楹溫和地笑。

得知睿王妃平安無事，大家都放下了心，好奇地看著這個剛出生的嬰兒。

蕭汐道：「他好小啊，也不好看……」

「妳出生也就這麼大點，還沒他好看。」睿王對女兒的話不滿。

「不可能吧，我肯定比他好看。」

父女倆只爭辯了一句，睿王便迫不及待進去察看睿王妃的情況。

蕭沂靠近月楹，貼著她的耳邊道：「楹楹，多謝妳。」他其實也沒聽說過什麼轉體之法，但不知為什麼，直覺告訴他，月楹一定可以救他母親。

「分內之事。」他總對她道謝，做的卻不是對恩人該做的事，月楹現在也沒心情計較這個。

蕭沂低頭去看孩子，小孩子皺巴巴的，皮膚也紅，就像蕭汐說的，不怎麼好看。

「要抱抱嗎？」月楹眨著眼睛看他，嘴角勾起一抹弧度。

抱著孩子的月楹，彷彿蒙上了一層母性的光，低眉垂眼間，眉目更加溫柔。

午後陽光正好，蕭沂微微屈身，逗弄孩子，笑容慈愛。

兩人容色皆好，蕭汐這麼看著，忽產生一種錯覺，這孩子怎麼看著像大哥與月楹生的一般……

孩子的名字是一早就起好的，名為蕭泊。

新生命誕生的喜悅一掃之前的頹氣，王府裡每天都歡聲笑語，月楹更是盡職盡責地給小孩和產婦定時做身體檢查。

蕭沂見她成天往蒺藜院跑，眼裡心裡都只有蕭泊，有些吃味。月楹這般不擅做女工的，竟給蕭泊做起了肚兜，他酸溜溜道：「這樣的針腳，他不會穿的。」

月楹白他一眼。「泊哥兒才多大點，就會挑衣服了？又不是給你的。」蕭沂的酸葡萄心理，她一眼便看穿。

蕭沂一噎，心裡更酸，恨不得自己才是蕭泊。

「練練繡活也好，以後我們的孩子出生就能穿了。」蕭沂淡笑著。

月楹低頭縫著肚兜，沒有接話。

蕭沂親了下她的額頭。「楹楹，我知曉妳還有顧慮，終有一天，妳會願意的。」

月楹覺得蕭沂很矛盾，要強迫就乾脆強迫到底，又要徵求她的同意、又不肯放她走；明知道她不會同意，依舊固執己見。她現在已經放棄了和他講道理。

反正不論怎樣，蕭沂都不會放過她，她還是不多費口舌。

「晚間陪我出去一趟。」

月楹偏頭。「做什麼？」

「我有個友人回京，要去敘舊。」

「你們敘舊，我去做什麼？」月楹想拒絕，但又想出去。她現在在製作的藥還差幾味藥材，蕭沂不讓她出門，就沒辦法搞到這幾種藥。

蕭沂像個不講理的孩子。「楹楹，陪我去嘛。」

月楹心裡打著小算盤，裝作不情願的樣子，趁勢與他談條件。「陪你去可以，但你要准許我去瓊樓治病。」

自從兩淮回來，她就再也沒有去過瓊樓。瓊樓的媽媽換了好幾個大夫，也沒再遇上像月楹這樣合心意的，去找了翁婆婆好幾次，希望月楹能再去她們樓裡。

翁婆婆托夏穎給月楹帶信，月楹認為，瓊樓是個絕佳的逃脫地點，雖不知飛羽衛的具體分布，但想來瓊樓這樣的地方即使有飛羽衛，數量也不會多。

蕭沂見她鬆了口，她與自己談條件，他其實很開心，至少月楹會給他回應，不再是他一個人的獨角戲。

「去瓊樓可以，但夏風必須跟著妳去，之前那種待到三更半夜的情況，再也不許發生。」

「這個我可保證不了，病人什麼時候發病，病情嚴重到什麼地步，都不是我可以控制的，你這要求太無理。」再說了，又不是她樂意待到那麼晚的。月楹又道：「你要是真不放心，大不了親自來接我。」

「楹楹想讓我去接妳？」蕭沂笑得戲謔。

這人又故意曲解她的意思！「我不是這個意思。」

「好，我會去接妳的。」蕭沂自顧自道，臨走時不忘在她臉頰上偷香一口。

月楹斂去眼中神色，淡笑起來。很好，第二步成功。

——未完，待續，請看文創風1099《娘子別落跑》3（完）

2022年8月出版

旺仔小後娘

文創風 1089～1090

後娘又如何？有緣就是一家人。
從此有飯一起吃，有福一起享！

家有三寶，福滿榮門／藍輕雪

成親當天就得替戰死的丈夫守活寡，公婆還把三個孫子扔給她，說是歸她養?!
嫁入宋家四房當繼室的于靈兮徹底怒了，剛進門便分家，豈有這般欺負人的？
分明是看四房沒了頂梁柱，以分家之名行丟包之實，免得浪費家裡的銀錢和米糧。
既然三個孩子合自己眼緣，這擔子她挑下了，以後有她一口飯，絕少不了他們的，
幸虧她魂穿到古代前是知名寫手，乾脆在家寫話本賺銀兩吧，還能兼顧育兒呢！
可窮人的孩子早當家，為了一家四口的肚皮，三兄弟成天擔憂家計看得她心疼，
好在她寫的話本大受歡迎又有掌櫃力推，堪稱金雞母，分紅連城裡宅子也買得起，
養活三個貼心孩子根本不成問題，甚至讓他們天天吃最喜歡的糖葫蘆都行啊～～
孰料其他幾房見四房越過越紅火，竟厚著臉皮擠上門蹭好處，簡直比蒼蠅更煩人，
真當他們娘兒四個是軟柿子？不合力給那群人苦頭吃，她這護短後娘就白當了！

2022年8月出版

文創風 1087～1088

賺夠銀子和離去

他這媳婦原本就不是個令人省心的主，
前段時間摔斷腿後，竟折騰出一個大豬圈，
養豬就養豬唄，還不讓人進去看，說是怕……傳染病？
人怎麼可能過病氣給豬？她這是在罵誰呢！

情之所鍾者，不懼生，不懼死／京玉

她她她這是穿書了？行，穿成個十八線小女配，她宋雁茸認了，
但、是，身為人婦卻暗戀起丈夫的同窗，這又是哪招？
暗戀也就罷了，竟不知收斂，偏偏讓小姑發現，然後原主還承認了?!
嘖，這如果不是蒼天在弄她，那怎樣才算？
幸好她以當初不懂事、是故意說氣話圓了過去，還一副愛夫好媳婦的表現，
不過根據原書劇情，她丈夫沈慶這個炮灰男配最後家破人亡，只有一個慘字，
明知危險，好不容易死而復生的她很惜命，當然不能再捲入其中被連累，
眼前唯一的活路就是和離！但和離後立女戶、買房、過活樣樣都要錢，
如今的她有傷在身，不是獨立自強的好時機，得先想法子攢錢才行，
幸好她善於培植各類蕈菇，不如就靠著量產這個來海削一筆，
她給自己定下了目標，待掙夠五百兩銀子，就找沈慶談和離去！

2022年7月出版

佳釀小千金

文創風 1085～1086

「本王至今未娶，妳可知為何？」
明明今生她與王爺素昧平生，這是何出此言？
難道……他發現了她的秘密?!

食來運轉，妙筆生花／以微

若要論天下第一美食，皇城第一樓可說是當之無愧，
尤其那遠近馳名的桃花酒，更是只有其東家之女才釀得出來！
只可惜這位佳釀千金卻遭人妒恨，毒害身亡，第一樓也關門大吉……
孰料，曾經廚藝精湛的嬌女，竟重生為孤女尹十歌，
如今不但頂著皮包骨的身子，整日忍饑受凍，與哥哥相依為命，
再瞧瞧這破敗的屋舍與空空的灶房，巧婦也難為無米炊，
就連兄妹倆辛苦得來一點點銀錢，都要招來惡鄰覬覦……
與其把積蓄留在身邊反被巧取強奪，倒不如實行致富的花錢計畫——
如今世道，鹽可是貴重之物，尋常百姓根本食用不起，
偏偏她豪氣購入大批鹽巴，決定來製作最拿手的——醃鹹菜！
這出其不意的一招果然奏效，鄰里間吃過的都難以忘懷，
不但有人為了搶購鹹菜大打出手，還引來豪華酒樓想要高價收購，
名與利突如其來，看來不愁吃穿的小日子指日可待～～

2022年7月出版

分家後財源滾滾

文創風 1083~1084

自立不黏膩，幸福小情意／圓小辰

生意做得好好的，卻突現危機，
說是富紳家千金看她不順眼？
哼！誰怕誰呀？別想擋她的發財路！

於末世生存，身懷異能的唐書瑤已經習慣當個女強人，
原以為要在這和平的古代當小女子很容易，孰不知這才是難點⋯⋯
她身為一個普通農家女娃，上山打獵可是會把家人給嚇壞的，
這世的家人雖有懶惰的毛病，可十分疼愛原主，她不願辜負這份情。
被迫分家後，她只能耐心引導，讓散漫習慣的爹娘願意努力做營生。
所幸她有的不只是異能，還有上輩子末世前資訊爆炸的一些點子，
吃食營生做得十分順利，從包子攤車到在店裡涮串串香，生意興隆，
連新搬到對街的鄰居貴公子都聞香而至，當天就派人上門作客。
可貴人就是與眾不同，串串香得就著滾燙的高湯涮才好吃，
偏偏他們不坐大堂，也不要包廂，卻是提出了要外帶？
她不禁懷疑這是哪間同行僱的人，特意過來找麻煩的。
如今她這間店人力有限，若開了外帶的先例，那可要亂成一團了！
但來人客客氣氣，她只得在心裡祈求這貴客不是什麼奧客，
然後大著膽子講出難處，再提出解決方案──
「這樣吧，你們跟我從後門將這些鍋啊、串啊搬過去如何？」

文創風
1098

娘子別落跑 2

國家圖書館出版品預行編目資料

娘子別落跑 / 折蘭著. --
初版. -- 臺北市 : 狗屋出版社有限公司, 2022.09
冊 ; 公分. --（文創風 ; 1097-1099）
ISBN 978-986-509-357-0（第2冊 : 平裝）. --

857.7　　111012471

著作者	折蘭
編輯	張蕙芸
校對	沈毓萍
發行所	狗屋出版社有限公司
地址	台北市104中山區龍江路71巷15號1樓
電話	02-2776-5889～0
發行字號	局版台業字845號
法律顧問	蕭雄淋律師
總經銷	知遠文化事業有限公司
電話	02-2664-8800
初版	2022年9月
國際書碼	ISBN-13　978-986-509-357-0

本著作物由北京晉江原創網絡科技有限公司授權出版

定價280元
狗屋劃撥帳號：19001626
網址：love.doghouse.com.tw　E-mail：love@doghouse.com.tw